AUTOBIOGRAFIA

JOSÉ LUÍS PEIXOTO

Autobiografia
Romance

Copyright © 2019 by José Luís Peixoto

Publicado mediante acordo com Literarische Agentur Mertin Inh. Nicole Witt e K., Frankfurt am Main, Alemanha.

A editora optou por manter a grafia do português de Portugal, observando as regras do Acordo Ortográfico da Língua Portuguesa de 1990.

Capa
Claudia Espínola de Carvalho

Foto de capa
Marcelo Buainain

Foto p. 200
Fundação José Saramago

Revisão
Angela das Neves
Marise Leal
Camila Saraiva

Dados Internacionais de Catalogação na Publicação (CIP)
(Câmara Brasileira do Livro, SP, Brasil)

Peixoto, José Luís
  Autobiografia: romance / José Luís Peixoto. — 1ª ed. — São Paulo : Companhia das Letras, 2021.

  ISBN 978-65-5921-279-8

  1. Ficção portuguesa I. Título.

21-84941   CDD-869.3

Índice para catálogo sistemático:
1. Ficção : Literatura portuguesa   869.3
Eliete Marques da Silva – Bibliotecária – CRB-8/9380

[2021]
Todos os direitos desta edição reservados à
EDITORA SCHWARCZ S.A.
Rua Bandeira Paulista, 702, cj. 32
04532-002 — São Paulo — SP
Telefone: (11) 3707-3500
www.companhiadasletras.com.br
www.blogdacompanhia.com.br
facebook.com/companhiadasletras
instagram.com/companhiadasletras
twitter.com/cialetras

Um dia escrevi que tudo é autobiografia, que a vida de cada um de nós a estamos contando em tudo quanto fazemos e dizemos, nos gestos, na maneira como nos sentamos, como andamos e olhamos, como viramos a cabeça ou apanhamos um objeto no chão. Queria eu dizer então que, vivendo rodeados de sinais, nós próprios somos um sistema de sinais. Seja como for, que os leitores se tranquilizem: este Narciso que hoje se contempla na água desfará, amanhã, com sua própria mão, a imagem que o contempla.

JOSÉ SARAMAGO, *Cadernos de Lanzarote*, 1997

1.

Saramago escreveu a última frase do romance. Preso, o seu olhar entrou em cada uma daquelas palavras, mestre de obras, avaliou-as por dentro como se fossem casas; pode viver-se aqui?, perguntou no silêncio do seu interior, interior dele e das casas, recebendo apenas a resposta do eco, otimista evidência de um lugar criado, espaço viável, habitat. Depois, na via que aquela frase alinhava, passeou diante das palavras, rua de fachadas dignas e sólidas, mediu o espaço entre cada uma, comparou as nuances da cor que apresentavam, reflexos de um sol que brilhava desde o centro do romance.

Ainda com a atenção nessa paisagem, afastou as mãos do teclado do computador, seriam duas aves possíveis, mas eram realmente as mãos de um homem de setenta e quatro anos, mãos de pele humana, provisoriamente sem peso, esquecidas da gravidade. Pousou-as sobre o tampo de madeira, uma em cada banda do teclado, e os dedos encontraram um descanso individual, uns mais esticados, outros mais encaracolados nas falanges. Debaixo da mesa, na sombra, deslizou os pés para fora das pantufas, deixou-os a meio, ainda no conforto têxtil e já na liberdade. Mas tudo isto era alheio ao arbítrio do escritor, o corpo humano avança numa existência independente quando abandonado, é por felicidade que o coração não espera ordem para bater, que os pulmões se organizam autónomos na sua azáfama de respirar, até o mais anónimo cabelo sabe embranquecer sozinho. Atrás, os livros das estantes pareciam inclinar-se-lhe sobre os ombros, ávidos de não perder o que fosse, investigadores, também eles já tinham sido assim, antes da impressora e das leituras críticas, antes do mundo, protegidos pelo zelo do seu criador. No outro lado do escritório, fugindo de raízes afeiçoadas à terra doméstica, imitação envasada dos campos, plantas mudas estendiam-se na direção da claridade, era esse esforço que as fazia crescer. Talvez se possa acreditar que também essas folhas carnudas faziam crescer a claridade, tal era a abundância com que julho inteiro rebentava naquela janela, o início de julho através daquelas vidraças, o dia 2 de julho de 1997 jorrava inteiro por aquela janela. Na parede restante, a porta fechada, ruídos cautelosos que alguém poderia definir por remanso.

Com um movimento de pescoço, quase indistinto, aconteceu ou não, Saramago levantou o olhar. Não chamaria Pilar imediatamente, tinha esse lance guardado, antecipou-o durante meses e, agora, queria tomar-lhe o gosto. Entre pensamentos, era capaz de ouvir a sua própria voz a chamá-la, tinha uma maneira especial para articular o nome de Pilar naqueles momentos, conseguia já ver os detalhes do seu rosto assim que lhe desse a notícia. Animara essa imagem entre capítulos e jornadas de escrita, a ponto de não terem sido poucas as vezes em que essa lhe pareceu a primeira razão, a mais verdadeira, tinha-se dado ao trabalho daquele romance para assistir ao rosto de Pilar no momento em que o tivesse terminado. Sem que precisasse de alterar a expressão, esta ideia juvenil fazia-o sorrir. Ao mesmo tempo, as personagens ainda mexiam no seu íntimo, revolteavam assustadas, incertas do futuro, faltava-lhes palavras, começavam a desfazer-se; também por isso, o escritor precisava de mais algum tempo a sós com elas, precisava de acudir a essa aflição; e agora?, e agora?, indagavam as personagens sem parança. Era necessário tempo para explicar-lhes que agora a sua vida começaria de facto. Existia aquele escritório e dentro da cabeça de Saramago existia outro escritório, o mesmo acontecia com aquele livro acabado de escrever e com toda a ilha de Lanzarote, o oceano Atlântico. Não se pode saber o que é maior, há muitos tipos de tamanho, assim como o livro estava dentro da ilha, também a ilha estava dentro do

Tocaram à campainha. Pensou logo no vale de correio, poderia ser? Precisava muito desse dinheiro, mas não lhe era conveniente quebrar a agilidade rara, tão rara, da escrita. José fechou os olhos, girou o indicador sobre o teclado até perder discernimento da localização das letras. Confiaria na ordem alfabética, mas desnivelou as probabilidades, abriria a porta se calhasse menos do que h, continuaria sentado se saísse uma letra mais alta no alfabeto. Pousou o dedo, levantou as pálpebras, curiosidade de rato, calhou b. Libertou-se do sofá que o engolia para o interior de uma cova na napa, molas partidas, e deu seis passos médios, atravessando aquela divisão. A meio desse caminho, bateram à porta, ossos na madeira. Não estranhou, José morava no rés do chão, a entrada do prédio ficava a pouca distância da sua porta.

Convencido de que ia encontrar o carteiro, arrastou o puxador num movimento único, levava semblante escolhido e reprimenda preparada mas, antes de abrir a boca, um dos homens lançou-lhe a mão ao pescoço e empurrou-o para dentro, levantou-o no ar, os bicos dos pés a tocarem o chão, bailarina despreocupada com a graciosidade; o outro seguiu-os e fechou a porta. Retido nessa mão apertada, braço esticado, José não soube o que dizer ou o que fazer, ainda que não conseguisse exprimir um pio com a garganta cingida e que, pelo mesmo motivo, não tivesse a autoridade de qualquer gesto. Sabes quem nos mandou? Só o murro que recebeu no baço depois desta pergunta teria chegado para José. Não caiu de joelhos porque estava suspenso pelo pescoço. Talvez o homem fosse canhoto se esmurrava com tanta pujança à esquerda mas, nesse caso, impressionava a competência com que estrafegava à direita. Em qualquer das opções, era certo que tinha mais raiva num braço, qualquer um, do que José em todo o esqueleto.

Engelhando a cara para puxar a lembrança, José apenas conseguia distinguir retalhos, momentos incompletos a passarem demasiado depressa, sem início, começados a meio, sem fim, terminados no ar, de repente. Talvez a angústia cortasse instantes ao calhas. Mesmo em recordação, depois de ter passado a aridez do susto, essas imagens foram sempre acompanhadas pelo peito oprimido.

Bartolomeu responsabilizou a bebida. Whisky?, não; vinho tinto?, não; conhaque?, não, já disse que não. José arrependeu--se de ter-lhe contado mas, a partir de certa altura, ele próprio deixou de saber em que acreditar, teve dúvidas. Ainda assim, quando atinava, quando acertava o olhar por um dedo levantado a dois palmos da cara, acreditava que se tinha tratado de um esgotamento, uma fadiga de cabeça, não aguentou a pressão que as palavras faziam para atravessar-lhe os poros. Nessa época, ainda confiava que, se insistisse muito, podia avançar com o romance. Em casa, durante dias seguidos, acumulava suor, restos de comida podre e, ao longo de horas, mantinha o caderno aberto à sua frente, ~~palavras riscadas~~, palavras escritas ~~e riscadas~~. Tinha dores de cabeça que lhe faziam doer os olhos, sentia os globos oculares claramente definidos no interior do crânio, duas esferas de veias a palpitar. De dia ou de noite, adormecia no sofá, perdia os sentidos. Não guarda recordação de como saiu de casa naquela tarde, felizmente vestido e calçado; lembra as ruas, talvez Olivais, talvez Chelas, talvez Alcântara ou Telheiras, talvez qualquer bairro de Lisboa com prédios e trânsito. Lembra também algumas vozes a tentarem falar com ele, a perceberem que estava desorientado, a chamarem-lhe rapaz, apesar da barba. Deixou de conseguir organizar os momentos que recorda, antes e depois misturam-se até deixarem de existir; perdido na memória da mesma maneira que, naquela tarde, se perdeu em Lisboa.

Em certas horas, não sabe por que associação ou por que desfoque, chega a confundir essa vez com aquela em que se perdeu da mãe na Rua Augusta. Era um menino de quatro anos, soltaram as mãos dadas durante os minutos em que a mãe precisou de experimentar um casaco de malha, precisou de ver-se ao espelho. José aproveitou essa liberdade para explorar a loja, a porta aberta chamou-o, depois explorou a rua, a multidão e, quando voltou a entrar, a loja era já completamente diferente. Tem essas lembranças bem arrumadas, porque ouviu a mãe contar a história muitas vezes. José não chegou a assustar-se ou a dispensar o comprazimento daquela aventura, foi a mãe que ficou em pânico, que demorou a acalmar a respiração já depois de o ter encontrado, consolada por empregadas de lojas de pronto a vestir, a rodearem-na e a abanarem-na com tampas de caixas de cartão. Essa era uma lembrança fragmentada porque, quando aconteceu, tinha quatro anos, apenas se agarrava ao presente imediato, o passado esmigalhava-se nas suas costas. Mesmo assim, chegava a confundir esse episódio infantil com aquela desorientação adulta, vinte e oito anos, a achar-se demasiado velho, a achar que precisava de um segundo romance escrito, a acreditar que perderia o nome e a existência sem um segundo romance escrito, a imaginar-se invisível ou morto. Havia também a diferença de, em criança, Lisboa ser um deslumbramento. Em Bucelas, no quintal, na cozinha, a mãe dizia-lhe que iriam a Lisboa quando queria enchê-lo de eletricidade. Foi assim durante muito tempo, mas havia de mudar, mudou ele ou mudou Lisboa. A mãe nunca chegou a saber que José se tinha perdido em adulto. Essa informação era mais distante do seu mundo do que os longos trinta quilómetros que separavam Bucelas de Lisboa. Voluntária de limpezas na igreja matriz, Igreja de Nossa Senhora da Purificação, há muito que decorara o missal. Certos desgostos, o casamento, bodas de prata, tinham-se cristalizado numa satisfação gasosa, aparvalhada, sem expectativas. No primeiro domingo de cada mês, confessava uma seleção de pecados, apenas os que não a deixavam malvista perante o senhor prior. Se alguém lhe tivesse contado que o filho se perdera em Lisboa, a mãe demoraria a acreditar. Por um lado, José estava sozinho na cidade havia dez anos, tempo de conhecer todas as vielas; por outro lado, não era capaz de imaginar que a escrita de um livro fosse razão para problemas de tal ordem. Para sua própria expiação, o filho alimentava essa influência cega, os livros. Antes tivesse apanhado meningite como o rapaz da vizinha, perdeu alguma audição, mas tornou-se num mecânico gabado por todos. Em julhos da puberdade, enquanto os outros rapazes acertavam em pardais com tiros de pressão de ar, saudável treino de pontaria, José passava horas oculto e silencioso, lia deitado na cama ou escrevia doidices, inclinado sobre um caderno. No princípio, a mãe rezou, pediu a Santa Cecília, protetora dos poetas, que lhe poupasse o filho, que o libertasse dessas ideias. Não alcançando resposta, conformou-se e baixou os olhos perante Deus, aceitando os seus mistérios. A partir daí, passou a rezar pelo filho a Santo Aleixo, protetor dos mendigos.

Após desistir da faculdade, com vinte e quatro ou vinte e cinco anos, José apareceu em Bucelas com o primeiro romance na mão, orgulhoso e convencido. A mãe deu-lhe os parabéns, percebeu que os olhos do rapaz pediam essa reação. Mas, em silêncio, recordou a adolescência custosa do filho, revoltado, ideias fixas, poemas sem rima e sem jeito, acne selvagem, e temeu que nunca mais crescesse. Por essa imaturidade, por essa falta de preparação para a vida, culpava exclusivamente o marido, pai de José. Deixara de passar serões inteiros a cismar na deslealdade e na cobardia do marido, mas ainda o culpava por tudo.

Apesar da vertigem e da falta de ar, José reconheceu logo aqueles homens. Eram os seguranças que encontrava na casa da Rua de Macau. Evitava olhá-los diretamente, postura ameaçadora, braços afastados do tronco pelos músculos, sempre zangados; mas, distraídos, já os tinha observado em detalhe. O primeiro era careca rapado, tinha uma cicatriz grossa a atravessar-lhe a garganta, de orelha a orelha, como se alguém o tivesse degolado sem êxito. Ao certo, José não identificava o local de nascimento do segundo homem, nem isso lhe importava enquanto estava agarrado pelo pescoço, de olhos esbugalhados, com a cabeça a engrossar de rubra, mas eram prováveis as ligações a África, esse cálculo fazia-se pela tez, terra, solo fértil, fazia-se pela carapinha, pela disposição da cara e sobretudo pela maneira como falou, xi, aqui o serviço já está acabado. O homem deixou sair este xi e este desabafo depois de vistoriar a casa em segundos, os pratos velhos a formarem uma pilha descoordenada no lava-loiças, os livros espalhados pelo chão, entre roupas sujas e desperdícios, os lençóis empurrados com os pés para o fundo da cama, as fronhas da almofada com nódoas de halitose ou ferrugem, a casa de banho desconhecedora de lixívia, conhecedora de uma crosta de mijo seco. Sem saber por onde começar, esse segundo homem, oriundo do tal continente, partiu um prato contra o mármore da bancada, achou que no chão de madeira não se quebraria com tanta facilidade e com tanto efeito. Para tudo existe arte, até para meter medo ou partir pratos se exige certas noções. Então, abriu o frigorífico, mas fechou-o logo, angustiado com a visão que encontrou, leite azul, coalhado, fruta peluda, comida a transformar-se de acordo com a evolução das espécies, estágios iniciais de futuras civilizações glaciares, deem-lhes tempo e inventarão a roda, Darwin aperfeiçoaria as suas teses na análise daquele ecossistema. Fechou o frigorífico com um pontapé e, logo de seguida, deu outro pontapé na porta já fechada, amolgando o branco, dando forma a essa superfície, tentativa de apagar o que viu, como se fosse possível empurrar as memórias a pontapé para o fundo do esquecimento, e talvez seja, desde que haja suficiente poder de remate. O da cicatriz deixou cair José e, influenciado, acertou-lhe também com um pontapé, biqueiro nas costelas, e mais alguns até se perder o conto. Sem saber por onde continuar a devastação, tempestade com mãos e pés, o parceiro africano procurava algum objeto que valesse a pena destruir, decidiu-se por uma caixa de pão constituída por ripinhas, barata e antiga, besuntada de gordura, albergue de côdeas secas e migalhas esfarinhadas. Talvez fosse de pinho essa caixa de pão, desfez-se sozinha ao primeiro toque na quina da bancada, eram ripas porosas, ossos descalcificados de velho sem esperança.

Na bulha contra objetos podres e contra um títere que não oferecia resistência, houve um instante de silêncio, uma hesitação simultânea ou apenas uma coincidência rítmica no ir e vir dos movimentos. Esse instante prolongou-se porque houve um gesto, alguém o fez, que paralisou os dois homens, um deles com as mãos numa gaveta que não chegou a abrir, o outro com o joelho espetado nas costas de José, que não teve mais remédio do que suportar aquelas arrobas, de bruços no soalho, face espalmada. A razão para esse mutismo súbito foi um resíduo de vozes abafadas por paredes de tijolo, por betão. E o elevador estalou, e escutaram-se as vozes com mais feitio. Assim se foram aproximando até ficarem atrás da porta de José, antes de saírem à rua. A porta era uma tripinha, fina membrana que impedia a luz e deixava passar todo o som. Nessa conversa, a vizinha apontou com o queixo e moldou uma espécie de silêncio com os lábios finos de velha, e este? O vizinho respondeu apenas com um artigo e um substantivo, os copos. Pode também ter feito o gesto de beber, apontando o polegar à boca. Em concordância, os dois vizinhos levantaram as sobrancelhas e prosseguiram à sua velocidade. A poucos metros, separados por uma porta de papel, quase de papel, como se fosse, estava um quadro imóvel, o africano segurava uma gaveta com duas mãos, o da cicatriz espetava um joelho em ângulo agudo no centro das costas de José. Assim que os ruídos metálicos denunciaram a porta da rua a abrir e a fechar, a passagem do tempo continuou no ponto em que havia sido interrompida. A gaveta foi puxada e o seu conteúdo espalhado pelo chão, José foi esbofeteado, sendo depois levantado pelo colarinho ao receber palavras cuspidas na cara, além de caloteiro também és bêbado?

Enquanto humano, encontrará qualquer ser uma réstia de afirmação para proteger aquilo que verdadeiramente o humaniza, não os músculos ou os órgãos, mas sim o imaterial, as crenças que lhe dão fôlego. Não é o corpo que segura as ideias, são as ideias que abrigam o corpo, que o permitem, que criam as condições objetivas e subjetivas para que exista. Quando sentiu um vulto a aproximar-se do sofá e do computador, José reuniu os seus derradeiros ímpetos e conseguiu atravessar-se à frente da máquina, resistente maltrapilho, triste figura. No entanto, a mão aberta do africano tinha o tamanho da cara inteira de José, chegava-lhe do queixo à testa, cobria-lhe a boca e o nariz com a superfície côncava da palma, tapava-lhe os olhos com a base dos dedos, era um volume maciço, carne rija. José caiu desamparado, não teve a graça de ser amortecido pelo sofá porque, embora dando as costas nessa direção, tropeçou com o calcanhar num amontoado de livros e, às arrecuas, estatelou-se nas tábuas do chão, sarapintadas de objetos avulsos. O computador estava numa pequena mesa metálica de rodinhas, bamba, mal aparafusada. Com o mesmo impulso, usando as duas mãos, foi também esse homem que arrancou o ecrã dos cabos, um bebé enorme que abraçava entre o peito e a barriga, o queixo cravado no plástico. Com um arremesso bruto, atirou esse peso numa explosão, deixando-o esventrado de fios, o vidro pisado ao centro, amassado num círculo imperfeito. O outro, com as veias a palpitarem-lhe na careca, não quis ficar em desvantagem e, segurando numa ponta do teclado, em raquetadas, estilhaçou teclas de encontro à parede, sem distinção de vogais e consoantes. Por fim, juntos, esmagaram o resto do computador a pontapé.

Até aqueles arcaboiços de bisonte estavam cansados, arfavam no meio de uma acumulação de objetos que lhes chegava aos tornozelos, a mesma altura de José, espojado sem querer. Aguardaram que a respiração acalmasse e, olhando-se, concordaram que davam a tarefa por concluída. Escolhendo onde pousar os pés para não tropeçarem, mas sem interesse de evitarem o esmagamento de objetos, caminharam na direção da saída. Antes de passarem o umbral, um deles, o careca da cicatriz, deixou uma reflexão, paga o que deves, ordinário.

Bateram com a porta de casa, madeira, bateram com a porta

do prédio, alumínio, e José ficou deitado no regresso aos sons daquela tarde, terça-feira, 23 de setembro de 1997. Com as costas vincadas em qualquer aresta, o pescoço dobrado, abriu os olhos e, depois de uma névoa, apenas a lâmpada no teto, sem candeeiro, a lâmpada pendurada por um fio. Então, houve um período de confusão, José teve dificuldade em pensar, o que via misturava-se com o que imaginava e com o que lembrava, não era capaz de distinguir umas ideias de outras. Foi aos poucos que começou a deslindar esse novelo. Em arbitrária posição, abandonado, começou por se lembrar de Saramago. Ainda bem que Saramago não o viu assim. Não que fosse possível, não que pudesse entrar ali e vê-lo, mas ainda bem que não tinham encontro marcado. Quanto tempo levaria aquele corpo a sarar? José duvidou que alguma vez se chegasse a consertar o que lhe parecia quebrado de raiz. Não é o corpo, nunca é o corpo, José desprezava o corpo, malcomido, maldormido, bem bebido quando calhava. O tempo seca os hematomas, os ossos habituam-se a coxear, o problema são sempre as dúvidas. Lá fora, os autocarros avançavam entre o trânsito, o som do motor a puxar por um daqueles enormes paralelepípedos com pneus, as portas a abrirem automáticas. E lembrou-se dos Olivais, toda a dimensão dos Olivais a rodearem-no depois daquelas paredes, fim de tarde, como nas páginas que estava a escrever, e lembrou-se de Lanzarote. Depois de terminar o romance, sozinho no escritório, Saramago talvez tenha sentido a dimensão de Lanzarote, José considerou essa possibilidade. Mas, ao terminar o romance, Saramago estava completo. Tinha aquele objeto diante de si, nascido letra a letra das suas mãos, o romance uniformizava a complexidade do instante, o mundo era um sistema perfeito. José sentia-se o contrário disso, partido em milhares de peças, o corpo e todos os seus dias, futuro que não parecia capaz de ter-se em pé. Antes de anoitecer, elevando-se com os braços até ficar sentado no chão, recordou que a personagem principal do novo romance de Saramago se chamava José, Sr. José, foi o próprio autor que lhe contou. Recebeu essa notícia como um privilégio, como boa sorte, e só agora reparava na quantidade de Josés. Em breve, depois de publicado, toda a gente iria conhecer a personagem desse romance, Todos os Nomes, todos os nomes. Em elementar simplicidade, matriz, talvez José contivesse em si todos os nomes de homem. Mas o que viria a ser dos outros Josés?, para onde se dirigiam? A sua cabeça repetia estas questões com sofrimento, fraqueza, medo e prostração. Era aquele um desânimo entre destroços. Arrastando o corpo moído, conseguiu chegar às portas abaixo do lava-loiças, onde escondia de si próprio uma garrafa de aguardente.

2.

Perante a fatalidade da morte, a herança que um homem foi capaz de juntar é a sua própria existência; termina o tempo, permanece o metal. Bartolomeu não usou esta sintaxe, mas foi isto que quis dizer. O rádio estava ligado em cima da mesa, acomodado entre montes de jornais lidos, vírgulas ou cagadelas de mosca, páginas amareladas por estações, e também algumas revistas de atualidades ilustradas, TV guias. A voz do locutor tinha bom volume e boa colocação, enchia a sala, mas Bartolomeu falava ainda mais alto, ora porque estava quase surdo, ora porque exigia ser escutado. Enquanto explicava as suas ideias, marés de pensamentos descarregadas diretamente, não parava de discar números no telefone. Esse ruído repetido dezenas ou centenas de vezes compunha um ritmo, o zero e os dígitos maiores davam voltas demoradas, os menores eram soluços, dois-dois. Bartolomeu sabia de cor o número do programa de rádio, podia dizê-lo sem pensar, era capaz de marcá-lo em absoluta distração, tinha a memória dos movimentos. Enfiava o fundo de um lápis no buraquinho do algarismo e assim rodava o disco do telefone, não usava o dedo porque estava a dar-lhe folga, antes tinha exibido o calo do indicador com orgulho idiossincrático.

Assim que decidiu valer-se daquela ajuda, penúltimo recurso, José soube que teria de ouvir a cantiga. Eram raros os câmbios de modulação ao reiterar os conselhos de sempre. Seguindo um roteiro invariável, Bartolomeu elogiou a poupança, valor supremo, ninguém dá vinte e cinco tostões a ninguém, espertos são os que mantêm o capital, tontinhos são os que vão em cobiças desmesuradas, passos maiores do que perna e meia. Depois, passou para o tema da herança. Esse era assunto mais esporádico, sinalizava uma certa melancolia porque trazia o véu da morte, quando eu já cá não estiver, e acabrunhava-se nessa constatação. Esperava que José ficasse honrado por ser herdeiro, não de sangue, mas de decisão, que é uma modalidade muito mais insigne de herança; esperava também que José negasse a mortalidade, não vai nada morrer, nem pense nisso; ou que a atirasse para um terreno remoto, como uma granada que explodirá longe, ainda falta muito, até lá não me doa a mim a cabeça. José cumpria os mínimos destas expectativas, mantinha-se sério, abanava o queixo, balbuciava o óbvio, mas não dava espetáculo. Então, como naquele dia, podia acontecer que Bartolomeu começasse a enumerar o imobiliário que tinha à renda e todo o património integrante dessa herança vindoura, ainda eram uns bons apartamentos, incluindo o rés do chão onde vivia José. Recomendava-lhe que os mantivesse à renda, vender nem pensar. E, lembrou ainda, também aquela casa onde estavam, quintal e garagem com carro do tempo em que os automóveis eram robustos, chapa que não amolgava às boas. E, claro, o pouco que conseguiu trazer de Angola, quase nada, devido à vergonha como foi obrigado a sair, ele e tantos que construíram a riqueza daquela terra; apenas algumas peças de pau-preto, estatuetas que couberam nos bolsos do casaco, lembrança da fortuna que lá deixou, lembrança também dos bichos que lhe entraram pela fazenda adentro, armados de manias e de catanas, não os que lá trabalhavam, amigos e respeitadores do patrão, gratos e bem-educados, mas outros pretos, raivosos, com os olhos a arder, comunas, a pedirem para falar, como se falar fosse grunhir; e lembrança ainda do que teve de penar na metrópole para recuperar um mínimo da sua posição, aqueles apartamentos que arrendava, aquela casa onde estavam, aquele carro na garagem.

Mesmo embalado neste discurso, nunca parava de discar o número no telefone, pousando o auscultador quando dava sinal de impedido, o plim da campainha, e levantando-o logo de seguida para nova tentativa. Havia tempo, meses, já mais de um ano?, que Bartolomeu tentava entrar em direto no programa, queria ser uma daquelas vozes roucas a darem opinião sobre matérias que o apresentador propunha todas as manhãs. Muitas vezes, ao ouvir esses comentários, enervava-se e insultava-os à distância, acreditava que haviam de tê-lo em consideração mesmo assim.

Sentado numa das cadeiras da mesa, sem ter onde apoiar os cotovelos, José pousou as mãos sobre o colo. Em pausas, fixava-se na monotonia do disco do telefone e da campainha periódica, ou prestava atenção às teses de bancários de Setúbal, aposentados de Tondela, costureiras da Figueira da Foz, comerciantes da Póvoa de Lanhoso; discorriam sobre a morte da princesa Diana, cujo funeral seria no dia seguinte, esse era o tema do programa daquela sexta-feira. Porventura terá sido essa notícia lúgubre que deixou Bartolomeu a pensar na herança e a prometê-la a José pela enésima vez. Sempre com o mesmo roupão de lã por cima do pijama de flanela, verão ou inverno, sentado num cadeirão ao lado do móvel do telefone, atarefado a discar infinitamente o mesmo número, mecânico. Bartolomeu sentiu a entrada silenciosa da cadela, lenta, senhora, de pálpebras descaídas sobre os olhos; e chamou-a, mas essas foram sílabas sem préstimo, esbanjamento de saliva, pois a cadela apenas avançava por onde decidia, indiferente ao mundo, barril com patinhas. Podia, se quisesse, deitar-se ao alcance dos pés do dono, que descalçava as pantufas e lhe passava a ponta das meias pelas costas ou pela barriga. Então, regalada, levantava a pata para expor a fileira de maminhas e receber esse namoro.

Foi de repente. Até a cadela estremeceu quando Bartolomeu se entesou em sentido e reagiu militarmente ao telefone, sim senhora. José e a cadela ficaram de orelhas levantadas, à espera de confirmação. Bartolomeu transformou-se, respondeu a um inquérito que só ele escutava. E a voz do apresentador como se estivesse ali na sala, ali entre eles, a falar para eles, vamos agora ouvir Bartolomeu de Gusmão, setenta e sete anos, de Lisboa, e um guincho estridente, um alfinete espetado nos ouvidos de todo o auditório; peço-lhe que baixe o volume do seu rádio, senhor Bartolomeu. José levantou-se e rodou o botão. Depois de pigarrear um vetusto catarro, respeitável gosma, Bartolomeu iniciou o tema da falecida princesa Diana, desventurada, mas logo fez uma curva abrupta porque tinha muito guardado para dizer, dias e dias em que não conseguira ligação. Falou então das trapalhadas do governo socialista e, associação imediata, as traições de Mário Soares, as colónias, as províncias ultramarinas melhor dizendo, e o apresentador a pedir que voltasse ao tema do programa, mas Bartolomeu já perdido, precisamos de outro Salazar como de pão para a boca, para acabar com a bandalheira, e o apresentador a cortar-lhe a palavra, o volume da sua fala a diminuir, como se caísse num longo buraco, a querer agarrar-se a um fio de voz, ainda a ouvir-se na sala, mas a deixar de ouvir-se no aparelho.

Estava excitadíssimo, furioso, depois digam que no outro tempo é que havia censura, e entusiasmado, o que é que achaste?, o que é que achaste? Teve mesmo de levantar-se, a euforia precisava de sair-lhe do corpo, fez as mais incríveis conjeturas.

A cadela adormeceu. Após minutos de monólogo, num ímpeto, como se despertasse da hipnose, estalar de dedos, reparou em José, ah, é verdade, estás à espera. Em meia dúzia de passos quase ligeiros, avançou até à gaveta. Antes de abri-la, olhou para todos os lados. Tirou a nota de um envelope que estava debaixo de uma caixa, chega? Estendeu os cinco contos para José, pagas quando puderes.

Enquanto uma doméstica de Paço de Arcos chorava a falta que lhe fazia a princesa e o asco que sentia pelos paparazzi assassinos, Bartolomeu pediu a José se podia passear a cadela, mas tem cuidado, anda bravia, ainda ferra alguém aí na rua, segura-a bem, a não ser que se atravesse o pantomineiro do vizinho, nesse caso deixa-a seguir a sua natureza, o que ele precisa é de uma mordidela nas nalgas. José saiu sério e em silêncio. No corredor, passou pelo armário trancado.

Não tinha vindo de Angola. Era um armário com duas portas de madeira maciça, assentes sobre uma longa gaveta. Batendo com os nós dos dedos nas tábuas, sentia-se a delicadeza do tempo, os veios de ar no interior austero da madeira. Bartolomeu comprara-o em segunda mão, terceira ou quarta, numa loja de mobílias da Almirante Reis. Foi descarregado por dois brutamontes numa manhã de 1978, sem cuidado, culpados pelo risco lateral que ainda tinha. As fechaduras das portas e da gaveta abriam com a mesma chave oculta, nunca vista, tinham a mesma ferrugem no fundo de buracos de madeira, arredondados por tentativas. Abanando os puxadores não se adivinhava o conteúdo, qualquer peso, feito de qualquer material. A gaveta, ainda mais intransigente, não cedia uma queixa, não se movia um milímetro. O armário trancado tinha um cheiro diferente do resto da casa.

Na cozinha, com a nota de cinco contos dobrada no bolso, José prendeu a trela na coleira. Atravessaram o quintal, o perfume cítrico do limoeiro misturava-se com aquele fim de manhã e com aquele início de setembro. José abriu o portão e a cadela fez o favor de sair, obesa, deu alguns passos ao rés da parede, soube-lhe bem quando se baixou para fazer umas gotas de chichi. José lembrava impressões da infância ao apreciar aquelas ruas do Bairro da Encarnação, pouco trânsito, pardais, sol descomplicado. A cadela farejava sem curiosidade, encaminhou-se para casa quando quis. José tirou-lhe a trela ainda no quintal. Bartolomeu segurava a sua agenda de 1983. Para que havia de comprar uma nova se tinha aquela e servia muito bem?, só precisava de corrigir os dias da semana. Aquele 5 de setembro tinha calhado a uma segunda-feira em 1983, riscou e escreveu sexta. Tirou um apontamento qualquer, talvez o registo da participação no programa de rádio, estava encantado. Quando José começou a despedir-se, Bartolomeu ainda lhe perguntou pelo romance, como vai o romance? Essa era uma rotina, não era realmente uma pergunta e, por isso, José não respondeu. Mas, mesmo nesse silêncio, não deixou de sentir o peso do romance por escrever, segundo romance, romance sem rumo, os dias enormes, todas as provas dos seus erros. Bartolomeu sondou-o também acerca das rendas, só para mostrar que não estava esquecido, e as rendas?, como vai isso? José apenas deixou cair o olhar, faltava-lhe ação para uma resposta mais robusta. As rendas, as rendas, reticências perpétuas. Bartolomeu não insistiu, conhecia ou achava que conhecia o seu jovem amigo escritor, sensível fragilidade; não insistiu como nunca tinha insistido até aí, deixa, deixa, pagas quando puderes.

No mostrador da balança, aquelas tardes não seriam capazes de mover o ponteiro mais do que alguns risquinhos, gramas dispostos a oscilar com o peso de uma brisa. Era tempo gasoso como a luz de Lisboa, famosa em estereótipos, era despreocupação leve, irresponsabilidade. José não imaginava ainda que, anos mais tarde, gastaria tanto esforço a tentar reconstruir aquelas tardes que, não sendo, pareciam infinitas; chegavam ao fim mas esse fim era indiferente, não se entendia como um passo em direção ao grande fim; eram tardes que regressariam sempre e que, por isso, afinal, não terminavam. Muito depois, noutra idade, José concluiu que, nesse passado, não considerava a ideia de fim, era incapaz de concebê-la. Então, quis desaprender, regressar a essa ignorância específica, e não conseguiu, obviamente. Tinha dezanove anos, descia o Parque Eduardo VII, junho e sábado de feira do livro. Os pés não tocavam o chão, afundavam-se numa matéria que não sentia. Acreditava-se observado pelos livros e envaidecia-se debaixo dessa atenção. A altivez das suas certezas contornava vultos que, por insegurança, caminhavam mais devagar, subindo ou descendo. Eça de Queirós estava com cinquenta por cento de desconto, Fernando Pessoa apresentava-se ao monte, a cem escudos, todos os heterónimos misturados. José passava por isto, reconhecendo-lhe o cheiro, mas sem intenção de deter-se.

Estava em Lisboa havia dez meses, era dono da cidade. Chegara em setembro, na segunda semana de aulas, aluno universitário. O dinheiro que o pai mandava permitia-lhe um quarto a pouca distância do Cemitério do Alto de São João, na casa de uma senhora de idade, primeiro andar, napperons de renda em cima de tudo. Almoçava na cantina, jantava cigarros, fumou durante três anos.

Ouvia mais os seus pensamentos do que o altifalante a anunciar sessões de autógrafos e, por esse motivo, abrandou diante de uma fila com pessoas altas e baixas. Não entendeu logo o propósito daquela reunião. Investigador, seguiu essa linha com o olhar até um homem sentado a uma mesa, um humano que levantava o rosto para quem tinha à frente e que, logo depois, se inclinava sobre um livro, riscando. José já tinha visto fotografias de Saramago, não se impressionou com os traços mais evidentes, interessou-se sobretudo pela cor, pelo volume e pelo movimento. O escritor usava um desses casacos cor de rato, apesar da primavera estival, mas a pele era mais morena do que imaginara, com menos amarelo, comparável à pele de homens que José encontrava nos transportes públicos. Além disso, existia no real com a massa de qualquer outro objeto, diversos sombreados atestavam-lhe o recorte. E, claro, mexia-se, desempenhava movimentos que, tudo indicava, se podiam comparar com os de outros indivíduos nas mesmas condições.

Nem o próprio José soube quanto tempo passou a vigiar Saramago. A contagem de minutos baralhava-se naquele cruzamento de fronteiras. Num instante, olhava para o escritor, analisava os incríveis detalhes da sua contemporaneidade, e, no instante seguinte, ou a meio desse, via o seu próprio rosto naquele lugar, a sua presença naquela presença. Ali estava uma imagem do seu futuro, não tinha dúvidas. Também ele seria um escritor assim, talvez um pouco mais importante, com uma fila mais longa para autógrafos. Escutava vozes do futuro, infelizmente o autor não terá possibilidade de assinar todos os livros, pedimos compreensão. José não se aplicava nos estudos da faculdade porque sabia que iria ser escritor e, mais, sabia com exatidão o tipo de escritor que iria ser, começaria por ser o melhor da sua geração e, logo a seguir, universal e intemporal. Estava prestes a terminar o primeiro ano, chumbaria a metade das disciplinas, mas isso pouco importava; em breve, estariam a estudá-lo a ele.

Interpretando circunstâncias, os ossos de José aproximaram-se da barraquinha da editora. Já nesse tempo não saía de casa sem caderno, pousou-o em cima da banca e, sem novidade, folheou diversos romances de Saramago, arqueando as sobrancelhas em determinadas frases, indeciso, leitor, como se considerasse a compra. No instante certo, marcado por uma sineta silenciosa e invisível, nem a mais, nem a menos, levantou o caderno com naturalidade e, alargando o espaço entre o polegar e o indicador, agarrou o livro que estava por baixo; deu dois passos atrás e afastou-se. Tão fácil roubar livros na feira do livro, José respirava sem pressa. Entrou na fila dos autógrafos, despreocupado, os sons e a claridade começavam a amenizar-se, os pombos planavam. Sentiu então, de repente, uma massa de dedos a apertar-lhe a nuca, o que é que levas aí?

Nesse instante, começou a gritaria. O primeiro gesto de José foi entregar o romance, como se queimasse, mas o livreiro precisava de catarse, desforrava-se ali de todos os furtos que não conseguira caçar. Ao fazê-lo, furioso, imaginava larápios a desfrutarem indevidamente de enredos bem urdidos, a deleitarem-se com metáforas à borla. E toda a gente olhava para José, a fila inteira, quem passava, os vendedores das outras editoras e, depois de algumas pessoas se afastarem, o próprio Saramago.

E, mesmo à distância, os olhos por detrás das lentes, óculos de armação grossa, Saramago reconheceu-o imediatamente. Essa constatação foi um raio. Perdeu a força no autógrafo, pousou as mãos sobre a mesa, desnecessárias para o espanto. Se abriu ligeiramente a boca, se franziu a testa, ninguém reparou. Por fora, Saramago manteve compostura e gestos. Por dentro, onde se imaginava um discurso estruturado, brotou uma desordem selvagem de memórias e perguntas. No interior das suas opiniões, soava um alarme.

O corpo de José vergava-se debaixo dos olhares, rosto no chão, ombros dobrados pelo enorme tamanho dos braços estendidos. No centro do escândalo, não tinha ordem de libertar-se do livreiro, que o segurava pelo cotovelo, a mão como uma algema de ferro. Polícia, polícia, o livreiro repetiu essa palavra em três ou quatro frases diferentes, ameaça de esperarem juntos pela polícia.

Saramago arrastou a cadeira com as costas, pediu licença a quem estava diante de si, levantou-se e caminhou em direção à cena. Ao longo do caminho, foi puxando os olhares. Perto, a poucos passos, abrandou até suspender-se, e precisou de aproveitar a riqueza dos detalhes, as pupilas pareceram insuficientes para ver com a intensidade que desejava. Essa fome não era evidente para os outros. José, preso nos seus dezanove anos, não tinha maneira de interpretar o rosto de Saramago, que encarava ali pela primeira vez. Em toda a multidão, ninguém possuía esse poder de análise. Apenas Saramago, que reconheceu José no primeiro momento, o seu olhar a tocar a imagem de José, como dois objetos sólidos a tocarem-se; apenas Saramago identificava o tamanho do que estava a acontecer.

Porque precisava de dar continuidade ao tempo, esperava-se um novo instante, Saramago pediu o romance ao livreiro incrédulo. Ao recebê-lo, demonstrando sentido prático e competências sociais, Saramago consolou o homem, demonstrando empatia com as suas mágoas, mas mostrando-lhe outro lado, tratava-se apenas de um rapaz que queria ler, raro rapaz nos dias que correm, todo o público sorriu perante esse comentário. Então, como se não soubesse, Saramago perguntou o nome a José, a sua voz mudou de timbre, atravessou dimensões. Sem entender os motivos imediatos e profundos de Saramago, José respondeu sem força, desesperado. Saramago assistiu muito atento à articulação dessas duas sílabas, avaliou-o no breve cruzamento de olhares e, regressando ao mundo, escreveu uma dedicatória rápida, com a simpatia de. O obrigado não se ouviu.

Saramago continuou a olhá-lo, comovido, assombrado, orgulhoso. Na ignorância, José estava muito longe dessas apreciações. Desceu a feira do livro sem olhar para trás, ganhando embalo,

30

apressando o passo, apressando o passo até correr. E a Avenida da Liberdade, o Rossio, a Rua Augusta, parou na Praça do Comércio, no Cais das Colunas, o rio não o deixou prosseguir. Nunca leu esse ou qualquer outro livro de Saramago, humilhação secreta, profunda dor. Acreditou que preferia ter sido levado pela polícia, interrogado na esquadra, ter respondido a todas as perguntas do cassetete. Convenceu-se de que Saramago apenas aproveitou a oportunidade flagrante, armou-se em herói, grande coisa. Numa visita a Bucelas, fim de semana sim, dois fins de semana não, abandonou o livro à sorte do pó. É possível que a mãe, influenciada pelo boletim paroquial, lhe tenha dado sumiço na época de O Evangelho segundo Jesus Cristo, 1991. Saramago voltou com dificuldade aos autógrafos, cabeça cheia. Precisava de estar sozinho para compreender melhor aquele acontecimento, aquele encontro, reencontro, para refletir, para contemplar e apaziguar o segredo desmedido que suportava.

Odiava aquela nota de cinco contos, sentia-a no bolso como se lhe ardesse o peito. Misturava essa brasa com a memória turva de outras notas, tivera-as na ponta dos dedos, fechara os olhos para concentrar-se no toque e, mesmo assim, esvaíram-se em nada. José não possuía relógio, mas sabia que passava da uma. Aquela hora batia nas fachadas brancas das casas e espetava-se nos olhos, aquela hora trazia-lhe pedaços de Bucelas, certas vozes, a mãe, os rapazes com quem brincava quando ainda não tinha romances por escrever, o segundo romance, amaldiçoado. Bucelas parecia tão longe. Ficava exausto com a ideia de esperar pelo autocarro, de estender o bilhete ao motorista, de sentar-se num banco à janela e de fazer aquela longa viagem, quarenta minutos? Era difícil explicar os paradoxos da distância entre Lisboa e Bucelas, faltava um Einstein que fosse capaz de sintetizar essa fórmula, havia ali uma nova relatividade à espera de ser descoberta. Era como se o espaço e o tempo se tivessem desligado naquele caminho, como se tivessem perdido lógica interna, um quilómetro não era um quilómetro, dez minutos não eram dez minutos. Como o triângulo das Bermudas, mas sem ser um triângulo e sem ser nas Bermudas. Diante do prédio de José, no cimo dos degraus, um vulto levantava o braço, parecia acenar-lhe. Baralhado e míope, José apertou os olhos sem alcançar mais nitidez, precisou de aproximar-se alguns metros. Parecia ser ou era Raimundo, editor do seu romance, Raimundo Benvindo Silva, seria mesmo ele?, era. Começou a falar ainda à distância, és mesmo intelectual à antiga, não tens telefone?, hoje em dia toda a gente tem telefone, abriu a pasta e mostrou-lhe o telemóvel novo, olha-me este bebé, e puxou a antena, tocou nos botões para fazer estampidos eletrónicos, este é o meu escritório, posso estar aqui contigo e trato de tudo como se estivesse sentado no meu escritório, não é barato, nem poderia ser, mas vale a pena, devias arranjar um destes ou, pelo menos, instala telefone em casa, escusava de ter vindo cá, embora aprecie este sol e goste de ver-te, claro.

Chegaram ao café em pouco tempo. Nesse caminho, jardim e prédios, a voz do editor envolveu-os, cruzou assuntos efémeros. Àquela hora, a dona do café era um polvo, servia minipratos ao balcão e a três ou quatro mesas, lançava braços em todas as direções. Sentaram-se em cadeiras ainda aquecidas pelas nádegas de dois pedreiros, cintos que não seguravam as calças, pelos grossos. Ninguém prestava atenção ao telejornal; sim, já passava da uma. Destroços de arroz de cabidela, ossos e pele, molho preto, prato do dia, copos manchados por vinho muito tinto, Raimundo dobrou um pouco da toalha de papel no seu lado da mesa, segurou-lhe com a ponta dos dedos, espécie de pinças. Às vezes, suspendia frases a meio para sorver o cigarro, precisava de encher e esvaziar os pulmões. Essa técnica não permitia interrupções do interlocutor, que ficava suspenso, à espera dos complementos diretos em falta. Chegava a suspender palavras entre sílabas, deixava pa, fumo, lavras a meio e José não tinha outro remédio senão espe, fumo, rar, afinal Raimundo ainda não tinha termi, fumo, nado o que estava a dizer. Nunca terminava, era uma torrente ou uma torneira, mas não teria vindo ali se não tivesse algo especial para comunicar. Paciente, José distinguiu o instante em que o rosto de Raimundo mudou, é agora. Mas quando ia sair esse início, a dona do café começou a bater com o manípulo da máquina de café, como se estivesse revoltada, a martelar a borra para dentro de uma caixa de madeira.

Seráfico, Raimundo sorriu com os olhos, saboreou uma pausa invulgar. Levou o cigarro aos lábios em funil e, depois, prognata, esticando o lábio inferior, soprou uma longa nuvem contrapicada. Sacudiu alguma cinza sobre os restos de arroz e, de repente, de uma só vez, olhou fixamente para José e começou a falar, como se quisesse matá-lo a tiro.

Quero encomendar-te uma biografia de Saramago, pelo menos duzentas páginas.

Pum. José perdeu a expressão, todo o seu rosto largou essa capacidade, passou a ser apenas uma superfície com alguns elementos espalhados, sobrancelhas, olhos, nariz, lábios. O editor continuava a falar ao mesmo ritmo sôfrego, cigarros acesos. No entanto, José estava num ponto de muito mais barulho, a sua cabeça era atravessada por um rugido. Raimundo mexia os lábios, via-se que tinha propósito, mas era impossível entender o que dizia. Perante a barra de chumbo que ocupava a atenção de José, o editor estava em silêncio absoluto, no interior de um aquário de silêncio absoluto. Os olhos de José eram o vidro grosso que os separava. No lado de cá, na cabeça, chocavam hipóteses inconciliáveis. Afinal, o medo também era uma forma de segurança. Ou, melhor, no presente, o medo também é uma forma de segurança. Foi aos poucos que José recuperou a respiração, o gosto do oxigénio. A voz do editor voltou a distinguir-se entre neblina seca, o Saramago só aceitou porque me tem em extraordinária consideração, é muito cioso, eras tu uma sardanisca e já éramos camaradas, ainda passámos por muito juntos, ou pensas que ele confiava esta brincadeira a qualquer um? José rodou a cabeça em busca da dona do café. O editor não lhe dava sossego, *Viagem a Portugal*, leste esse livro?, o Saramago escreveu-o por encomenda, permitiu-lhe governar-se, sem ele talvez não existissem os romances que vieram a seguir, pensa bem, pode acontecer-te o mesmo, sempre ganhas algum, esfregou o indicador no polegar.

E calou-se. Com a subtração daquela voz, o ambiente perdeu metade do peso. José conseguiu certos pensamentos, nunca se imaginara biógrafo, não era biógrafo; precisava de um segundo romance escrito, eis o que lhe faltava para recuperar algo a que não sabia dar nome. Ansiava pelas páginas desse romance invisível, cada palavra a ser uma montanha, pesada, difícil de escalar, a cobrir o horizonte e, ao mesmo tempo, a ser horizonte. O olhar de José atravessou o balcão e cruzou-se com o da dona do café. Num instante, considerando possibilidades, José fez uma aposta consigo próprio. Se a dona do café chegasse à mesa antes de Raimundo falar, aceitaria escrever a biografia. Essa pareceu-lhe uma hipótese improvável, o editor precisava de falar, era uma respiração, dependia desse alimento.

Mas a dona do café fazia contas e rasgava folhas de um pequeno bloco, ria-se de piadas, respondia com vagar aos homens do balcão. Raimundo tinha o pescoço descaído num ângulo pouco comum, olhar embaciado, peixe na peixaria. Alguma coisa de José, talvez o seu contorno, borbulhava em ligeira fervura.

A dona do café começou a afastar-se da conversa, ainda presa por uma frase; o editor limpou os olhos, novamente nítidos. A dona do café iniciou o caminho para a mesa, o editor abriu os lábios. E voltou a fechá-los. E a dona do café chegou à mesa, recolheu os pratos, amassou a toalha de papel, nódoas translúcidas.

Incrédulo e cumpridor, José apertou a mão do editor.

O tumulto voltou ao café, refletido pelo brilho gorduroso dos azulejos. Cultor do pragmatismo, Raimundo Benvindo Silva tirou um gravador da pasta, segurou-o pela correia e pousou-o na mesa, pousou também uma mão-cheia de cassetes em miniatura, já viste isto?, e riu-se. Bem sei que és intelectual de outro tempo, mas basta conversares com o homem algumas vezes e compores um texto biográfico à tua maneira, duzentas páginas, a primeira entrevista está marcada, Lisboa, dia 15, tens dez dias para te preparares.

Sem que ninguém tivesse pedido, confundindo ou intuindo, a dona do café trouxe dois pequenos cálices, que encheu de aguardente até ao risquinho. Deixou ficar a garrafa.

3.

O espelho retrovisor continha todo o banco de trás, era aí que o taxista observava José, ansioso entre a janela da esquerda e da direita, impaciência de querer saltar em andamento. Na véspera, José repetiu mil vezes na cabeça o plano de ir a pé, com descontração, até à Avenida Almirante Gago Coutinho, tão perto de casa, logo depois da Rotunda do Relógio, mas esqueceu-se mil vezes desse pensamento no próprio dia, convenceu-se de que o tempo chegava para tudo, dormiu a sesta, arrumou gavetas. Quando deu pelas horas, estava em cuecas no quarto e foi fulminado, quase caiu ao vestir as calças, exasperou-se a abotoar a camisa, faltou-lhe sensibilidade miúda na ponta dos dedos. Saiu de casa a correr, atravessou o centro comercial a correr, as luzes refletidas nas vitrinas e no polimento do chão, a música dentro de uma lata chocalhada, as pessoas como obstáculos que tinha de contornar. No primeiro carro da praça de táxis, disse o endereço ao motorista, subtraindo sons a Coutinho e fundindo-o com Gago, Gagcoutin.

José assentou as pontas dos pés na calçada e, antes de entrar, curvou-se sobre a base de um poste de iluminação pública. Vomitou um jorro amarelo ou bege, que lhe salpicou os sapatos. Coberto por transpiração febril de gotículas, limpou os lábios ao forro do casaco. Abriu o pequeno portão de ferro, atravessou alguns metros ajardinados e entrou a arfar. Tinha esperança de que essa amostra de esforço justificasse o atraso de quarenta minutos. A rececionista não era nova, olhou para ele sem entender. Pouco acostumada a tanto drama, assistiu à luta com os termos simples que José usou para explicar a sua presença. Pestanejando apenas um par de vezes, a rececionista levantou-se e encaminhou-o ao longo de corredores.

O encontro tinha sido marcado na editora dos livros de Saramago, um espaço organizado, local de trabalho. José avançava, o coração dava-lhe murros no interior do peito. Ainda ofegante, sem saber respirar, olhava por todas as portas abertas, imaginando uma vida regrada por horários. A rececionista bateu levemente com o indicador em gancho, sim?, a sala tinha uma única mesa, sala de pequenas reuniões, paredes brancas, sem janelas. Saramago estava diante de um homem que se levantou, deixo-vos à vontade. José sentou-se nesse lugar.

A mãe de José espumava saliva grossa, escorria-lhe pelos cantos da boca, pelo queixo, e pingava-lhe no peito da camisa de noite, formando uma mancha que não parava de alastrar. Arregalava os olhos com agonia assassina. O marido, pai de José, mantinha-se à entrada do quarto, sob o aro da porta, amedrontado ou perplexo. Uma vizinha segurava-lhe os pulsos, temiam que se esgadanhasse. Perdida como estava, podia lançar as mãos à cara e arrancar um olho.

Mas era quase hora de almoço, ou eram quase três e meia, e o marido tinha de ir fazer qualquer coisa na outra ponta de

Bucelas, ou tinha de ir a Loures, tratar de um documento antes de fechar a repartição de finanças. Quando saía, quando se ouvia a porta da Mercedes a bater lá fora, o motor a rugir e a afastar-se, ela expirava um longo suspiro e deixava-se cair de costas sobre as almofadas, cansada. Nesse instante, aquele mês de agosto, não demasiado quente, regressava pela janela, voltava a ter autorização para transpor as cortinas. A luz agarrava-se toda ao papel de parede.

José estava de férias, tinha onze anos e, apesar de algumas opiniões opostas à sua presença, ali continuava, sentado a um canto. Talvez pela imobilidade e pelo silêncio, acabou por se transformar numa espécie de sombra ou de estátua. Mantinha a forma de pessoa, mas poucos reparavam nele e ninguém lhe dirigia a palavra. José, no entanto, reparava em quase tudo; parecia-lhe que, finalmente, decifrava antigos mistérios, temas acerca dos quais não podia fazer perguntas.

Durante os breves sumiços do marido, uma hora ou duas no máximo, a voz da mãe retornava à moleza, conversava com as vizinhas que entravam e saíam do quarto, pedia algo de beber, talvez um copo da gasosa que tinha no frigorífico. Os cabelos compridos que usava na época acrescentavam tragédia àquela figura desgrenhada, olheiras fundas como poços. José comparava essa imagem com a fotografia do casamento que estava sobre a cómoda, a mãe vestida de noiva, sorriso que atravessava o preto e branco, o tempo, que atravessaria muito mais, sorriso que não poderia ser detido por nada, radioso como o primeiro dia do mundo.

Mais tarde, anos depois, a mãe passou a guardar essa fotografia numa gaveta, deixou de ser capaz de encará-la todos os dias, e apenas a pousava sobre a cómoda quando o marido chegava da Alemanha. Mais tarde ainda, alguns anos depois disso, deixou sequer de tirá-la da gaveta, esqueceu-se ou achou que não valia a pena.

38

Naquele verão, contudo, a fotografia permanecia no seu posto original. Por momentos, José tinha duas mães e dois pais.

Havia o casal emoldurado, com centímetros de altura, de braço dado para sempre, jovens vestidos a rigor e, no mesmo quarto, a pouca distância, em tamanho real, havia a mãe descomposta, a espernear sobre a cama, agarrada por uma vizinha valente, e havia o pai de calções e sandálias, pasmado, a olhá-la de longe. Belzebuuu, assim que a mãe de José nomeou o demónio pela primeira vez, a vizinha falou imediatamente em possessão, viu logo que estava possuída, mostrava todos os sinais. O marido, com o ceticismo dos estrangeirados, esqueceu o temor e riu-se pelo nariz. Histeria nervosa, disse ele, quando muito é histeria nervosa. A partir daí, a pele da mãe de José arroxeou. Colérica, duplicou a produção de saliva; invocou Satanás através de todos os seus sinónimos; ganhou um desespero e uma rouquidão na voz que, sentia-se, lhe destruía a garganta. Esse martírio durou até altas horas, quando, finalmente, caiu sem energia, feia adormecida, emitindo um ronco continuado que a mesma vizinha também atribuiu ao sobrenatural. No dia seguinte, quando acordou, estava pior.

José surpreendeu-se com aquela mão seca, os ossos por baixo da pele lisa. No primeiro instante em que apertaram a mão, formigou um prurido elétrico em todos os pontos onde se tocaram. Os dedos de um envolveram a mão do outro, palmas coladas, sensibilidade máxima. A mão de Saramago era seca, nenhuma transpiração a atrasar o toque, era lisa, polida, os dedos de José deslizaram nessa pele. Não houve mais força do que a simples necessidade, não houve quente ou frio, apenas medidas certas que, por isso, não se notaram. O polegar de José tocou nas costas da mão de Saramago, veias salientes, altas, tendões que lhe articulavam os dedos. Na sombra cinzenta, durante um lampejo, as ramificações desenhadas nas costas da mão de Saramago pareceram de mármore. Ao interromper essa ligação, ao afastar-se, José sentiu o peso que o cobria. Mais do que estar naquela sala, estava no interior do olhar de Saramago. Como se tivesse mergulhado a mão noutro mundo, levava ainda a informação da pele, mas perdera qualquer abrigo perante aquela vigilância sem trégua. A pele era humana, o olhar era inumano. José não temia que Saramago o identificasse a partir da cena na Feira do Livro de Lisboa, seria impossível, havia todo o caminho que aquele homem tinha feito nos últimos doze anos, filas e filas de pessoas paradas à sua frente. Por outro lado, José sabia que ele próprio mudara. Com trinta e um anos, não era o rapaz de dezanove, havia um oceano metafórico a separar essas duas idades, submergia a distância, embaciava as memórias. O que aterrorizava José era uma possibilidade vaga, e se Saramago tivesse lido o seu primeiro romance? Sozinho, antes de chegar ali, essa ideia fazia com que esfregasse a cara com as duas mãos.

José temia o descontrolo dos livros largados no mundo, não importava o tamanho da tiragem ou as mentiras dos números exatos; importava a ideia de objetos comunicantes a existirem à solta, sem pedir permissão, em qualquer parte. Apesar dos poucos exemplares vendidos, o editor queixava-se sempre, havia essa existência aleatória, livros que possuíam todo o tempo para encontrar leitores. O pânico de José era que, num momento determinado, num espaço determinado, cruzamento de inúmeras variantes, Saramago e um exemplar do seu primeiro romance tivessem coincidido. A imagem de Saramago a ler o seu primeiro romance baixava-lhe a tensão arterial, quase desmaio. Não entrava sequer nas razões desse medo, preferia não desenvolver o pensamento, tortura, bastava-lhe a ideia vaga e, de repente, o seu olhar tingia-se de amarelo febril, malária louca, subia-lhe ácido à boca, refluxo fantasma. Saramago continuava a olhá-lo, sobrancelhas sobre os óculos, desinteresse ou desdém, nada o entusiasmava. Essa indiferença encorajou José, permitiu que iniciasse a sua tarefa, balbuciasse algumas sílabas. Tirou o gravador do bolso do casaco e pousou-o sobre a mesa, importa-se? Saramago não reagiu, mais do que acostumado a gravadores sobre a mesa. Por nervos, José murmurava a descrição do que estava à vista, vou agora ligar o gravador, já está. Nesse seguimento, atrapalhou-se, bateu num copo meio cheio de água, que se entornou a grande velocidade sobre o tampo da mesa e sobre as calças de Saramago, que se levantou num salto de pernas longas. Aflito, José conjugou muitas vezes o mesmo verbo, desculpe, desculpe, desculpe, como se essa fosse a única palavra que conhecia. Saramago fez o gesto inútil de sacudir o molhado da coxa esquerda, pigarreou e sentou-se noutra cadeira, sem dizer que não fazia mal. José perdeu todas as opções. E desistiu, desligou o gravador, voltou a guardá-lo no bolso do casaco, abriu o caderno e segurou a caneta, pronto a tirar notas.

As pálpebras de Saramago cobriam-lhe metade dos olhos, quer falar sobre quê? Logo após responder, José já não sabia as palavras exatas que usou, qualquer assunto lhe seria útil. E como custou aquele sorriso postiço, os lábios a estalarem em esforço, o azedo a escorrer espesso pela garganta. Sem dar importância a essa máscara, Saramago começou por falar do romance que tinha acabado em julho, no dia 2 de julho. Este tema animou-o. Aos poucos, em crescendo, as frases transformaram-se em movimentos de valsa, prolongados meneios, cortados por pausas precisas, a darem um sentido ao próprio tempo, a moldarem-no. Ganhando balanço nessas voltas centrípetas, Saramago levantou voo, planou no discurso, asas abertas a cortarem um céu imenso. Ao mesmo ritmo, gradação, José foi inspirando ar cada vez mais fresco e mais leve, oxigénio absoluto a limpar-lhe os pensamentos. Numa sequência ininterrupta, fluidez que José começava a apreciar, Saramago mencionou detalhes de quando escreveu *Memorial do convento* e, mesmo, alguns dissabores da publicação de *Terra do pecado*, título que o editor lhe propôs em 1947. Então, José teve a certeza de que Saramago não tinha lido o seu romance. E o tempo recomeçou. Em frágil descontrolo, José sensibilizou-se de repente, chegou a experimentar a impressão de lágrimas a arderem-lhe nos olhos. Esse arrebatamento era reflexo de outras horas, bem bebidas, instantes em que escancarara as comportas do peito e do choro sem censura, abertura tão ampla que, mesmo a seco, sem álcool, não voltara a conseguir fechá-las completamente. Ali, perante o exame de Saramago, não foi fácil dissimular essa comoção de bêbado, mas safou-se com uma careta, um esgar imprevisto. No fundo, aquele abalo não era mais do que esperança, sentimento inofensivo para qualquer outro, mas que baralhou José por desabituação. Afinal, apenas se apercebeu da inabalável unidade que formava aquele instante, do modo como todos os elementos estavam ligados para lhe dar realidade. Com essa lucidez, sentiu-se livre para reparar em pequenos detalhes de Saramago, a variável cartografia das linhas da testa, os pequenos grãos de caspa nos ombros do casaco, as modulações na voz, a música de certas palavras. Misturou essas pequenas notícias com ideias que lhe chegavam a partir de dentro mas que, por ter o olhar dirigido a Saramago, pareciam evidências a que assistia, severo comunista, austeridade empedernida, homem que não sorri. Entre estes dois planos, imagem e preconceito, o cheiro de Saramago tocava o ar, era o cheiro de um corpo humano que estava ali naquele momento, exatamente ali e exatamente naquele momento. Debaixo daquela voz ininterrupta, José espetou o queixo como se escutasse. Alheado, voltou a acreditar em ideias de que duvidava havia muito tempo. Talvez o editor tivesse razão, talvez aquele livro, aquela biografia entre aspas, fosse o que precisava. Estava cansado de lutar com o segundo romance, desgaste de anos. E lembrou-se da Mercedes do pai numa estrada de areia solta, que idade teria?, os pneus de trás a girarem sem chão, a resvalarem, o pai a amaldiçoar a estrada, Bucelas, Portugal inteiro, a mandar sair toda a gente do carro, a mãe e José; depois, homens a ajudarem, a forrarem os buracos com ramos de pinheiros, a empurrarem a traseira, a levarem com fumo e areia nas ventas e, de repente, o carro a avançar, solto e aliviado. José quase sorria, talvez aquele livro futuro fosse assim, talvez o desencalhasse.

Quando se fadigou ou lhe apeteceu, Saramago calou-se. Muito entretido, José tirava notas que não tinham ligação com o que era dito. Terminou à pressa de escrever uma frase, fechou o caderno. Foi para agradecer, mas já estava sozinho na sala.

Não me escondo por trás do narrador.

JOSÉ SARAMAGO, 1994

Sete da manhã, horário de Lisboa, Saramago destapou-se e saiu da cama, fez a sua higiene, vestiu-se, tomou o seu pequeno-almoço, passou o olhar pelo jornal, passou o olhar pela agenda, acrescentou alguns pontos, respondeu a oito cartas, escreveu um parágrafo acerca de uma romancista colombiana, Pilar traduziu-o imediatamente para o castelhano. Às nove da manhã, levantou-se da secretária e espreguiçou-se, esticou os braços e arqueou a coluna. Voltou a sentar-se, escreveu uma longa entrada no seu diário, quase uma página e meia. Mudou de cadeira para folhear algumas páginas de um romance que lhe pediram encarecidamente para ler. O telefone tocou três vezes, Pilar inventou duas desculpas, mas Saramago teve mesmo de atender um desses telefonemas, demasiado longo, vinte minutos a falar em francês. Às onze da manhã portuguesa, já havia jornalistas acordados em São Paulo, Saramago respondeu à primeira entrevista do dia, também por telefone, gostou de algumas perguntas. Pilar tinha vários assuntos para esclarecer, falou-lhe e escutou-o com a mesma expressão, primeiro as decisões que só ele podia tomar, depois as decisões que tinham de tomar juntos. Essa conversa foi interrompida por outra entrevista brasileira, quase as mesmas perguntas. Pilar terminou a conversa, as decisões foram tomadas. Saramago ia sentar-se, ainda o livro que lhe pediram para ler, mas era hora de almoço, almoçou, descascou uma maçã no fim. Chamou por telefone o táxi que o levaria à editora, calçou-se, vestiu o casaco e saiu. O sol, Saramago observou Lisboa com cuidado durante o caminho, gente nos passeios. O taxista reconheceu-o logo, mas só ganhou coragem ao virar no Campo Pequeno, engoliu o anticomunismo por momentos e, perante esse contacto com uma personagem famosa, esbanjou risinhos nervosos. A rececionista da editora tratou Saramago por tu, acompanhou-o por camaradagem e não por obrigação profissional. No gabinete, Saramago e o editor falaram de vários temas, estiveram de acordo em todos. Saramago atendeu a terceira entrevista brasileira do dia, longa, páginas centrais com chamada de capa, uma hora a falar. De boca seca e garganta áspera, depois dos corredores da editora, chegou à sala onde se encontraria com um biógrafo. Enquanto esperavam, o editor falou-lhe de José, pouco mais de trinta anos, um romance publicado, há quem diga que é bom e há quem diga que é mau, fama de vícios diversos. Falaram também de amigos em comum, gente de quem Saramago não tinha notícias, soube-lhe bem esse descanso.

O tal jovem biógrafo, José, entrou esbaforido. Saramago não conseguiu logo articular uma palavra. Em silêncio e em espanto impercetível, precisou de recompor-se. Era ele, Saramago reconheceu-o sem custo, sem necessidade de apurar os olhos, de esmiuçar a memória. Era ele, Saramago disfarçou o assombro, absorveu-o, relacionou essa informação com tudo. O momento do aperto de mão foi demorado e vertiginoso, a cronologia distorceu-se no melindre do tato. Saramago sentiu e recordou ao mesmo tempo, presente e passado. As palmas coladas, ligeiro côncavo, as linhas da mão sobrepostas, antagónicas, duas mãos direitas a chegarem de lados opostos.

Saramago perscrutou cada ruga de expressão, cada penugem que foi capaz de distinguir. Douto em múltiplas artes, simulou desinteresse ou desdém para não perder a compostura, preferiu manter o segredo. Enquanto isso, José pousou um gravador sobre a mesa e, numa sequência de gestos despropositados, entornou um copo de água meio bebido. Saramago previu esse desenlace, considerou o copo de água, considerou os movimentos errantes, assistiu à cena exatamente como a imaginou. Com o desconforto da perna molhada, agastado, culpou-se a si próprio por não ter agido de acordo com a sua previsão.

Mais habituado à presença de José, mais saciado de observá-lo, Saramago achou-se sem perguntas para responder. Falou sobre o novo romance, descreveu a hora em que o acabou, essa alegria. Achou que poderia encorajar José, dar-lhe o ânimo para a construção que tinha pela frente. José olhava-o ignorante de todo esse futuro, Saramago sabia muito mais do que ele, sabia exatamente do que se tratava. Também por esse motivo, conduziu a conversa para a descrição da escrita, *Memorial do convento*, quis mostrar a José a insistência, o trabalho. Quando lhe pareceu que estava a perdê-lo, que podia afastar-se demasiado de uma realidade acessível a José, falou-lhe de *Terra do pecado*, o seu primeiro romance, publicado havia cinquenta anos, 1947, as adversidades. Esperou que José fosse capaz de estabelecer as necessárias ligações entre esses três pontos, ânimo, trabalho, adversidades. Num instante fortuito desse balanço, José enviesou o rosto, olhos e boca, arreganhou as gengivas, enroscou o nariz, espécie de arrepio que o trucidou. Saramago fingiu não reparar nessa careta, o que havia de dizer?, terminou a frase que tinha iniciado, acrescentando apenas um pouco de espaço entre as palavras. Porque fazia parte da sua natureza, estruturou a palestra, preparou a conclusão com subtileza, apresentou o fulgor do clímax e, claro, a suave conclusão, justa, necessária, até se dissolver no silêncio.

José escrevia sem parar no caderno. Saramago esperou, olhou-o com ternura contida, impossível de identificar a partir do exterior. José continuava a escrever, absorto em anotações. Saramago levantou-se, não se esforçou por agir de modo invisível ou silencioso, esse seria um comportamento indigno, mas percebeu que não era notado. Abriu a porta com um gesto habitual, olhou de novo para José, compenetrado nas páginas do caderno, e saiu. Parecia-lhe vagamente que, assim, contribuía para preservar o segredo, deixava-o naquela sala, a salvo da realidade, a salvo de todos os que podiam descobri-lo.

A intensidade da possessão foi oscilando até à véspera da data marcada para a partida. Nesse serão, depois de um jantar de peixe grelhado, enormes talhadas de melancia, a mãe de José retirou-se para o quarto, vestiu a camisa de noite e ninguém deu por ela durante meia hora. Na memória, as noites antigas de agosto em Bucelas têm a temperatura perfeita, as mangas curtas permitiam o contacto direto da pele com esse ambiente. Estava o marido a contar anedotas aos amigos, garrafa de schnaps sobre a mesa do quintal, quando se começaram a escutar os urros. Assim terminou o jantar, os homens retiraram-se, chegaram as vizinhas. Houve um período de avaliação dos acontecimentos, copos de água com açúcar que a mãe de José atirou de encontro à parede do quarto, e já passava das três da manhã quando veio o padre, contrariado. Era rigoroso nos sonos, setenta e dois anos feitos em maio, mas devia horas e horas de voluntariado àquela paroquiana, igreja desinfetada, nódoas de cera esfregadas com escova de dentes. Além disso, entre aquelas beatas, enviaram a mais beata, que lhe rogou quase de joelhos, ele segurou-a quando ia para se ajoelhar, e lhe afiançou que a senhora se desgraçava, padecia de uma doença espiritual, o anjo mau tinha-a tomado de ponta.

Acordado à força, o padre fermentava um bafo pestilento, atravessava-lhe os dentes soltos. Ao pousar a mão sobre a testa suada da possuída, os dedos enterrados na franja, respirava-lhe em cheio no rosto, esse hálito agravava a possessão, gerava espasmos. José continuava com onze anos e continuava sentado no banco do canto, não se podia dormir naquela casa. O marido, pai de José, observava incrédulo, saindo para fumar cigarros durante momentos em que a situação acalmava bastante. As malas estavam feitas, arrumadas num canto da cozinha. O plano era sair de manhã, pela fresca; dormindo uma noite em França, abaixo ou acima de Bordéus, chegaria a Frankfurt no dia seguinte, à tardinha.

Apesar do fervor do padre, que chegou a partir um rosário, bolinhas espalhadas pelo soalho, o descontrolo da mulher era cada vez mais violento. As horas da noite não se distinguiam dentro de um tempo exausto, enorme, toda a gente estava farta daquele estrafego. A mãe de José rosnava ou falava línguas, juntava sílabas ao acaso, formava palavras a parecerem mais ou menos estrangeiras, louca ou animal. Esses sons imprevistos agitavam-se no interior de um coro de vozes a rezar pais-nossos ou ave-marias, as vizinhas encostadas à parede, e cruzavam-se com a voz do padre, deixa este corpo, em nome do Pai, do Filho e do Espírito Santo. As lâmpadas do lustre, pingentes de vidro, enchiam o quarto de uma luz amarela, quente, densa. Revezando-se, as mulheres que seguravam a possuída transpiravam por todos os releixos e, contra a asfixia, foi preciso abrir a janela. Nesse momento, chegaram as melgas, alimentaram-se em braços abundantes, engordaram à vontade.

Na fronteira da madrugada, quando se distinguiu o início do lusco-fusco, o padre sentou-se numa cadeira, serviram-lhe pão com chouriço e um copo de vinho branco. Tinha os paramentos murchos, o nariz embicado para o chão, rodava os maxilares para mastigar. A mãe de José aproveitou também essa folga. O marido, ansioso com as horas, aproximou-se do padre para averiguar a resolução do caso, mas não recebeu resposta.

O novo embate foi ainda mais potente, o pescoço da mãe de José contraía-se a cada grito. Como uma brisa sobre a guerra, de fininho, não querendo incomodar, com licença, se faz favor, o marido aproximou-se e, interrompendo o exorcismo com a sua delicadeza, desculpou-se um pouco, tinha de ir, fazia-se tarde. O padre, as vizinhas, a própria possuída, o filho, todos ficaram admirados a olhar para ele. Ligo quando lá chegar, disse à mulher despenteada, imitando um telefone com a mão, polegar e mindinho esticados. Deu dois passos na direção de José, passou-lhe a mão pelo cabelo e saiu. De repente, a mulher redobrou os esforços, a sua voz ganhou ainda mais satanismo, Lúcifer-Lúcifer, mas, depois de estarem arrumadas as malas no porta-bagagem, os garrafões de azeite, ouviu-se a porta da Mercedes a bater e, muito melancólico, o motor a afastar-se, fim de agosto, fim do verão.

A mãe de José caiu para trás, ficou deitada de costas na cama, sem ser preciso segurar-lhe os braços ou as pernas, olhos abertos, letárgica. O padre saiu, as vizinhas trocaram-lhe a camisa de dormir como se despissem uma boneca encharcada em suor. Ficou assim durante dois dias, José comia pouco. Depois, levantou-se, foi à mercearia, abasteceu a despensa, voltou à sua vida. Na missa ou na rua, quando se cruzava com o padre ou com as vizinhas, ninguém voltou a falar nisso.

Entrou um homem na sala, funcionário da editora. Simpático e diligente, quis mostrar os escritórios e quis oferecer alguns livros, o que é que não leu? José divagou e não enumerou qualquer título, abdicou desse descaramento. Aceitou o romance que lhe foi oferecido, *Memorial do convento*, tomou-lhe o peso. Sabia o suficiente para fingir que lera, para fazer comentários com que todos concordariam, até para entrar em discussão sobre assuntos específicos, mas preferiu não fazer esse papel. A urgência obrigou José a guiar o homem até à saída e não o contrário. Estava preso numa única ideia, as cores daquela hora eram uma abstração intelectual que não sentia realmente, estava obcecado com uma cisma que lhe preenchia o pensamento. Achando caminho entre carros estacionados no passeio, despediu-se ao longe desse funcionário, cujo nome não chegou a conhecer. A tarde aproximava-se do fim, o normal seria que subisse em direção aos Olivais, mas José decidiu ir para o outro lado, no sentido do Areeiro.

4.

Parecia-lhe que o tráfego vinha contra ele, era como se todos fugissem do lugar para onde se encaminhava, êxodo de carros e lambretas, autocarros e camiões a protestarem fumo contra aquela hora. Havia suficiente claridade para se distinguir as cores nos muros das vivendas ou nos capôs dos automóveis, mas os candeeiros já estavam acesos sobre a Gago Coutinho, formavam uma réplica aérea, picotada e incandescente da avenida. Alguns veículos traziam os faróis ligados, apontavam-nos aos olhos de José, queriam entrar por ele adentro. Também havia carros a dirigirem-se para o centro de Lisboa, tinha de haver, mas, vedado pelas árvores ralas do separador ou pela sua própria cegueira, José preferia acreditar que todo o tráfego vinha contra ele, fugindo de algo terrível que ignorava ou que, conhecendo, escolhia enfrentar, como num suicídio heroico.

Saramago terá inimigos durante várias gerações, não vão perdoar-lhe tão depressa; podem morrer estes, nascer outros, morrer esses, nascer mais outros, morrer esses também, nascer uma terceira leva deles e, mesmo entre esses futuros, continuará a haver quem preserve este ódio a Saramago. O que espantou José nestas palavras foi Bartolomeu utilizar a terceira pessoa para se referir aos inimigos de Saramago, eles em vez de nós, não vão perdoar-lhe em vez de não vamos perdoar-lhe. José preparou-se antes de dar a notícia, treinou a frase na cabeça e, quando a disse, o som a reverberar, ficou à espera da reação como se lhe fosse cair o teto em cima. No entanto, estranhamente, Bartolomeu manteve-se sereno e, com naturalidade, compôs uma fala que passou por aquelas palavras, recordadas por José enquanto subia para o Areeiro.

Na semana anterior, depois de levantar o vale de correio, José teve um ímpeto de honradez e quis saldar a dívida de cinco contos imediatamente, precisou de convencer-se a não ir direto da estação de correios para a Encarnação. Assim passou o resto da tarde, o serão, uma noite, e na manhã seguinte, encorajado por uma aguardente nova, lançou-se nesse caminho. Quase em simultâneo, entregou uma nota sem dobras, a cheirar à máquina de fazer notas, e entregou a notícia da biografia. Já se sabe que faltou envolvimento a Bartolomeu, articulou um comentário distante, referiu os inimigos, e mudou de assunto, preferiu falar da madre Teresa de Calcutá, finada no dia em que conseguiu participar no programa de rádio. Enquanto a voz de Bartolomeu se propagava no éter português, estava aquela santa a falecer em Calcutá, a lutar com a morte sob o calorão da Índia, sem ventoinhas que lhe valessem. José ofendeu-se com tal desinteresse, ansiava por algum escândalo, filho adolescente a desafiar o pai e, maior deceção ainda, esperava que Bartolomeu o advertisse para a importância do romance em curso, segundo romance. Afinal, havia muito que José lhe dava conta dos avanços fraudulentos dessa obra inexistente.

Ao passar pelo Areeiro, a inclinação ajudou José a caminhar, prédios cingiram o céu, a noite a estabelecer-se, e foi como se a cidade resolvesse o dilema, deixou de ser necessário avaliar a gradação do lusco-fusco. José levava o casaco vestido, não porque tivesse frio, a deslocação aquecia-o, mas porque lhe oferecia consistência. Mudava o livro e o caderno de mão por tique ou trejeito. Seguia pelo passeio, compreensivo com as senhoras que paravam à sua frente, idosas a passearem cães ou vice-versa, compreensivo com os buracos na calçada, manchas de sombra, terra que sentia na sola dos sapatos e que, contra o seu primeiro entendimento, existia por baixo da cidade.

E recordou ainda que quis esclarecer, insistiu, voltou a falar de Saramago, impressionava que Bartolomeu pronunciasse aquele nome com tanto desapego. Muito paciente, Bartolomeu explicou que há dois tipos de comunas, os que acreditam no marxismo-leninismo e os que acreditam em ficar com aquilo que é dos outros. Deus nos livre dessa gente, perde-se tempo a discutir com ambos, embora os primeiros mereçam relativa consideração, tratamento civil. José ainda não estava satisfeito, queria aprofundar, mas Bartolomeu admirou a nota de cinco contos que tinha recebido, esticou-a contra a luz e, colocando um ponto final, mencionou as rendas em atraso. José foi obrigado a calar-se e a engolir uma bolha de ar.

Saindo destes pensamentos, chegou à Alameda, parêntesis na clausura da Avenida Almirante Reis, que ali deixa de ser cidade-cidade para ser um campo de rugby, demasiada relva na opinião de José, com o Instituto Superior Técnico de um lado, betão e engenharias, e a Fonte Luminosa do outro, robustas obras de Salazar, como Bartolomeu tantas vezes gostava de não esquecer. Minutos depois, sem abandonar a obsessão que lhe conduzia cada passo, entrou numa taberna da Praça do Chile, pequena algazarra, copos de vinho por vinte escudos. O homem que estava por detrás do balcão, olheiras roxas, encheu-lhe o copo por três vezes. Sem julgamento, ia para encher novamente mas José, consciencioso, cobriu o copo com a mão. E pagou, recebeu troco, ganhou novo impulso para o que lhe faltava do caminho.

Apesar do otimismo que José levava na testa, não valia a pena ser visto por Fritz, ter de arranjar explicação para estar àquela hora naquele lugar. A livraria de Fritz ficava na Rua Passos Manuel, paralela que nunca se cruzaria ou cruzará com a Avenida Almirante Reis, mas mesmo assim José preferiu atravessar a estrada, mudar de passeio, garantir discrição. Na sua cabeça rodava uma amálgama de ideias, a austeridade das lombadas nas estantes da livraria, fragmentos da voz de Fritz entoados com sarcasmo aristocrático e um perfume intenso, fumo de cachimbo, cera de mobiliário antigo, sândalo talvez. Mas havia também uma impressão, menos identificável, reminiscência vaga da reação de Fritz ao seu primeiro romance, trauma sem nome que o enfraquecia. A confiança daquele momento parecia inflexível; mesmo assim, seria melhor não colocá-la à prova. Por isso, fintando carros, José preferiu atravessar a estrada, mudar de passeio. E lançou a sua própria voz sobre a voz espectral do austríaco, aquela biografia havia de desencalhá-lo. Havia de desencalhá-lo, precisou de repetir. Foi capaz de lembrar-se e de imaginar-se a escrever, livre, leve, desentupido.

Inspirando esse ar pelas duas narinas bem abertas, atirou-se ao Bairro das Colónias e pouco demorou até chegar à Rua de Macau. Não era um prédio de séculos, era de décadas, a mesma idade da tinta sem cor que escamava em grandes nódoas, doença de pele. José tocou três vezes à campainha, esses toques seriam silenciosos lá em cima, acenderiam uma lâmpada. Tocou três vezes bem separadas, uma, pausa, duas, pausa, três, como num filme de espiões antigos, essa senha divertia-o.

A entrada do prédio era ampla, escadas com degraus de madeira que José subiu dois a dois. Abdicara já de todos os pensamentos, era um corpo concentrado em chegar, cada fibra ocupada nessa intenção. Quando atingiu o terceiro andar, estava um dos seguranças a esperá-lo à porta, grave, sem cumprimentos, cicatriz a atravessar a garganta. José passou-lhe por baixo do braço. Logo depois, no lado de dentro, teve de desviar-se do segurança africano, cara de mau, também volumoso. Ainda nessa entrada, chegou o dono da casa, passinhos curtos e rápidos, mãos estendidas, boas-vindas ensaiadas, grande amigo a fingir.

José entrou em duas salas, as que estavam ocupadas àquela hora, duas mesas rodeadas de homens e uma mulher a jogarem póquer. Numa, falava-se alto; na outra, o silêncio era ocupado pelo ruído que vinha da divisão contígua. Numa, até os que estavam a perder pareciam despreocupados; na outra, todos cobriam o jogo com as duas mãos, recolhiam-no encostado ao peito. O fumo era o mesmo, a temperatura era a mesma, a luz era a mesma. Em todo o andar as janelas estavam cobertas por chapas pregadas de madeira, havia ali lâmpadas que nunca fundiam. Em tempos passados, aquelas divisões teriam sido quartos, foram construídas com esse propósito, cama de casal, mesas de cabeceira, toucador para senhoras mais ou menos vaidosas. Relevos de gesso no teto assistiam àquele momento da mesma maneira que terão assistido a esses casais na hora de adormecer. José aproveitou o fim de uma partida para se sentar à mesa mais descontraída, conhecia de vista todos os jogadores, sabia os nomes de alguns, embora não esperasse usá-los, iria manter-se em silêncio, esse era um estilo.

Depois de apalpar a carteira no bolso interior do casaco, chegaram-lhe as primeiras cartas à mão, jogo desemparelhado, cada uma para sua direção, como um grupo aleatório de pessoas à espera que o semáforo mude de cor antes de atravessarem a rua, nunca mais se encontrarão depois de saírem dali, a probabilidade de chegar alguém conhecido é ínfima. José não perdeu demasiado porque não insistiu nesse jogo, o baralho era uma cidade de cinquenta e duas cartas. À segunda, aconteceu exatamente o mesmo, mas com personagens diferentes, uma quina de paus, um valete de espadas sem irmãos; trocou todas as cartas, cinco, todos se espantaram quando mostrou dois pares, ases e damas. Houve um festim no seu rosto, não conseguiu encobri-lo. E ganhou de novo, e voltou a ganhar. À quarta vez seguida, chamou a mulher de avental que esvaziava cinzeiros, pediu um bagaço que lhe queimou a goela, etílico, pagou-o com gorjeta supersticiosa. Voltou ainda a ganhar e mudou-se para a outra sala. Nessa divisão, os jogos eram mais longos, havia mais cálculo, fingimento, desesperava-se à espera do destino. José esperou um pouco antes de começar, soprou as mãos, deixou arrefecer a euforia que levava no sangue, assistiu a jeitos, memorizou sinais, só então procurou assento. Ficou ao lado da única mulher, loura de sobrancelhas negras, cinquentas ou sessentas, a acender cigarros em beatas que surpreendia na ponta dos dedos.

Compreendeu instantaneamente o significado daquela seriedade. Durante várias horas, ao recuperar as perdas, quando estava quase a entrar em lucro, voltava a perder sem apelo, passos para a frente e passos para trás, como se a fortuna estivesse indecisa. Fez um intervalo, encheu os pulmões com o fumo denso do corredor, três salas de jogo naquele momento, foi à casa de banho, levou à cara as duas mãos cheias de água, sentiu que essa frescura era o azar a deixá-lo, porcaria vai-te embora, voltou ao seu posto. E perdeu, perdeu, perdeu mais e menos, mudou de mesa, perdeu ainda, como se não tivesse qualquer possibilidade de ganhar, como se as cartas tivessem tomado uma decisão, como se houvesse um boato a correr contra ele no baralho, acusado de alguma coisa terrível, proscrito sem remissão, era aquilo o inferno.

Somos as palavras que usamos. A nossa vida é isso.

JOSÉ SARAMAGO, 2008

Sete da manhã, o corpo nu de Saramago recebeu alguma luz e alguma aragem, mas não perdeu o morno ou a dormência completa. Cheirava a cama, ao gasto que a pele deixa nos lençóis, à respiração no ar do quarto, a uma noite inteira de peso sobre o colchão. Saramago vinha do sono, trazia ideias a desfazerem-se muito devagar no pensamento, não se esforçava por apanhá-las, era o cérebro ocupado em arrumar o incompreensível, migalhas de sonhos. Perdiam-se para sempre aquelas imagens, já estavam perdidas, memória ou invenção, reflexos ou nevoeiro. Havia muita claridade naquela hora da manhã de setembro, Saramago abria apenas uma linha dos olhos, fronteira entre incandescência desfocada e abstração a girar como um planeta de formas irregulares.

O rosto de Saramago sem óculos pertencia a outra pessoa, indefeso, vulnerável por fim à idade. Essa é a importância dos objetos, crescem na rotina. Dentro da cidade, a casa guardava silêncio, divisões à espera. A exceção era o breve estalar dos ossos de Saramago, a subtileza com que se despiu na casa de banho, sem gestos bruscos. Os vincos da almofada na pele da face, redemoinhos no pouco cabelo, e bocejou progressivamente, boca em abertura máxima, molares gastos. Nu e magro, foi um vulto, uma cor, uma mancha evanescente que passou pelo espelho do lavatório. Depois, articulou-se, longas pernas a dobrarem-se pelos joelhos, os dedos dos pés a tocarem no branco quase brilhante da banheira. Abriu a torneira e sentiu a água na ponta dos dedos. Satisfeito com a temperatura, deu um passo dentro dessa chuva dirigida, sentiu-a no rosto, aproveitou o privilégio.

Durante tempo líquido, os nomes regressaram aos objetos, a cidade despertou um pouco mais. Pilar, de certeza, andaria pela casa, a organizar, a esclarecer. Saramago sacudiu o último fim do sono e, funcional, passou as mãos por todo o corpo, moldando-lhe certos relevos com água. Também a careca e o cabelo lá atrás, uma gota de champô. Depois de escorrer pelo corpo, as pernas como um choupo, a espuma formava um pequeno monte à volta dos pés.

Quando se enxaguou, já não guardava lembranças da noite, limpo como a água limpa que deixava correr. Com sábias cautelas, esticou o braço para fora da banheira, até à toalha, longo, como eram compridos aqueles ossos. E abraçou-se à toalha, parecia que era ele a embebê-la, a absorver aquele toque macio; e limpou o rosto, as sobrancelhas despenteadas, toda a superfície da testa. Então, pousou a toalha nas costas e, parado, lembrou-se de José. Não se preocupou em averiguar de onde chegava esse pensamento súbito. Lembrou o rosto de José e o que imaginou por trás do seu olhar inseguro. Lembrou-se de ouvir que tinha escrito e publicado um romance, precisava de lê-lo. Embrulhado na toalha, ainda molhado, teve a certeza que precisava de lê-lo.

José segurou a última nota de quinhentos escudos, levantou-a no ar como uma pele esfolada, prova de um crime, e trocou-a por moedas de cem. Sentiu-se criança, foi exatamente como se o seu corpo encolhesse, a palma da mão cheia de cascalho, não agradeceu, a sua voz teria sido infantil. Perdeu esses quinhentos escudos num jogo em que teve um par de reis, espadas e ouros, a derrota de duas casas reais.

E ele sem cartas na mão, os outros a continuarem indiferentes, avançando por uma trilha que não se detinha nunca. José tirou o gravador do bolso, ofereceu-o a quem lhe pareceu interessado nessa transação; mil escudos, única oferta. Num jogo em que foi retirando troco da mesa até chegar ao tudo ou nada, perdeu esses mil escudos. E, depois de desânimo opaco, negra cortina, houve uma frincha de luz. José pousou o livro de Saramago sobre a mesa e tentou encontrar comprador, é novo, sinta o cheiro do papel e da tinta, *Memorial do convento*, uma obra de referência. Mas ninguém aproveitou o negócio, mais atentos às cartas atiradas sobre a mesa. O dono da casa, sorriso aceso, a morder o filtro de um cigarro, aproximou-se e, discretamente, perguntou se precisava de um empréstimo. José continuou em silêncio, não lhe dirigiu o olhar, essa foi a sua maneira de responder. Pouco depois, a bem, o segurança africano pousou a mão sobre o ombro de José.

Sete da manhã, só ele conhecia a noite que ali terminava, nada restaria desse tempo nas horas que tomariam Lisboa de seguida. Ouvia-se a cidade ao longe mas, ali, a Rua de Macau estava preenchida por carros estacionados, os seus proprietários dormiam ainda como era adequado aos sujeitos razoáveis, bem encaminhados, chefes de família a pagarem prestações ao banco, gente com quem José se cruzava na rua, cujas vidas imaginava, seus contemporâneos. Doía-lhe os olhos e o cabelo, pesava-lhe o corpo, a culpa, e o castigo de uma biografia por escrever, e a intenção abandonada de um romance, o segundo romance, carregava uma sombra de chumbo. Que cidade era aquela? José não dispunha de escolhas, entalou o livro e o caderno debaixo do braço e iniciou caminho, tinha de ir a pé até aos Olivais.

5.

Agora, no conhecimento do que aconteceu, seria fácil colher sinais do que estava guardado para aquele resto de dia, havia suficiente esplendor, setembro, fim de tarde sobre as crianças que corriam. Existindo empenho, logo aí se apresentavam várias hipóteses. Há uma condensação de potencial nas crianças, se são verdadeiramente crianças são sempre verdadeiramente livres, qualquer impensável pode nascer da sua sede. E também aquela hora, definida e indefinida, solenidade e milagre do crepúsculo, a transformação do mundo pela luz; afinal não tínhamos todas as certezas acerca do céu. E setembro, iluminado e certo, a suavizar até os pensamentos, setembro amavelmente entre estações. Mesmo quando as crianças pareciam sozinhas, não faltavam sentinelas em janelas abertas. Nessas molduras, havia mulheres em cozinhas de azulejos, passavam hortaliças por baixo da torneira do lava-loiças, gritavam um nome se lhes desagradava qualquer atitude. Cá embaixo, na sombra, havia avós embrenhadas em conversas secretas, revelações sussurradas, a olharem em volta muito comprometidas, que ninguém suspeitasse do que estavam a conspirar. Lá em cima, no campo de basquetebol ou encostados à rede, havia rapazes e raparigas, namoros inconfessáveis. Em toda a parte, havia cães a farejarem o passado em pequenos obstáculos, ou a correrem atrás das crianças, queriam brincar também. E havia árvores convencidas de pertencerem a florestas. Havia carros lá longe, ainda a regressarem do trabalho, a buzinarem quando calhava. Havia a sirene de uma ambulância às vezes, a amedrontar as avós.

No Largo das Mamas, sentado num banco de jardim, José levantava o olhar do livro e fixava-se em algum destes detalhes. As crianças mais novas satisfaziam-se com corridas sobre os relevos que dão nome ao largo, mamilos depenicados na calçada, surreal superfície com dezenas de mamas de pedra, montinhos que se transformaram em mamas quando alguém assim os identificou. Esse foi um caminho sem regresso, já ninguém consegue ver montinhos; Largo dos Montinhos?, não, Largo das Mamas.

O livro também era um lugar. José começara a ler *Memorial do convento* nesse dia. Avançava por frases que o sobressaltavam a meio, feitios a que não estava habituado. Esse júbilo era igual ao das crianças que corriam pelas elevações da calçada, elas surpreendidas pelo terreno, José pelas frases e pelos parágrafos. Havia crianças que se desajeitavam em algum declive, avaliavam-no mal e caíam. Da mesma forma, em certas sucessões de frases, a derivação do texto levava José a derivar também e, força centrípeta, era atirado para fora das páginas, de encontro ao mundo ou de encontro às suas próprias ideias.

A noite desceu sobre José, sobre o Largo das Mamas e sobre o romance *Memorial do convento*. As crianças desapareceram. As televisões acenderam-se em todos os andares, havia quem quisesse ver o telejornal, e a telenovela logo a seguir. Com o nariz levantado, José identificou jantares de peixe frito, sopa de feijão, frango de escabeche. Pronto para a noite e a intempérie, estava sem intenções de mover-se quando, por acaso, encontrou uma moeda de cem escudos no bolso do casaco. Cem escudos, que ânimo, José acendeu-se por dentro como os candeeiros públicos dos Olivais, havia luz suficiente para visitar qualquer recanto do seu interior.

Levantou-se, recuperou a estrutura e, transpondo sombras de prédios, chegou ao minimercado. Conhecia de vista a mulher que levantava um caixote de fruta do passeio, braços grossos. Tinha-a encontrado ali mesmo, noutros dias e, com mais tempo, tinha-a analisado em ocasiões bissextas; ao esperarem atendimento nos correios, por exemplo. Estamos fechados, disse ela sem olhá-lo. José tentou explicar que dispunha de uma fortuna de cem escudos, era um novo-rico. Recebeu autorização para se aproximar de uma estante de enlatados. Entre produtos garridos, o corredor estava ainda mais estreito do que era costume. A mulher fechara já a porta, esperava para desligar as luzes mas, ao reparar no livro que José segurava, não conseguiu conter uma exclamação e, de repente, encontrou uma enorme porção de tempo. Contou então a história de como conheceu Saramago em Cabo Verde, em 1986. É de Cabo Verde?, sou sim. Não o conheceu realmente, ouviu-o no Centro Paroquial do Plateau, na Cidade da Praia, e conseguiu dizer-lhe que tinha lido um livro, aquele mesmo. O escritor foi tão amável, talvez cansado dos aborrecidos que o perseguiam, foi tão gentil para uma menina de dezasseis anos, que ela nunca o esqueceu, chamava-se Lídia, que Lídia nunca o esqueceu ou esquecerá. José fez as contas, se tinha dezasseis anos em 1986, estaria com vinte e sete naquele momento, parecia mais velha.

Lídia enlevou-se a falar dos livros de Saramago que tinha lido, quase todos. José escolheu essa vírgula para dizer que estava a trabalhar na biografia de Saramago, tinham estado juntos na véspera. A forma como o disse despertou um novo rosto em Lídia, o quê?, mas era desconfiada, e nunca leu *Memorial do convento*? José dominava a rotina de conversar sobre livros, conjugava todos os verbos, não lhe faltou naturalidade, estou a reler. Como os gelados quando a arca frigorífica se avariou a meio de agosto, os gestos de Lídia derreteram, a sua maneira e a sua voz derreteram. José tentou falar-lhe dos seus próprios romances, do primeiro, já publicado, e do segundo, em curso, quase publicado, embora ainda não tivesse escrito uma palavra. Mas a voz com que falou não chegou aonde Lídia estava. E ninguém, nem eles, sabe exatamente o que aconteceu nesse momento. A cabo-verdiana apontou para o fundo do minimercado, para a última estante, já viu aqui? José aproximou-se e, sem explicações, foi agarrado por detrás da cabeça. Falta precisão de minutos para afirmar quanto tempo passaram a esfregar-se, bocas e outras partes, José com as costas de encontro a pacotes de leite, Lídia sôfrega, a enchê-lo de corpo e calor, grandes pernas entrançadas, grandes ancas, grandes peitos onde José se afundava, quase a explodirem, bocas como máquinas desgovernadas. Às vezes, morria uma mosca no roxo das barras elétricas; às vezes, suspirava o frigorífico.

Por fim saciados, descolados, ajeitaram a roupa no corpo. Ela desprendeu o cabelo e voltou a prendê-lo com mais aprumo, passou o indicador por baixo dos olhos para limpar lágrimas de suor. E precisaram de alguns momentos sobre a intimidade, queriam restabelecer o tempo e a distância.

Na caixa, José estendeu uma lata de feijoada. Lídia recebeu a moeda de cem escudos, analisou-a na palma da mão e, calada, apontou para o preço marcado. José acabou por levar uma lata de sangacho.

Com um garfo, debruçou-se sobre o lava-loiças a comer esse atum escuro. As veias palpitavam-lhe nas têmporas, respirava pelas narinas muito abertas. A sorte tinha virado, a sorte era comparável ao vento, quais as probabilidades?, e saiu disparado para a Rua de Macau. Ainda nessa noite, pediu um empréstimo de quinhentos contos ao dono da casa, perdeu-o todo antes do nascer do dia.

Há que escolher. Memórias ou romance? Confissão ou ficção?

JOSÉ SARAMAGO, 1951

Estavam calados, iluminados pela televisão, mas Saramago sabia aquilo em que Pilar pensava ou, pelo menos, achava que sabia. Nesse convencimento, a sua mão fez o caminho aéreo até à mão de Pilar, aí pousou, ganhando raízes, entrelaçando dedos. Esse gesto foi uma espécie de consolo, anuência silente. Assistiam a um debate que estava a irritá-la, descalça, sentada de lado no sofá. Saramago tinha os pés, as meias brancas, assentes na pequena mesa, tampo de vidro.

Quando as letras começaram a passar sobre os participantes do debate, chuva ao contrário, Saramago mudou logo de canal. A televisão espanhola parecia ter mais cores do que a portuguesa ou, pelo menos, essas cores condensavam mais ímpeto, falavam mais alto. Entre tanto exagero, havia canais que assustavam, não se podia permanecer mais de dois segundos em tal sobressalto. Saramago continuava a carregar no botão. Nessa sequência de assuntos aleatórios, concursos, filmes, anúncios, frases inacabadas, foi esmorecendo a revolta de Pilar em relação aos engravatados do debate.

Diane Keaton e Woody Allen diante das pontes sobre o rio East, entre Manhattan e Brooklyn, Saramago reconheceu imediatamente essa cena de *Annie Hall*. E parou, ficou entre uma emoção antiga e a surpresa de ver Woody Allen a falar castelhano, a voz demasiado grossa, sem condizer com o movimento dos lábios. Diziam coisas de amor, não importa o que diziam, mas Saramago lembrou-se da primeira vez que viu aquele filme, 1978, tinha a certeza de que foi em 1978, e pensou que também ele agora era outro. Aquela emoção vinha desse tempo mas assentava sobre outra pessoa, como aquela voz rouca assentava sobre a imagem de Woody Allen. Mudou de canal, mudou de canal, mudou, mudou, mudou de canal. Sem abandonar o costume, no interior do prosaico, disse a Pilar que estava à espera de um livro, chegaria pelo correio nos próximos dias, era um romance do rapaz que estava a fazer a biografia. Essas frases foram apenas uma breve referência, enroupada pelo tom mais casual, aquele não era o momento de revelar pistas, ainda que remotas, do segredo que guardava. Mesmo assim, Pilar podia ter-se admirado, Saramago recebia muitos livros e não costumava antecipar comunicados, mas estava entretida e apenas murmurou duas sílabas.

Poucos dias antes, aproveitando um telefonema sobre outro assunto, Saramago pedira ao editor português que lhe enviasse o romance do tal José, claro que sim, nenhum problema. O editor não teve sequer a tentação de iniciar uma desconfiança mínima. Segredeiro, calculando a viagem do correio entre Lisboa e Lanzarote, Saramago achou que deveria estar quase a chegar. Então, para garantir, fixou o rosto de Pilar, o ecrã refletido nas lentes dos óculos, e voltou a dizer-lhe que estava à espera do livro, voltou a pedir que o avisasse. Pilar rodou o pescoço, olhou-o e respondeu com clareza, disse que tinha ouvido à primeira.

Conseguiu abstrair-se de multiplicar ou dividir o número da senha até lhe encontrar um significado. Em vez disso, dobrando o papel em várias partes, inventou um origami que lhe permitiu limpar as unhas da mão esquerda. Odiava e amava o apito eletrónico do mostrador, odiava porque lhe entrava na medula, era um longo alfinete, amava porque ficava a faltar menos uma pessoa à sua frente. Como andavam devagar os clientes da estação de correios dos Olivais Sul, ponto de exclamação. Soava o apito, raspagem aguda no interior dos ossos, e toda a gente olhava em volta. Então, ou uma velha ganhava movimento, guiada por um envelope que levava na mão esticada, bela caligrafia, ou ninguém se acusava e, após alguns segundos de tolerância, voltava a soar o apito. Havia um desaparecido ou, maior crime, alguém tinha tirado duas senhas.

Lídia estaria no minimercado, este pensamento acalmava José, trazia-lhe metade de um sorriso. Imaginava-a ocupada com freguesas implicantes ou, estando sozinha, talvez sonhasse com ele, talvez deixasse de ver o que tinha à frente e sonhasse com ele. Quando José se lançava na espiral dessa fantasia, ele a sonhar que ela sonhava com ele, piu, logo chegava o apito seguinte, odiava-o e amava-o. Durante a primeira semana, visitou Lídia todos os dias à hora de fecho, habituou-se à estante do fundo do minimercado e aos lábios remexidos, muito corpo. Depois, acompanhava-a à paragem do autocarro, beijo simples. O fogo que sobrava era extinto por José em casa, sozinho, deitado de lado na cama. Durante a segunda semana, visitou-a dia sim, dia não, começou a imaginar o que ela poderia pensar sobre ele, não queria ser demasiado fácil.

Dos quatro postos de atendimento da estação de correios, apenas um estava a funcionar. Faltava ali Bartolomeu para escrever páginas e páginas do livro de reclamações, venho por este meio, concomitantemente, subscrevo-me. Quanto mais se aproximava a sua vez, mais demorava cada número, gente que se esquecia de assinar, que pagava selos com moedas pretas. Lá fora, depois da vitrina, vidro grosso, vultos entravam ou saíam do centro comercial, passavam entre táxis parados. Quase a dormir, os taxistas estendiam as páginas do jornal sobre o volante. Esporadicamente, levantavam-se muito contrariados e, com o ombro, empurravam o carro na fila, não queriam gastar gasolina. Todos os dias ou, depois, em dias salteados, os encontros eram uma vertigem. Quando chegavam a falar, Lídia insistia sempre no mesmo pedido. José não era capaz de agastar-se com aqueles olhos, aquela pele, com o contorno daqueles lábios. Por cortesia, apresentava desculpas de vários calibres, escolhia-as de acordo com a interpretação do momento. José tinha grande habilidade nesse manejo, eram desculpas como escudos de aço. Não é exatamente uma biografia, dizia, é um texto ficcional de cariz biográfico. Lídia apenas pedia para ler algumas linhas do que estava escrito, mas emaranhava-se num labirinto de retórica. Às vezes, a única forma de sair, de regressar à segurança do que tinham estabelecido, era demonstrar arrependimento por se ter lembrado desse capricho. Então, se estivessem sozinhos no minimercado, beijavam-se à bruta e, em silêncio, José prometia a si próprio que começaria a escrever a biografia em breve. Se estivessem na paragem, beijavam-se também, com muito mais recato, e, também em silêncio, José fazia essa mesma promessa a si próprio, começaria a escrever a biografia em breve, no dia seguinte talvez.

Na tarde infinita da estação de correios dos Olivais Sul, enquanto uma senhora gaguejava ao enviar uma encomenda, tropeçando nas três sílabas de Lamego, José fazia a si próprio essa mesma promessa, havia de começar a escrever a biografia em breve, no dia seguinte talvez.

Damos voltas e voltas, mas, na realidade, só há duas coisas: ou você escolhe a vida, ou se afasta dela.

JOSÉ SARAMAGO, 1987

A luz distorcia a geometria da janela, era uma incandescência informe, sem contornos, uma explosão suspensa, parada no momento de rebentar a partir do interior. Debaixo dessa cascata, submerso nela, Saramago ignorava-a. O seu corpo tinha descaído ou escorregado no sofá, firmava-se apenas nos ombros e no pescoço dobrado, ângulo reto. Tinha os joelhos distantes do sofá, as pernas como um acrescento de mobília. Segurava a revista com as duas mãos e pousava aí a atenção, era aí que estava realmente.

Por isso, quando Pilar bateu à porta, o regresso de Saramago à sala foi súbito. Ao recuperar o esqueleto, sentiu necessidade de endireitar-se, voltar a uma postura adulta. E sorriu ao receber correspondência, meia dúzia de cartas escolhidas por Pilar. Logo a seguir, quando recebeu o romance de José, não sorriu. Com solene delicadeza, Saramago pousou as cartas no braço do sofá e ficou a segurar apenas o livro, sentiu-lhe o peso. Então, a claridade que irrompia pela janela foi útil, iluminou aquele objeto na mão de Saramago, distinguiu-o de todos os outros objetos. A realidade ganhou uma camada mais verdadeira do que antes, como se houvesse um novo sentido para assimilá-la.

Que nome teria aquela certeza magnética? Não nascia de algo que pudesse ser apontado com o dedo, muito trabalho daria colocar aquela consciência em substantivos, achar razão num terreno à margem da lógica. No entanto, se ignorava a necessidade de justificações, bastava olhar para o livro fechado e sabia, profundamente sabia. Essa perceção atravessava a própria imagem, deambulava por uma ideia, passado ou futuro, para lá de exames ou comentários. Assim estava bem, possuía suficiente afirmação.

Quando deu pela curiosidade de Pilar, Saramago tomou-se de pudores e quis disfarçar, mas faltou-lhe jeito. O livro era um segredo no interior mais profundo do segredo, mas também era entusiasmo irresistível, aparecia por baixo dos gestos e das palavras. Pilar saiu sem perguntas, Saramago haveria de contar-lhe quando chegasse o momento certo.

Três reis, rei de paus, de espadas e de ouros, e dois ases, ás de paus e de espadas. Mais tarde, José acreditou que se deixou influenciar pela austeridade do preto, os paus e as espadas, havia desconforto no rosto daqueles reis, estavam prontos para a guerra. O rei de ouros, com a sua boa disposição vermelha, não era suficiente para aligeirar o ambiente. Talvez o romantismo do rei de copas tivesse conseguido alguma ponderação, não se sabe, nunca se saberá. Aquela tropa pesava na mão, proporcionava confiança inabalável. Por fim, José sentia que tinha o resguardo dos fanfarrões, não havia nada a temer.

Deslocaram-se espectadores de outras salas, vieram atraídos pela densidade do fumo. Numa mesa de sete, apenas restava José e outro. Estavam loucos, desafiadores invencíveis, ninguém sabia onde iriam parar. Um cobria e aumentava a aposta, o outro cobria e aumentava a aposta, o público desejava essa animação, as apostas eram acompanhadas com espantos coletivos, que tinham de ser serenados. Os seguranças receavam que se ouvisse na rua, três andares abaixo, depois das paredes. Esse ambiente dramático fortalecia a determinação dos apostadores, agarrados ao jogo, pouco interessados em esconder a confiança. Aquele já não era tempo de dúvidas. Estava um monte no centro da mesa, dinheiro e pedaços de papel, notas de crédito artesanais, aceites pelo dono da casa, a representarem quantias escritas à pressa com uma esferográfica. José não parou, não foi capaz, foi o outro que cobriu e, já chega, parou.

O instante de mostrarem as cartas foi lento, quem imaginaria que uma simples inclinação de pulso poderia demorar tanto? Então, os olhos falharam a José. Já o outro puxava o monte com as duas mãos, muito depois do arrebentamento de vozes, e José ainda fixava as cartas caídas sobre a mesa, sem lograr entendê-las. O seu exército de chumbo, três reis e dois ases, tinha sucumbido perante um póquer de duques e um cinco, inútil, desemparelhado. Durante horas, mesmo depois de sair da Rua de Macau, José não conseguiu entender o que aconteceu, custou-lhe desconvencer-se da ideia fixa que construiu durante a escalada de apostas, durante o tempo em que teve aquele jogo só para si.

O apito estridente, os números eletrónicos a passarem na estação de correios dos Olivais Sul, como uma dor fina de sensibilidade dentária, a chegar ao fundo do fundo, a remexê-lo com uma longa varinha. As idosas que também esperavam, grandes olhos, grandes olheiras, misturavam-se com pensamentos. E toda a gente a rodear o vencedor, como é fácil ser amigo de quem ri às gargalhadas. E apenas o dono da casa a aproximar-se de José, a falar-lhe com voz discreta, mas pronunciada com diligência, erres raspados no céu da boca, xis a passarem-lhe entre os dentes. Repetia aquilo com que tinham concordado havia muito tempo, alguns minutos, quando tudo era diferente, quando José tinha a certeza absoluta de que ia ganhar. Ao escutar o dono da casa, lembrava-se de ter aceitado aquelas condições, prazo e juro, mas parecia-lhe que tinha morrido depois disso e, naquele momento, estava ali a ressuscitar aos poucos. Os quadrados de papel assinados estavam já nas mãos do outro, demasiado longe, arrastados por tempo irreversível, de nada adiantava estender a mão para tentar apanhá-los.

Feitas as contas, todas as vezes somadas, quantas horas terá

José passado em estações de correio à espera de levantar os vales mensais que o pai lhe enviava da Alemanha? Esse tempo era um purgatório, aquele mobiliário funcional lançava-o para o interior dos seus pensamentos, para onde José menos queria estar. Ali, naquele dia, Lídia era a melhor escapatória, imagem fugidia, sabor a Cabo Verde, mas até esse refrigério se deixava perturbar pela lembrança daquela insistência, Lídia exigia ler o que não estava escrito. É certo que tinha sido ele a puxar o assunto desses textos-fantasma, chegou mesmo a descrevê-los, apreciava o efeito que causavam, beneficiava dele, mas não existiam ainda. A biografia de Saramago era apenas uma ideia, vaga intenção. Havia de começar a escrevê-la em breve, no dia seguinte talvez.

Além disso, não podia sentar-se, as cadeiras eram insuficientes e, se vagasse alguma, toda a gente o recriminaria por não ceder o lugar. Encostado à parede, José lembrou ainda a Rua de Macau, o dono da casa a fazê-lo aceitar uma data de pagamento que ali, naquela tarde, já tinha passado. Chegou mesmo a ameaçá-lo, arregalou os olhos e repetiu que precisava do dinheiro, não admitiria atrasos. José estava ciente da mentalidade dos agiotas, não podiam dar-se à extravagância de perder dinheiro, mas estava calmo, conhecia o dono da casa, agiota brando. José havia de pagar mal chegasse o vale. Aliás, não era ele que estava atrasado, era o pai, o que poderia ter acontecido? Esta dúvida e a memória daquele rosto desvairado na Rua de Macau, o dono da casa, abutre sovina, foram acompanhadas por um apito, o último, a retinir. E José perdeu a pressa. Afinal, não precisava de correr para o balcão, toda a gente esperava os seus movimentos, cada um dos seus passos.

Aquela situação era muito irregular, o vale nunca se tinha atrasado mais do que dois dias, o pai era sempre certo a depositá-lo em Frankfurt, imaginou essa estação de correios muitas vezes. Foi uma versão disto que começou por explicar à funcionária que o atendeu, velha conhecida. Ao perceber que a queixa não o favorecia, passou para a súplica. Será que o carteiro se esqueceu de entregar a notificação?, será que esse documento ficou caído em algum canto do armazém? Sem levantar o olhar, a funcionária dos correios só abanava a cabeça, não se dignava a esboçar qualquer trabalho, estava quase a carregar no botão para chamar a próxima pessoa, o próximo apito. Mas pode confirmar, por favor?, rogou José, exibindo os seus olhos mais humildes. A muito custo, descontente com aquela hora da tarde, com os taxistas lá fora, com o universo, a funcionária levantou-se, os joelhos estalaram e, após três passos, sapatos como chinelos, desapareceu por uma porta. Tardou trinta e cinco segundos contados pelo relógio eletrónico de parede, números de luz vermelha, não, não chegou o vale.

José adiou o sono ao máximo, algumas páginas de um livro que tinha de ler forçosamente, algumas páginas de outro livro que tinha de ler também forçosamente, *Memorial do convento*. Com a mesma obrigação, precisava de passar grandes períodos a olhar para o ar, seguia mosquitos, pequenos pontos que se distinguiam a custo na meia-luz. Não tinha de dar destino à pilha de loiça suja, origem de uma fragrância acre que flutuava por toda a casa, não tinha de arrumar os volumes espalhados pelo chão.

Matutava já no dia seguinte, convencia-se devagar, daria um salto para o interior das palavras, talvez começasse a esbracejar, recuperando aos poucos a competência da escrita. Com esta ideia, José adormeceu no sofá, perdeu os sentidos, só cansaço, não verteu uma gota de álcool sobre a língua. Apesar de vestido, as calças a prenderem-lhe as pernas, o gelo da madrugada vincou-lhe a pele e, depois de resistir e tremer, José atravessou o longo caminho de cinco ou seis passos e tropeções até tombar sobre a cama, até se enrolar num lençol desencontrado de um cobertor.

Acordou sem horas, suspeitou que as pessoas do mundo já tinham almoçado, pouco se importou. Em jejum, ligou o computador e abriu um documento, o sujo do vidro sobre a pureza do branco eletrónico. Vinha já com a primeira frase na cabeça, carregara-a desde o interior de uma consciência nebulosa, antes de acordar e depois de dormir. Então, cada gesto tornou-se definitivo, acreditou que precisava de extremo cuidado, mas reuniu razões, inspirou com força e, preenchido por ar renovado, bateu cada letra daquelas palavras.

Este seria o início da biografia, sujeito, predicado, complemento direto. Durante o encontro que tiveram na editora, Saramago tinha falado bastante acerca do romance que seria publicado em breve. José transpunha essa euforia discreta para um escritório que imaginava, detalhes de um escritório em Lanzarote que, frase a frase, ganhava corpo, materializava-se em vocabulário, habitado por um Saramago-personagem. Logo nesse momento, febrilmente lúcido, José soube que aquele Saramago tinha existência autónoma, era uma figura em si, aproximava-se do verdadeiro Saramago tanto como aquele escritório de palavras se aproximaria do verdadeiro escritório, em Lanzarote, onde nunca tinha ido. Mas a relatividade salvava-o, existirá um Saramago verdadeiro?, quantos Saramagos existem?

Estas perguntas não tinham resposta, serviam apenas para entreter as vozes críticas que lhe agrediam o interior da cabeça. Esses lamentos eram também domados por promessas que tinha feito a Lídia, pela ilusão de mostrar-lhe algumas páginas escritas. A descrição de Saramago a terminar o romance havia de impressioná-la, a intimidade de entrar no seu escritório.

Ao longo da tarde, José pouco se levantou do sofá, precisou de comer dois pedaços de pão sem nada, velhos, e precisou de libertar demorados jatos de urina que lhe permitiam momentos de reflexão. Mas regressava logo ao posto. As mãos e o corpo recordavam-lhe os melhores momentos de escrita do primeiro romance, lembrava-se de quem era nesse tempo, recuperava ânimo ao esquecimento, ao nada.

Assim, conseguia encontrar paralelo entre aquela invenção de Saramago e uma invenção de si próprio. O júbilo luminoso que revelava em Saramago, ao terminar o romance, parecia-lhe uma antecipação do seu próprio júbilo, apesar de ainda faltar tanto para terminar aquele livro que apenas começava. Mas José estava tranquilo, terrores apaziguados, acreditava que Saramago não lera o seu primeiro romance, nem recordava o triste encontro na feira do livro havia anos. José confiava nestas certezas e, desimpedido, planava, cérebro, dedos, olhos, caminho fácil e sem resistência, palavras que soavam no cérebro, datilografadas no teclado pelos dedos, lidas no ecrã do computador pelos olhos.

Tocaram à campainha. Após um súbito despertar, José pensou logo no vale de correio. Queria recebê-lo, mas também queria continuar a escrever, o que valia mais naquele momento? O carteiro não transportava dinheiro, apenas a notificação, José sabia como funcionava essa burocracia. Fez um jogo de letras consigo próprio, calhou b, e perdeu. Deixando uma frase a meio, levantou-se. Durante esse trajeto, bateram à porta, já dentro do prédio. José não estranhou, estava ocupado a pensar que o carteiro não costumava vir à tarde. A razão para tal horário só podia ser o achamento da notificação perdida, proverbial incompetência, nada que o espantasse. Desta vez, iria reclamar, o atraso daquela entrega tinha-lhe causado um notório transtorno. Abriu a porta, foi agarrado pelo pescoço e empurrado para dentro.

6.

A cadela virou a cabeça para um lado e para o outro, acompanhou o movimento do dono. Bartolomeu levava a sua agilidade máxima, apressado por decisão própria e não pelo taxista a esperá-lo na rua. Despiu-se ao lado da cama, o roupão e o pijama a acrescentarem odor corporal ao odor corporal que impregnava o quarto. Sobre a cómoda e as mesinhas de cabeceira, caixas grandes e pequenas de comprimidos, frascos de xarope destapados, gotas para os olhos fora do prazo de validade. A pele branca a sentir o fresco, a lavar-se nele, oportunidade de renovação, e depois, a vestir-se, camisa mal passada a ferro, calças que picavam as pernas, meias novas, colete, casaco por fim. Dispensou o relógio de bolso e os botões de punho, chegou à rua de pantufas, a segurar a trela e o par de sapatos. Na calçada, cuspiu em direção ao muro do vizinho. Abriu a porta do táxi, sentou-se de lado, acomodou a cadela e esticou os pés no ar, pendurados, à espera de que o taxista, já habituado, viesse tirar-lhe as pantufas e calçar-lhe os sapatos, atá-los com um laço e dois nós.

Em andamento, Bartolomeu olhava para a frente muito direito, a cadela ia ao colo, esticava o pescoço para fixar o mesmo ponto, interessada nesse mistério. Como se apenas pensasse, Bartolomeu não desviou o rosto ao dizer para onde queria ir, Rua Cidade de Moçâmedes. Os lugares que frequentava eram limitados, o taxista conhecia-os há anos, quer que ligue o aquecimento?, não foi preciso explicar qual era o prédio.

Bartolomeu guardava a sua preocupação, não tinha interesse em expô-la, essa parecia-lhe uma fraqueza intolerável. Por isso, aproveitou o caminho para dissertar sobre o seu carro, estacionado na garagem, insigne, ilustre, exímio engenho automóvel. Se tivesse vontade, poderia dirigi-lo, claro, mas não valia a pena despertar uma máquina daquela categoria para viagens tão curtas. O taxista concordaria com tudo o que o cliente desejasse, usava até complexos conhecimentos de mecânica para acrescentar elogios àquele Opel Kadett de 1980, que nunca vira realmente. Bartolomeu escutava metade desse discurso, a outra metade misturava-se com o barulho do rádio mal sintonizado, ou não passava no filtro empedernido dos seus ouvidos, ou dissolvia-se no interior da sua apreensão, onde estaria José?

Diante do prédio, parado em segunda fila, o taxista contornou o carro, abriu a porta do lado de Bartolomeu e, contra protestos de septuagenário, segurou-lhe no cotovelo e ajudou-o a sair. Não conseguiu acudi-lo na subida da meia dúzia de degraus, porque Bartolomeu ordenou que ficasse a tomar conta da cadela, e cuidado, é uma fera. O taxista dirigiu o olhar ao animal, sono pesado; quando voltou a Bartolomeu, já ele estava no topo dos degraus, a rejeitar qualquer migalha de auxílio e, perfil desenhado, a observar a entrada do centro comercial lá ao fundo. Anos antes, assistira perplexo a essa construção, grande obra, sim senhor, mas ainda não se tinha habituado àquela imagem. Bartolomeu aplaudia o progresso que valorizava os seus investimentos.

75

Só ali, nos Olivais Sul, em redor do centro comercial, possuía cinco apartamentos à renda.

Aproximou-se das campainhas do prédio, tocou no rés do chão, botão redondo que lhe desapareceu na ponta do indicador. O toque ouvia-se da rua, atravessava os estores e as janelas fechadas. Com o ruído do táxi a esperá-lo, a uma dezena de metros talvez, Bartolomeu ficou especado diante do vidro da porta, reflexo distorcido. O apartamento onde José vivia, antiga casa da porteira, era dos mais humildes que possuía. No anúncio de jornal com que o arrendou, Bartolomeu escreveu cinquenta metros quadrados, mas nunca acreditou que passasse dos quarenta. Escolheu a chave e abriu a porta do prédio. Fiscalizou os vasos da entrada, avaliou a rega das plantas, bateu à porta de casa e esperou os segundos que considerou suficientes. Aquela era das fechaduras que funcionavam bem, estava oleada.

A seus pés, um oceano de destroços, mar encrespado de objetos. Bartolomeu entrou confuso e aflito, os pés submersos, desarrumos que lhe chegavam aos tornozelos, foi preciso esforçar os olhos na penumbra para distinguir cada peça, louça partida, talheres, muitos livros, roupa enrodilhada, José?, José?

O adesivo com o código da biblioteca estava na base da lombada, números e letras separados por pontos batidos à máquina. Lídia tentara arrancá-lo com a unha do indicador, desistiu quando percebeu que rasgava o cartão, era cola teimosa. Também na lombada, o título do livro, *Memorial do convento*, e o nome do autor, Saramago, estavam atravessados por vincos de várias leituras. Sem sucesso, tentara muitas vezes recordar a decisão que a levara àquele livro, as prateleiras da biblioteca da embaixada, a mão a tocá-lo pela primeira vez. Na capa, um desenho de homens históricos a carregarem tijolos ao ombro. Esses tijolos sempre lhe pareceram livros, como se carregassem enormes volumes de enciclopédias, vergados sob o esforço do conhecimento, sabedoria de pedra. Nítida era a lembrança de estar já completamente interessada, conhecedora das personagens, afundada nas páginas. Saía da biblioteca da embaixada e, no alto da Achada de Santo António, vento a soprar pó fino e negro, parecia-lhe que estava dentro do romance. Os homens que faziam fila à porta da embaixada miravam-na com ânimo dormente, como se estivessem no século XVIII, pedreiros de conventos ou catedrais, construtores de edifícios que não existiam na Cidade da Praia, nem em São Vicente, nem em Santo Antão, as três ilhas que conhecia, edifícios que Lídia era capaz de conceber a partir de fotografias ou da sua detalhada imaginação.

Durante todas as tardes de uma semana, fez essa primeira leitura sôfrega. Chegava à biblioteca depois das aulas, terminavam à uma, parando apenas para comprar três pastéis de milho à porta do liceu, atravessando o Plateau, a praia da Gamboa e todo o caminho até à embaixada de Portugal. Lia sentada a uma mesa, sob claridade que entrava pelas janelas e se tornava cinzenta de encontro às paredes pintadas, às estantes de ferro. O ar cheirava a papel que envelhecia, o contínuo mudava ocasionalmente de posição na cadeira. Aquele fresco era muito melhor do que estar na casa da tia Fá, na zona de Tira Chapéu, onde o novo marido da tia tinha feito um buraco na porta da casa de banho para espreitá-la, olho sério a piscar enquanto Lídia se sentava na lata ou se lavava de caneca.

Longe de Cabo Verde e longe desse tempo, aquele presente. O menino dormia ainda, o colchão quase arrumado à parede, o volume do corpo tapado pelo cobertor, indefeso, dezanove meses. Lídia estava acostumada a fazer toda a espécie de trabalhos em silêncio e às escuras, aproveitava a madrugada para avançar com tarefas que não conseguia fazer à noite, ou porque vinha estafada, ou porque precisava daquele horário específico. Esse era o caso da roupa que tinha lavado na véspera, que deixara a secar durante a noite e que, naquele momento, precisava de recolher porque acreditava que iria chover mais tarde. Levantou a porta velha, encostada à passagem para a varanda, a tapar esse buraco, e pisou o cimento molhado pelo orvalho. E o horizonte, carros, faróis acesos na autoestrada, Lídia não se interrogava acerca do trânsito constante, pertencia à paisagem. Mais perto, lá embaixo, campos baldios, ervas a crescerem sobre aros enferrujados de bicicletas. Aquela vista lembrava-lhe Cabo Verde, não pela autoestrada, não pelos baldios, não pelo céu gelado, lembrava-lhe Cabo Verde pela distância, abria o peito. A roupa ainda estava molhada, recolheu-a mesmo assim. Entrou em casa, voltou a cobrir o buraco da varanda com a porta velha, e espalhou essas peças por toda a divisão, exceto sobre a estante dos livros.

Deixava sempre o momento de acordar o menino para o fim, custava-lhe essa crueldade. Carícias no cabelo com a ponta dos dedos, beijos, e o menino começava a acordar, logo cheio de ideias. Lídia vestia-o, alimentava-o e saía com ele ao colo. Apertava a corrente da porta e trancava o cadeado, descia lanços de escadas sem luz, escutando as famílias em cada andar, prestando atenção aos degraus desfeitos, não se aproximando do fosso onde deveriam ter construído o elevador, buraco fundo para onde toda a gente atirava lixo em decomposição.

Com a sacola das fraldas, com a marmita, com a mala e com o menino ao colo, Lídia chegou à entrada do prédio. Havia gente nas ruas da Quinta do Mocho, grupos de rapazes até àquela hora, quase sete da manhã, mulheres a tratarem de vida, crianças, velhos encostados a recantos. Lídia respondia quando a cumprimentavam, fingia não escutar quando a provocavam. Às vezes, precisava de se apurar para distinguir diferenças, analisar o som na memória imediata, confirmar por um canto secreto do olho. Foi assim quando ouviu aquele psst, tinha qualquer coisa de gracejo, de amigo, e era, era Domingos a sorrir.

José?, José?, antes de dar o passo que o colocaria diante da porta do quarto, Bartolomeu parou. Confundindo escritores e romantismo, fantasiando os sofrimentos do jovem Werther, imaginou o corpo de José abandonado sobre a cama, comprimidos talvez, tiro na cabeça talvez. Deu o passo e, bem haja, apenas achou mais destruição de objetos, nenhum José. Sem querer pensar, recusando ideias, caminhou até à entrada da casa de banho, ligeiro, vinte anos mais novo, e confirmou que também aí não estava um José cadavérico, ufa.

Demorou dez minutos a analisar desperdícios e a elaborar estimativas, como se fosse um detetive de filmes americanos dos anos cinquenta, gabardina, Nova York, preto e branco. Não tinha notícias de José desde que lhe entrara em casa a falar de Saramago, a encomenda da biografia. A seguir, semanas de silêncio. No início, achou que José estaria de birra, não o compreendia com frequência. Depois, começou a preocupar-se e a investigar no jornal, páginas da necrologia, editais de corpos não identificados. Bartolomeu não esquecera o relato da anterior desorientação e culpava o álcool, destilado ou por destilar, produto detestável, tuberculose social. Naqueles x metros quadrados de caos, tentou avaliar a idade do abandono, mas o pó e o bolor não lhe forneceram conclusões definitivas. Essa tarefa tardou dez minutos cronometrados e não dez minutos simbólicos. Antes de sair, ainda abriu o frigorífico amolgado, mas arrependeu-se logo.

Na rua, o taxista e a cadela estavam no mesmo novembro de antes. Seguiram os movimentos de Bartolomeu, confirmando o desempenho das suas articulações, admirados com alguma coisa que não sabiam identificar. Perante as ruas e o barulho do motor,

Bartolomeu tinha as mãos cerradas, os punhos tensos, também os lábios se apertavam como se tentasse segurar um enorme corpo de palavras, barragem. Bartolomeu guardava tudo por detrás dos olhos, Lisboa não chegava para acalmá-lo, toda a distância da Avenida Gago Coutinho não era suficiente. Ao lado, mas noutro universo, o taxista estava inquieto pela novidade, era a primeira vez que Bartolomeu lhe pedia para irem ao Jardim Constantino.

O menino esticou-se todo na direção do colo de Domingos, os dois braços estendidos, amigo brincalhão. Lídia ficou mais leve, não apenas por essa subtração de carrego mas porque, a partir daí, usou voz de menina, Domingos trazia-lhe essa idade. Apesar de ser um homem de grande envergadura, músculos de ginásio, bíceps e tríceps, Lídia apenas via o rapaz franzino, ombros de osso. E assim foram caminhando, ele a acabar a noite, ela a começar o dia. Aquele caminho de metros na Quinta do Mocho pareceu as horas de um feriado em Porto Novo, Son Jon. A mãe dele e a avó dela não estranhavam se não aparecessem para almoçar, em algum lado comeriam, alguma vizinha lhes daria um resto de cachupa, algum pescador lhes deixaria um cubo de moreia frita, crianças daquela ordem não se engasgavam com espinhas. As ondas a baterem para sempre nas pedras. Lili, todos os que a conheciam de Porto Novo lhe chamavam Lili, Lili falava o crioulo mais doce de Santo Antão, Sintanton. Naquele início de manhã, divertia-se a exagerar a sua ideia da vida de Domingos, só paródia e bazófia. Ele gargalhava, o brilho dos seus ténis novos no chão encardido, o rosto do menino apoiado no casaco desportivo, símbolo da Adidas bordado e enorme.

Domingos surgia do interior de memórias antigas, árvores cabo-verdianas a sobreviverem contra tudo, terra seca, vento leste, o sol peneirando chispas num céu cor de cinza. Lídia lembrava-

-se até de quando chegou a Porto Novo, pequenino e analfabeto, com nominho de bebé. Ao avançarem pela Quinta do Mocho, Domingos confirmou que, nesse tempo remoto, tinha oito anos, mais dois do que ela. Veio da Corda, aldeia no alto das montanhas de Santo Antão, onde faz sempre nevoeiro, ar que se respira em flocos, que as crianças e os velhos agarram com as mãos. Sem aviso, houve uma manhã em que a mãe de Domingos apareceu em Porto Novo, vinha a pé, trazia catorze filhos, oito machos e seis fêmeas, formavam uma procissão na beira da estrada. Dias antes, tinham achado o pai na horta, morto, emborcado sobre a terra, um montinho de sementes na mão. Sujeito laborioso, chamavam-lhe Mau-Tempo, nome de família. Domingos era o filho mais novo e, dessa maneira, foi poupado às penas daquele chão custoso, apesar de ser o mais abundante de Cabo Verde, apesar de ser o mais capaz de sustento.

Não tardou a tornar-se menino de vila, amuleto das moças do mercadinho, dos malucos da praça, dos velhos que bebiam grogue com a ponta dos lábios no bar da Nha Joninha de Pola. Foi desse rapaz que Lídia se despediu quando alcançaram o prédio da ama, vai lá dormir. Ele respondeu uma piada qualquer.

A ama era portuguesa, de Fornos de Algodres, veio com o marido para Lisboa em 1967, viveu os primeiros anos no Prior Velho. Instalou-se naquela casa em 1971 ou 72, não tinha a certeza, não valia a pena esforçar a cabeça. Quando fizeram a terraplanagem e abriram aos alicerces dos prédios da Quinta do Mocho, achou bem; quando as obras pararam por falta de verba, achou mal; quando os prédios foram ocupados por gente de Angola, Guiné, Cabo Verde etc., começou por achar mal. Todos os dias chegavam primos e sobrinhos, cobriam as janelas inacabadas com cartões, tábuas, latas, restos do que apanhavam. A ama analisava estes progressos a partir do seu quarto, chão de tacos, colcha de renda sobre cama de casal. Os prédios da

Quinta do Mocho tinham dez andares sem vagas e, mesmo assim, continuavam a chegar, África tinha uma goteira a escorrer para ali. Conversava sobre isto com o marido, depois de jantar, enquanto viam telenovelas de escravos do Brasil e faziam comparações. Mas o marido faleceu em 1989, 16 de janeiro, levou a mão ao peito, abriu a boca, gemeu baixinho, só com a garganta. Com o desgosto e a pobreza de uma viuvez sem filhos, a ama descobriu a vocação e o negócio. Primeiro, tomou conta de um bebé guineense, o José Eduardo, depois de uma menina de São Tomé, a Paulina, depois perdeu-lhes o conto. O prédio da ama não pertencia à Quinta do Mocho, marcava a fronteira, rebocado e pintado com tinta acrílica.

Lídia levava o sorriso intacto quando bateu a essa porta do segundo andar. O menino entrou a correr durante os gestos de Lídia, as fraldas, a trouxa que tinha organizado. Por detrás da ama, ao longo do corredor e na entrada de várias divisões da casa, já estavam crianças de diferentes idades, ao longe ouvia-se um bebé, choro de recém-nascido.

À passagem pelo Areeiro, começaram a espalhar-se gotas de chuva muito miúdas no para-brisas, como pequenas lascas no vidro, grãos aleatórios de arroz ou de cristal. Antes de chegar à Alameda, já essas gotas tinham crescido, escorriam pela superfície fosca, obrigaram o taxista a dar ordem às escovas. Dois arcos sincronizados marcaram um ritmo novo em tudo, foi preciso encontrar maneira de pensar, respirar, fazer qualquer gesto ou dizer qualquer palavra dentro desse ritmo. O taxista analisava a chuva, era especialista em meteorologia, comparava outonos, resumia o clima dos dias anteriores, enumerava possibilidades para os dias seguintes e dava palpites, que podiam concretizar-se ou não. Nos passeios da Almirante Reis, quase ninguém se tinha prevenido para a intempérie, figuras saltavam de toldo em toldo, tentando resguardar-se mas recebendo beirais em cheio na nuca, no intervalo morno entre a gola e a pele, na pele.

Alto, gritou Bartolomeu, e saiu, chuva, chuva. Não olhou para trás, a cadela ficou ligeiramente ofendida, o carro parado num canto do Jardim Constantino. Não sabia ao certo onde ficava a livraria, mas, avançando pela Rua Passos Manuel, encontrou-a logo.

Escorria bastante água do corpo curvado de Bartolomeu, formava-se uma poça à volta dos sapatos. A livraria era um corredor apertado entre estantes do chão ao teto. Ao fundo, Fritz levantou o olhar de um romance que lia, perna cruzada, sentado ao lado da mesa, debaixo do candeeiro, e olhou em linha reta para Bartolomeu, na entrada, em contraluz. Essa visão alarmou-o, levantou-se e, ao dirigir-se a Bartolomeu, também este se dirigia a ele. A matemática funcionou, encontraram-se a meio, mais ou menos. Analisaram-se ao longo do caminho, desconfiados por razões diferentes. Bartolomeu perguntou pelo dono, Fritz continuou a olhá-lo, agora mais perplexo. Juntando paciência, Bartolomeu voltou a pedir-lhe se podia, por favor, chamar o dono da livraria. A chuva continuava lá fora, formava uma cortina de linhas paralelas de água a pouca distância da porta, porque chovia tanto? Fritz respondeu com gestos, bateu com a mão inteira no peito. Reconhecendo dificuldades de comunicação, Bartolomeu levantou o volume, disse que se referia ao dono mesmo, queria falar com o dono mesmo. Silêncio durante um momento.

Fritz pronunciou um sim clarinho, português perfeito, e voltou a bater no peito, ato nervoso de contrição. Deve haver aqui um engano, Bartolomeu contou que lhe tinha sido explicado que o dono da livraria era austríaco. Sim, sim, austríaco, Fritz arregalou os olhos e a boca para confirmar que sim, perfeitamente pronunciado, era austríaco. Bartolomeu já tinha visto muitos indianos, a quem chamava monhés, e já tinha visto austríacos, pelo menos na televisão, e sabia que aquele sujeito pardo não era tirolês, mais depressa tinha nascido em Calcutá, mais depressa tinha comido as sopas da Madre Teresa. Mas és mesmo-mesmo de onde?, quis saber Bartolomeu, recordando *Sissi*, filme que viu ainda antes de ir para Angola, Romy Schneider de olhos bem azuis, até brilhavam à noite, e o imperador Francisco José sem turbante. Mas nasceste onde?, insistiu. Vienna, com dois enes, o sotaque de Fritz foi todo austríaco e espantado, que diálogo era aquele?

Bartolomeu estava por convencer, mas fartou-se do assunto. Impaciente, quis saber se tinha visto José, se sabia onde estava. Fritz gaguejou, baralhado com a estranha audácia daquele homem. No desequilíbrio desse instante, atordoado, sem perceber se percebia, Fritz afastou-se e, sob o olhar apreensivo de Bartolomeu, foi buscar um livro que estava por detrás de outros, parecia escondido. *El año de la muerte de Ricardo Reis*, Fritz pediu que o entregasse a José. Pouca curiosidade no olhar de Bartolomeu, não estranhou o romance de Saramago, não se importou que fosse em castelhano, não quis saber do que se tratava. Onde estaria José?, ninguém sabia responder a essa pergunta ali. Então, quando Fritz ia finalmente pedir explicações, Bartolomeu virou as costas e saiu, indiferente à chuva.

Com o romance debaixo do casaco, água a escorrer pela ponta do nariz, Bartolomeu esperava que o táxi tivesse gasolina suficiente, ainda queria ir a um lugar. Só depois disso, se continuasse sem novidades, regressaria a casa e começaria a telefonar para esquadras de polícia e hospitais.

Era sol de novembro, intermitente, português, com pouca vontade de aquecer o princípio da manhã. Lídia assistiu à lentidão com que o sol se levantou por detrás de um prédio, não o fixou diretamente, apenas sentiu essa incandescência a tocar-lhe as pestanas, molhadas de luz. Lídia tinha pestanas longas e, ao chorar, os pelos juntavam-se, grossos e separados, como hastes, era assim que estavam por efeito da luz. Lídia não olhava para as outras pessoas da paragem de autocarro, preferia olhar para os seus pensamentos. O encontro com Domingos soltou memórias de Cabo Verde, a avó a beber café e a fumar um SG Gigante no início da manhã, os primos a acordarem aos poucos, a aparecerem ramelosos, a esfregarem os olhos, as raparigas despenteadas, cabelo bedjo, e os rapazes descalços, camisolas cobertas de nódoas, nus da cintura para baixo, pilas penduradas.

Atravessou Sacavém com o rosto colado à janela do autocarro, vontade de estar lá longe, num lugar onde não existia, onde a sua presença era irreal, olhar que não se cruzaria com nenhum outro. O autocarro cheirava a ferro sujo, máquina muito gasta, lugares onde pessoas passavam a vida. Mudou de autocarro em Moscavide, saiu nos Olivais. Quando acertou o bico da chave na fechadura do minimercado, havia pombos a abrirem o céu. A primeira freguesa foi a dona qualquer-coisa, viúva bem-disposta, chegou com um saco de plástico na mão às oito horas e quarenta e sete minutos.

A passagem do dia foi um sopro, não como se fosse preciso apagar uma vela, ou afastar qualquer minudência demasiado ínfima para segurar com os dedos, foi um sopro lento, a velocidade constante, que terminou no fim do fôlego. Teve o episódio da marmita, arroz anónimo comido à colher, e teve o episódio de uma chuvinha que começou a meio da tarde, molha-tolos, espécie de caspa, e que se transformou em aguaceiro, bátega, os beirais como torneiras abertas, as regadeiras a entupirem esgotos. Antes de sair, benzeu-se, grata por não ter aparecido o dono do minimercado. Vinha duas ou três vezes por semana, sem aviso, com a desculpa das contas, fiscal seboso, sarnoso. Ele a encostar-se, a respirar-lhe na orelha, Lídia a chamar-lhe a atenção, ele a fazer-se de desentendido, a encostar-se outra vez, ela a avisá-lo outra vez e ele a ofender-se, a ameaçá-la de despedimento.

Olivais-Moscavide, Moscavide-Sacavém, os autocarros cheios de gente àquela hora, a chuva a secar nos olhares, no cansaço. E o caminho até à casa da ama, metade das lâmpadas partidas à pedrada. E o menino, último a sair, morno, gorro de lã na cabeça. Lídia a reunir toda a sua disposição, a lançar-se na subida das escadas, sete andares às escuras, com o menino ao colo, dezanove meses, catorze quilos de Maizena, ou de qualquer outro alimento porque o menino tinha boa boca, aceitava o que lhe davam. Nesse serão, sem sujar o babete, jantou vitela à jardineira. Adormeceu de barriga redonda, caracolinhos sobre a almofada.

Segurando a lanterna a pilhas ao lado da cabeça, alumiando o que estava à sua frente e, também, lançando um clarão sobre o seu próprio rosto, Lídia aproximou-se da estante dos livros. Entre os romances de Saramago, retirou *Memorial do convento*, folheou-o, sobrevoando páginas e mergulhando às vezes em pedaços de frase, submergindo durante linhas, parágrafos, como os peixes-voadores de Santo Antão, os mesmos que a acompanharam na viagem em que saiu para continuar os estudos na Cidade da Praia, centenas de peixes-voadores na distância, nos dois lados do barco, emocionando-a, como as vozes dos primos mais novos a não quererem deixá-la, ou o olhar que a avó tapou com a mão, *bô tem ki bai*, todos têm hora de partida. Esse adeus foi uma faca, as crianças a chorarem na despedida da prima, a que chamavam mana, e a avó a esconder o choro atrás do fumo de cigarros, a perder a neta-mulherzinha, companheira, Porto Novo a ter de existir sem aquela menina responsável. A avó sabia mais do que Lídia, Lili. Entre as cicatrizes, a avó levava a partida de cada uma das filhas, para a Praia, para o Mindelo, para a

Holanda e para Portugal. Havia os regressos em que lhe vinham trazer netos para criar e, de novo, as partidas. Lídia sabia quase nada e, por isso, temia quase tudo. Com uma enorme maleta, estreava um par de sapatos e um vestido de tule branco. Era uma noiva com os ossos dos joelhos salientes, o cabelo entrançado, uma tarde inteira sentada no chão, entre as pernas da avó.

Quando terminavam os anos de escola disponíveis na ilha de Santo Antão, os felizardos que continuavam estudos iam para a ilha de São Vicente. Quem fosse do outro lado da ilha, Ribeira Grande, Ponta do Sol, estranhava mais. Quem fosse de Porto Novo estranhava menos porque tinha crescido com aquela imagem no horizonte, Soncente. Em crianças, durante noites quentes, ao olharem para o mar, viam as luzes da cidade do Mindelo lá ao fundo, e imaginavam toda a espécie de tropelias, aquela gente do Mindelo é abusada. Depois, alunos de liceu, desterrados, podiam regressar em meses alternados, podiam também visitar os porto-novenses que convalesciam no hospital e, muitas vezes, ao passarem pela Rua de Lisboa, podiam cruzar-se com um antigo vizinho que viesse tratar de algum expediente. Em noites do Mindelo, saudade ou sodade, esses estudantes vinham à marginal e, olhando para o grande vulto de Santo Antão, acreditavam ver as luzes ténues de Porto Novo. Lídia não teria essa sorte, a avó não a queria no Mindelo, onde tinha duas filhas em carreiras de devassidão, uma delas era a mãe de Lídia. Preferia sabê-la na Praia, na casa da Fá, ficava mais descansada.

Entre paredes de tijolo vivo, sem reboco, Lídia segurava aquele livro, *Memorial do convento*, e lembrava-se de quando saía da biblioteca da embaixada, passava pela fila que existia a todas as horas e, afastando-se, escolhia um lugar, sempre o mesmo, para avistar a lonjura, o horizonte ao lado do ilhéu de Santa Maria. Telefonava com o coração à avó e aos primos, falava-lhes com aquele tamanho, mar e céu, dois infinitos. As palavras do livro eram um compasso que permanecia no seu interior, uma revoada de palavras, a procurarem dentro dela alguma coisa que precisava de ser dita.

Ao terminar de ler o romance, Lídia deixou de saber certas ignorâncias em que costumava confiar. Meses depois, toda a gente queria tocar aquele homem no centro paroquial. Ao vê-lo, sentiu ter entendido verdadeiramente o livro, o homem e, mesmo, ter-se entendido a si própria. Para qualquer pessoa fora da sua pele, isto poderia parecer pouco, mas era tudo. Nessa noite antiga, deitada no canto que lhe estava destinado na casa da tia Fá, custou a adormecer, tinha quinze anos, quase dezasseis. No dia seguinte, chegou à biblioteca da embaixada e, quando ninguém estava a ver, prendeu o livro na cintura da saia, por baixo da camisa, colado à pele, aquele mesmo exemplar, apertado pelo cinto.

De repente, em casa, sétimo andar da Quinta do Mocho, Lídia enrodilhou o rosto numa careta, limão ácido ou amargoso. Precisou de conter-se para fazer um gesto brando e guardar o livro no seu lugar. Apenas meia-luz, meia-escuridão, a imobilidade dos objetos, a respiração do menino. Não havia como entender o rosto de Lídia, o transtorno existia por detrás dessa máscara. Onde estaria José?, zangou-se ao pensar nele, desaparecido, inexistente, cobarde. Onde estaria?, essa foi uma ideia brusca, como uma fotografia que lhe colocassem à frente durante um segundo. Idiota, ele e ela.

7.

A *vida, que parece uma linha reta, não o é.*

JOSÉ SARAMAGO, 1997

O taxista não o reconheceu logo, precisou de apontar o indicador para o espelho e girá-lo um pouco, dando a entender que sabia, sabia muito bem, mas faltava-lhe o nome. Foi Pilar que, cansada desse impasse, tirou as dúvidas. A partir daí, o taxista passou a viagem inteira a chamar-lhe Don Saramago. Mas a senhora também é conhecida, afirmou o taxista e voltou a apontar através do espelho retrovisor, com desenvoltura e pronúncia andaluzas, intocadas por tantos anos de Madri, trinta e três em abril, conforme explicou a seguir. Pilar estava bem-disposta, divertida por encontrar um paisano, não lhe custou manter a conversa até ao aeroporto. Como noutras horas, esse trabalho de relações públicas permitiu que Saramago descansasse, deu-lhe espírito para fixar-se na gradação do cinzento do céu, mais ou menos novembro, manchas de novembro. Aquela hora da manhã ou, talvez, o perfume do carro, pinheiro químico, produzia um leve enjoo, saliva morna que balanceava na boca. Por baixo da conversa dos dois andaluzes, o taxista muito explicado, Pilar provocadora, o rádio fervilhava um discurso miudinho, ininterrupto, as incidências do trânsito, congestionamentos confirmados e previstos, cortes devido a obras e manifestações. Custava a acreditar que tal zumbido se referisse ao despertar daquela cidade, desayunos ao balcão, madrileños e madrileñas de casaco nos passeios. Quando terminou a prepotência dos semáforos, a autoestrada pareceu uma nova oportunidade, mas Saramago distinguiu certa melancolia, talvez devido às gotas de vapor que se lançavam pelo vidro do carro, uma a uma, primeiro devagar, depois empurradas pelo aerodinamismo.

Não precisaram de despachar bagagem, partilhavam uma pequena mala com rodinhas, Saramago levantou-a com as duas mãos até ao detetor de metais. À saída do táxi, não pôde dar essa mostra de agilidade, o taxista, menos quinze anos, pôs-se à frente e insistiu em descarregar a mala do porta-bagagens. Através de tapetes rolantes, escadas rolantes, avisos contínuos de voos para toda a parte, sobretudo para Oviedo, Pilar e Saramago avançaram pelos caminhos do aeroporto de Barajas, moderno palácio equipado com duty free. Valeu-lhes a ligeireza das pernas, quilómetros de terminais e portões, labirinto de números e letras. Saramago ficou sentado enquanto Pilar se afastou para comprar jornais e, provavelmente, dar qualquer passeio que não mereceu exposição. Sentinela da mala, Saramago lembrou o momento em que, na véspera, deixaram a casa de Lanzarote, a porta a fechar-se, agora esta é a casa, artigo definido, singular, e entraram no carro que os levou ao aeroporto, adeus ilha, e depois, fim do sossego, um dia a correr em Madri, gente a ser-lhe colocada à frente e, à noite, o apartamento de Madri, duche e descanso, casa prática, casa de certos dias e de certos períodos, Chueca a ferver.

À entrada do avião, no fim de um pequeno túnel do inferno, alumínio e fibra de vidro, a tripulação deixou de repetir uma alternância de bem-vindo e bienvenido para, despertos desse automatismo, darem mesmo as boas-vindas a Pilar e Saramago. Já todos os passageiros tinham apertado o cinto, quando o piloto e o copiloto vieram fazer uma pequena vénia e tirar o chapéu, é uma honra transportá-los.

Saramago não prestou atenção à descolagem suave ou abrupta, o seu estômago não identificou o instante em que as rodas deixaram o alcatrão, estava entretido a folhear *El País* e, logo depois, *El Mundo*. Interrogava-se muitas vezes se deveria começar por *El País* ou por *El Mundo*, movimento de expansão ou de concentração. Essa escolha simbólica era facilitada pela prática, lia o primeiro jornal a chegar-lhe às mãos ou, em dias como aquele, o que não estivesse a ser lido por Pilar.

Olhou pela janela quando já estava a demasiada altitude; laivos de verde seriam árvores individuais, mato viçoso no fim do outono, folhas do tamanho de uma unha; e estradas a cortarem extensões de pó, traços de régua no deserto, matizes de castanho, ligação entre pueblos da Comunidad de Madrid, ou já de Castilla--La Mancha, ou já da Extremadura, pueblos rivais, a jurarem as virtudes únicas do seu vinho tinto ou da sua capacidade de trabalho e, no entanto, tão iguais a partir do céu.

Cuidado com o carro das bebidas.

Depois de fechar os jornais, Saramago ficou a segurar o romance de José, mas não o abriu logo. Começou por achar que não valia a pena reentrar naquele mundo apenas durante uma página ou duas, agitá-lo e agitar-se a si próprio. A viagem era tão curta, aterrariam daí a pouco. Apenas uma hora entre Madri e Lisboa, exatamente o tempo da diferença horária. Tinham saído às dez e quinze de Espanha, chegariam às dez e quinze de Portugal. Não precisavam de acertar o relógio, era como se o tempo da viagem não existisse, aquele tempo não existia, a viagem de avião que separa Madri de Lisboa não existe.

Cuidado com o carro das bebidas.

Saramago segurava o romance de José, o peso era suficiente. Os livros não servem apenas para serem lidos, essa não é a sua única função. Às vezes, basta olhar para eles, intuir ou recordar o que contêm, tempo e mundo. Às vezes, basta mudá-los de lugar.

Cuidado com o carro das bebidas.

Mas não resistiu, precisava de saber onde estava José, porque tinha desaparecido. Então, folheou páginas de capítulos posteriores, leu parágrafos avulsos, fragmentos, substantivos arrancados dos verbos que lhes sucediam. De óculos postos, Pilar fingiu não reparar nessa sofreguidão. Era comparável ao afã de duas moças fardadas a empurrarem um carro com pacotes, latas, garrafas de plástico e dois jarros, viravam-se para os dois lados do corredor, café?, chá?, precisavam de distribuir bebidas e pacotes de amendoins. Quando percebeu onde José estava, capítulo 9, Saramago voltou a fechar o livro e a segurá-lo apenas. Preocupou-se, rapaz de trinta e um anos, imaginou-o naquele instante preciso mas, logo a seguir, apreciou a sua liberdade de leitor; se quisesse, podia viajar no tempo.

O sorriso da rapariga foi esmerado quando lhes ofereceu bebidas. Passado um segundo, quando Saramago declinou a oferta, a sua desilusão também foi esmerada. Pilar aceitou um chá. A rapariga conhecia aqueles movimentos, tinha-os repetido vezes e vezes mas, no instante em que as pontas dos seus dedos quiseram passar o copo de papel para a ponta dos dedos de Pilar, as unhas rasparam naquela superfície demasiado lisa e, muito devagar, o copo voou pelo ar, desequilibrado, às voltas, o chá a compor uma figura informe até cair no colo de Saramago, três nódoas sobre a capa do livro, o resto a afundar-se nas calças, morno.

Grande alarido, a rapariga mortificada com o vexame, a lançar guardanapos de papel sobre Saramago que, sem pressa, tirou o cinto de segurança e ficou de pé, à espera que limpassem o banco. Depois do copo de água de José na editora, o chá do avião. A rapariga e Pilar tentavam acudir-lhe, Pilar a receber mais atenção, mas Saramago apenas queria desfazer aquele alvoroço. E, antes de voltar a sentar-se, Saramago sorriu, percebeu finalmente aquele aviso repetido três vezes no romance, cuidado com o carro das bebidas. Quando leu essa frase solta, repetida entre parágrafos, não a percebeu logo, pensou tratar-se de discurso direto, personagens a falar, resto de sons; mas não, era um aviso dirigido a ele.

Regozijou-se com este artefacto até acertar o rosto na janela oval e identificar as praias da Costa de Caparica, as ondas paralisadas sobre a areia, linhas de espuma branca, e pinhais e, a seguir, Almada, os estaleiros da Lisnave, a nobre luta dos trabalhadores, o Cristo Rei, o vil plágio do cardeal Cerejeira. Empolgado, seguiu o Tejo até Santa Apolónia, mais ou menos por baixo da cúpula do Panteão Nacional, examinou essa área com especial detalhe, circulação de carros, pessoas ou um cisco no olho, imperfeições da vista. E, pouco depois, já sobrevoava as ruas da cidade, identificou vários lugares, idades em que os percorreu e, quase a aterrar, reparou nos Olivais, será ali o Bairro da Encarnação?, procurou os prédios degradados da Quinta do Mocho, e lá estavam, levantados de encontro ao horizonte.

As moças fardadas, vinte e tal anos, assistentes de bordo, estavam perfiladas à saída, nervosas, todas pediram muita desculpa pelo incómodo. Saramago desceu as escadas, entrou no autocarro e, ao longo da pista, durante um caminho sem curvas, anteviu a entrada na casa de Lisboa, conseguia imaginar esse momento com nitidez, o cheiro das sombras. E, quando já pensava noutro assunto, abriram-se os corredores do aeroporto à sua frente, toda a gente a falar em português, tudo escrito em português, Pilar a ser novamente estrangeira.

O taxista não quis conversa, Saramago agradeceu mentalmente. Seguiram os três em silêncio, atentos a transeuntes ou a ideias, atentos à paisagem ou ao rádio, ligado num programa de ouvintes que telefonavam a dar as suas opiniões.

8.

(Caderno)

O couro das costas e do assento da cadeira mantinha-se esticado, apesar dos anos, apesar do peso do escritor, que não era excessivo, mais dado à elegância dos louva-a-deus, afora o ateísmo. Era couro endurecido pelo tempo, de alguma herança teria caído, Isabel* saberia melhor do que Saramago que, naquele momento,** não pensava nisso. A sua postura seguia a geometria da cadeira, ângulos retos, o materialismo*** exige sentido prático. No entanto, embora o corpo se mantivesse diante da máquina de escrever, as mãos suspensas no ar, os dedos à espera de se individualizarem nas letras, os polegares na barra de espaços,

---

* Encontrar passagem para explicar quem é, sem causar constrangimentos a S etc.
** Confirmar em que ano foi escrito *Memorial do convento*, 1981?
*** Incluir mais alusões a marxismo/comunismo. Trabalhar a caracterização ideológica.

o seu juízo viajava, era às vezes um espectro na sala de leitura da Biblioteca Nacional, no Campo Grande, admirado com detalhes de uma arquitetura que conhecia bem. Os livros abertos eram panoramas que, em momentos de necessária distração, perdiam interesse perante uma mosca, visita que dispunha de toda aquela área, luz a inundar as janelas altas, quadrados de luz a dividirem o teto, e a tapeçaria lá ao fundo, que a mosca confundiria com espaço aéreo e que o olhar de Saramago, livre dessas fronteiras, atravessaria, ajeitando-se à vontade entre personagens tecidas e padrões. Noutras vezes, em alternativa, a sua atenção levantava-se invisível daquela mesma cadeira de couro, onde o seu corpo permanecia, avançava pelo corredor sem se cruzar com Isabel, abria e fechava a porta de casa, descia as escadas, incrivelmente produzindo o barulho de passos, apesar de não ter pernas, chegava à rua, Rua da Esperança, e descia, descia, até à outra rua, Rua das Janelas Verdes, onde encontraria um banco para sentar-se entre velhos contemplativos. Preferia esse passeio a continuar aquela frase aberta, já com sujeito definido, Blimunda, que poderia levá-lo até onde não tinha a certeza de conseguir chegar. Embora, às vezes lhe parecesse que*

---

* Mesmo que use as referências de S para escrever sobre mim próprio, não posso torná-lo ausente e inverosímil. Escrever sobre mim próprio garante coerência. A realidade que me rodeia (ou, pelo menos, o que conto a mim próprio sobre a realidade que me rodeia) garante coerência. No mundo, não há inexplicáveis, tudo vem de algum lugar e possui direção. As características de S oferecem amplitude, permitem fácil integração das minhas características. A metáfora (S) não se afasta demasiado do objeto que realmente nomeia (eu). Se quisesse, poderia descrever uma pedra e, no fundo, realmente, descrever-me a mim. É legítimo, acontece desde sempre. Posso usar o nome de S, a descrição do seu corpo/rosto, até os detalhes aparentemente mais intransmissíveis da história de S, e pousar tudo isso sobre mim. Contar-me a mim próprio através do outro e contar o outro através de mim próprio, eis a literatura. No entanto, não posso esquecê-lo ao ponto de forçar-lhe contornos artificiais. É sabido, muitas vezes

* * *

O horário de entrada no escritório, rotinas decoradas ao fim de um mês, o almoço, quatro ou cinco possibilidades, o que lhe apetece mais?, aquilo com que se conforma, e o horário de saída do escritório, o caminho para casa, os meses a repetirem-se. O inverno está mais quente?, não, o inverno está igual, foi a disposição que mudou, a pele não é indiferente ao querer, e a temperatura não está no ar, está na pele, como as imagens estão nos olhos. Sem acesso ao que virá, sem imaginá-lo,* Saramago é um homem casado, direito, segue o que os avós esperam, Jerónimo Melrinho e Josefa Caixinha, é o orgulho deles e dele próprio. Nos escritórios da Caixa de Previdência da Indústria de Cerâmica, cada funcionário tem o seu lugar, com as suas coisas, lápis afiados à sua maneira, há piadas de escritório, há aquele comentário que é feito todos os dias pelo colega, bordão que só tem graça na sua voz, dito com o seu trejeito. De manhã, a luz entra pelas janelas de certa maneira; à tarde, a luz entra pelas janelas de certa maneira; à tardinha, toda a gente olha para o

---

ele o tem repetido, que escreve duas páginas por dia e dificilmente se distrai nunca se distrai. Operário da escrita ou, talvez, máquina de escrita. Logo, não é credível que delírios o levantassem da mesa e o passeassem na rua, que se distraísse com moscas. Coloquei-me demasiado no seu nome, desvirtuei-o, roubei-o de si. Deixei de usar as referências de S para escrever sobre mim, passou a ser S que usou as minhas referências para escrever sobre si próprio.

* Voltar a esta ideia mais tarde, revê-la. Será que S não teria realmente acesso ao S do futuro? E eu? Quando voltar para rever esta ideia, conseguirei avaliá-la convenientemente? Se aceito a ligação entre o futuro e o passado, como posso negar a ligação entre o passado e o futuro? Ao recordar o passado, o futuro esquece muitos detalhes fundamentais, constrói uma imagem imprecisa e, através dela, acredita conhecer o passado. Mas isso é exatamente o que o passado faz, constrói uma imagem imprecisa e, através dela, acredita imaginar o futuro.

relógio, está quase na hora de saída. Em casa, a mulher, Ilda, o jantar já cheira.

Trocam novidades, o periquito da vizinha ainda canta, esganiçado, dorme tarde. A voz de Saramago tem vinte e quatro anos, vinte e cinco no final do ano, novembro, conta episódios que não podem ser compreendidos sem os detalhes da véspera, e de todos os dias antes desse. Ilda miga hortaliças com o peito da faca e escuta divertida, tem opinião sobre todas as personagens do escritório. Conhece tão bem esses nomes como os do escritório onde ela própria trabalha, Caminhos de Ferro de Portugal. Antes de jantar, Saramago senta-se diante dos seus papéis, relê poemas passados à máquina e, se discorda com a inspiração, esta palavra por aquela palavra, se apanha alguma gralha, faz pequenas correções.[*] Pode também andar com alguma ideia na cabeça, repisou-a durante todo o dia, esta é a hora para anotá-la, escreve-a em cadernos como este, caligrafia muito diferente desta, sem acesso à caligrafia que virá, sem imaginá-la,[**] também a caligrafia muda ao longo da vida, como a voz. E o arrumo da escrivaninha, pequenos montes de folhas alinhadas, envelopes gastos pelo uso devido, apenas alguns rolinhos de borracha que não chegaram a ser varridos com as costas da mão. E a hora de jantar, nem atrasada, nem adiantada. Como em todos os dias dos últimos meses, Saramago não quer que Ilda se levante, grávida de barriga comedida, mas quem poderia segurar a panela pelas asas com as duas mãos e pousá-la no centro da mesa?

---

[*] E talvez também fizesse anotações como estas, nas margens, letra miúda, ligadas ao pedaço de texto a que se referem por linhas tortas, ideias sobre ideias, palavras sobre palavras, a ocuparem outra dimensão. Pertencem ao texto? As conclusões fazem parte do enunciado a que se referem? Ou serão parasitas, orações subordinadas? E as dúvidas, qual a sua existência? Existem dúvidas se deixar de existir aquilo a que se referem? Que palavras são estas? Por que as escrevo?

[**] De novo, futuro/passado. Eu aqui, eu lá longe.

O serão é propício a algum arroto de boca fechada, meio disfarçado, a cigarros enrolados e fumados à varanda, vícios de outra gente. Saramago, alto, pullover sem mangas, calvície a mais de meio da cabeça, óculos novos, prefere utilizar os silêncios para pensar no romance, está quase a ser publicado, a letra de forma, as perfeições e imperfeições da imprensa, a cor e a gramagem do papel, a textura entre o polegar e o indicador, delicada rugosidade.* Pensa no objeto, esse fascínio, realidade do mundo, mas pensa também nas sombras que o compõem, a senhora viúva, protagonista do título original, a criada Benedita; pensa também nas palavras do editor, voz inventada a partir de uma carta escrita, a sugerir novo título, *Terra do pecado*. Como se sentirão a viúva e a criada com essa mudança?, talvez reticentes como o próprio Saramago, mas sem voto, desejam viver mais do que tudo, esperançadas nas razões do editor, ele lá sabe. E a quinta de Miranda, onde vivem estas personagens, lugar que passará a existir quando houver leitores a dar-lhe credibilidade, falta pouco, toda descrita com a lembrança posta em Azinhaga, lugar que já existe, terra que dá o que lá se dispõe, desde que se amanhe e se cuide da rega em tempo seco.

A almofada dela é mais alta do que a dele, gostam assim. Ela deita-se de lado, a barriga assente sobre o colchão, as mãos juntas debaixo da face. Depois de lavar os dentes e esfregar a cara, ele decide se prefere aconchegar-se nesse volume, encaixado nos rins, ou se, encalmadiço, prefere virar-se para o lado de fora, mais favorável a pensamentos autónomos, ideias de escritor. Sim, por-

---

* Nos dias em que esperava a edição do meu primeiro romance, os momentos de certeza absoluta. Sou capaz de recordá-los ainda, memória muito comparável à sensação autêntica desse conforto. E, no entanto, durante anos, a angústia do segundo romance por escrever, deserto infértil, incerteza absoluta.

que ele é um escritor,* como os que começou a ler na Biblioteca do Palácio das Galveias ainda antes de ser um homem casado, ocupado por responsabilidades familiares. Ninguém pode garantir os sonhos desta noite, eles próprios os irão esquecer; pouco importa também discorrer sobre as intimidades conjugais, sabendo-se até que será necessário contornar a gestação em curso, temporada de especial recato. Acostumados um ao outro, quase três anos de hábito, adormecem, adormecem?, e acordam.

As manhãs de sábado têm uma alegria que os jovens casais desfrutam em absoluto. Demoram a sair da cama, não têm pressa de chegar à torrada. Saltando essa descrição, Saramago acompanha Ilda no mercado, vira o pescoço em todas as direções, as verduras têm cheiro a terra. Se lhe são pedidos juízos, pronuncia-se sobre o preço ou a cor da fruta, a carestia dos anos da guerra parece estar a diminuir, mas não se incomoda de permanecer calado, o silêncio dá-lhe um porte conveniente. Dois passos atrás da esposa grávida, primeiro romance quase a ser publicado na Editorial Minerva,** Saramago é um homem casado, direito, segue o que os avós esperam, é o orgulho deles e dele próprio.

---

* Ingenuidade. A ambição de ser escritor, objetivo final, é uma ingenuidade.
** Nova ingenuidade. O escritor publicado não sabe mais do que o escritor inédito.

9.

Saramago e eu caminhamos na praia, a areia negra, salteada de pedras que eu evito como posso. As ondas são abstratas, chegam para submergir-me os calcanhares. Com a exceção dessa espuma branca, tudo é negro, o mar, o céu, as pequenas elevações que limitam a praia. Saramago fala de como escreve os seus livros, termina uma página, começa outra, centenas de páginas sem suscetibilidades indignas. Eu tento acompanhar o ritmo, mas as suas pernas são muito mais longas do que as minhas, cada passo seu equivale a três ou quatro meus, ele caminha, eu quase corro. O discurso entusiasma-o, descreve o modo como se senta, começa a escrever, para à hora de almoçar, refeição frugal, volta ao escritório e, no fim determinado do dia, ponteiro dos segundos no doze, para de escrever, ponto, voltará na manhã seguinte à mesma hora. Caminhamos na praia, parece não ter fim, ele fala sem reparar que a minha vergonha se mistura com o meu medo. Esse desconforto aperta-me as costelas e aumenta sempre que uma onda nos molha os pés, pois tenho medo que repare em mim. Ele está de fato, casaco, camisa, gravata, calças arregaçadas na medida certa, um pouco abaixo do joelho, eu estou completamente nu.

Ainda dentro do sonho, antes de abrir os olhos, José reconheceu o seu próprio pensamento, percebeu que estava a sonhar. Perante esse imenso alívio, abandonou o papel que representava, e o sonho desfez-se à sua volta, deixou de escutar Saramago, as sombras transformaram-se em escuridão, o toque da areia foi substituído pela ligeira dormência com que os sapatos lhe cingiam os pés. Descolou as pálpebras, sentiu-as estalar, e foi abrindo os olhos contra o ardor que os envolvia.

Na véspera, tinha espalmado uma caixa de papelão sobre o último degrau de uma porta fechada na lateral de Santa Apolónia, Rua dos Caminhos de Ferro, conforme está escrito numa placa em que ninguém repara. Para não cair, dormiu de lado, embrulhou-se no cobertor cinzento. O frio atravessava o papelão, como atravessava a fazenda da roupa, não respeitava esses materiais, ou entrava diretamente pelo punho das mangas, entre os botões, rente às bainhas das calças. Desperto e despenteado, cobertor até ao nariz, máscara, José acreditou que esse frio tinha sido a origem daquele embaraço no sonho, o fresco trouxera consciência à pele, sugerira nudez.

Talvez detetando a dor de cabeça de José por telepatia, aproximou-se um velho. Filantropo, tirou a garrafa de um dos vários sacos que carregava e estendeu-lha, líquido transparente dentro de vidro transparente, como água. José deu um valente gole, chapadão no focinho, garganta em chamas. Sacudiu o rosto para sair desse choque, abriu os olhos e ficou cego pelo clarão de dois carros seguidos com os máximos ligados. Devolveu a garrafa ao velho, que seguiu caminho, não esperava agradecimentos.

José ficou a vê-lo afastar-se, imaginou-se no seu lugar. Podia passar a vida inteira assim, desespero ou morte. Podia passar dez ou vinte anos assim, álcool contra o sofrimento, aquele sofrimento, os dias demasiado grandes e cada segundo insuportável, agonia que enlouquece.

Conhecia os que gastavam os dias à volta de Santa Apolónia, não dispunham de outro lugar. José aproximava-se, mas falava pouco, não tinha cigarros para dar ou pedir. As multidões passavam, marés, correntes, mas eles permaneciam. Talvez seja por isso que os destituídos de casa apreciam estações de comboios, paragens de autocarro, aeroportos; encontram consolo na companhia de gente que também está no ar, todos os bens reunidos numa mala, sem casa naquele momento, passageiros.

À distância, José sobressaltava-se ao reconhecer formas em contornos efémeros. Um dia, de repente, distinguiu a mãe a sair de um comboio intercidades, Porto-Campanhã. Por que viria do Porto?, por nada, não era ela, desvendou esse equívoco ao esfregar os olhos. Foi assim também com uma mulher que, a dez metros, tinha todas as parecenças com a cabo-verdiana do minimercado. Num princípio de manhã como aquele, até acreditou ver Fritz, mas afinal era um estrangeiro de mochila às costas, nem sequer austríaco, nem sequer indiano.

José sabia que não o encontrariam porque estava escondido no tempo. Como num sonho, não recordava o início. Os sonhos de José começavam sempre a meio. No princípio da memória de um sonho, a ação já ia sempre a meio.

Lembrava-se de estar deitado no chão da casa destruída, a violência dos seguranças, a dívida, o olhar feroz dos seguranças; e lembrava-se de estar em Santa Apolónia, a barba, a roupa transformada em pele, cheiro de intimidade morna, os outros homens, mortos-vivos. E semanas informes, às vezes era domingo, às vezes era terça-feira. Não sabia explicar o curso dessas semanas fora do calendário, a bebida desligava o tempo, baralhava-o. A única trégua, breve, eram as primeiras horas do dia, a madrugada a fundir-se na manhã por meio da claridade e da passagem cada vez mais frequente de autocarros. Logo a seguir, demasiado tarde, o dia era um comboio a afastar-se, os guinchos das rodas nos carris, aço a raspar em aço. Sentado nos bancos da estação, José já não conseguia agarrá-lo.

> *O leitor lê o romance para chegar ao romancista.*
>
> JOSÉ SARAMAGO, 2009

Respirava em silêncio, só se distinguia a ténue oscilação da camisa no peito, as pontas do colarinho. A concentração que Saramago colocava na leitura apagava os sons e o peso da realidade circundante. Quebrou esse isolamento apenas durante as frases em que leu exatamente sobre isso. Frases que, no próprio momento em que eram lidas, chamavam a atenção para o que se podia ouvir e enxergar à sua volta, como agora. Então, reparou em certos ruídos mais ou menos distantes, formas a desfazerem-se nos limites da visão periférica. Mas, logo a seguir, regressou ao centro da leitura. Levado pela sucessão de palavras, abrandava em vírgulas, e continuava, como um rio, quase como um rio a serpentear entre um e outro lado da página. Enchia os pulmões ao mudar de parágrafo.

Num desses pequenos soluços, apeou-se do texto, ou porque ficou preso num detalhe do cenário, ou porque decidiu agarrar-se a ele. Em qualquer dos casos, voltou à consciência da sala e aproveitou a pausa, utilizou-a para colocar uma hipótese, talvez os segredos se destinem ao conhecimento público. Há um indivíduo que sabe, mas que contém o saber, tenta camuflá-lo com invisível e não dito; ao mesmo tempo, há todos os olhos e ouvidos do mundo; eis a relação de forças em presença, a defesa de um segredo é a resistência a essa tensão.

O imaterial de tais juízos era paralelo ao feitio do segredo que Saramago guardava, concreto e objetivo como a existência de José, rapaz de trinta e um anos. Desenrolando tais raciocínios, Saramago chegou a perguntas sem resposta, o que acontece aos segredos que nunca são descobertos? Depois de imaginar silêncio a dissolver-se num silêncio ainda mais absoluto, apercebeu-se de que os segredos sem alguém que os guarde são o desconhecido. O uso dos segredos é restrito, o desconhecido pertence a todos.

O livro, esquecido por momentos, caiu-lhe da ponta dos dedos. Esse estrondo puxou Saramago dos pensamentos. Levantou-se, dobrou-se, posição acrobática, e apanhou o livro. Voltou a acomodar-se na cadeira e folheou o romance de José até à página certa. Entrou numa frase, palavra a palavra, e prosseguiu. Tomando consciência de si próprio, ou transformando-se naquelas linhas, lia sobre alguém que lia. E, sem que ninguém o testemunhasse, sozinho no escritório, pareceu-lhe que a menção a um rosto imóvel, nem festivo, nem acabrunhado, se referia ao seu próprio rosto.

José fugia do seu reflexo, evitava as grandes portas da estação em dias de sol, entrava de cabeça baixa na casa de banho dos homens, diante do lavatório, a água sobre as mãos, unhas compridas e negras. No caderno, em intervalos do desespero, escreveu sobre si próprio enquanto fingiu escrever sobre Saramago. Escreveu sobre a composição de *Memorial do convento*; mas a casa de Saramago na Estrela, década de oitenta, era a sua casa nos Olivais, como estaria ela?, ou era aquele degrau em Santa Apolónia; a máquina de escrever era o computador destruído pelos seguranças, ou era aquele caderno; a frase por acabar, Blimunda como sujeito, era toda a sua vida, era o romance que dizia escrever havia anos, segundo romance invisível e impossível, era aquela suposta biografia, textos sem direção. A frase por acabar era um precipício, conjunção frente ao vazio, escarpa sobre tudo o que fingia não ver. Escreveu também sobre *Terra do pecado*, mas a esperança era a esperança que conheceu quando esperava a edição do seu próprio romance; a família era a vida que então julgava organizada, destinada à prosperidade; o orgulho era o orgulho desse tempo.

O vazio da memória, estar em casa, deitado no chão, e, logo a seguir, em Santa Apolónia, também deitado no chão. Essa ausência era natural, não lhe sentia a falta porque nunca a tinha possuído. Dois anos antes, quando se perdeu em Lisboa, lidou com o mesmo desacerto. Era a mistura de problemas que mais o angustiava, Lídia, dívida, Saramago. Pensava em Lídia, o seu rosto abandonado, sem explicações, e começava a pensar na dívida, como poderia pagá-la?, e começava a pensar em Saramago, não conseguia imaginar a totalidade da biografia que esperavam dele, o caderno apenas com fragmentos, excertos de nada. Noutras vezes, preocupava-se com a dívida e era interrompido pela imagem de Lídia e, depois, por Saramago, como uma nuvem. Em qualquer ordem, todas as combinações entre estes três temas eram possíveis. Das várias soluções, José preferia a aguardente. Vinho, tinto ou branco, garrafa ou pacote, também salvava vidas. A cerveja era de evitar ao serão, antes de dormir, obrigava-o a levantar-se durante a noite ou, como acontecia com outros, tinha de mijar-se pelas pernas abaixo.

O melhor lugar para ter sorte era ao lado das bilheteiras, troco na mão, a moeda mais pequena já era qualquer coisa. Outros lamuriavam que lhes faltavam cem ou duzentos escudos para comprar um bilhete para a Azambuja, tinham perdido a carteira, coitados. José não tinha paciência para essas mentiras, pedia sem justificação, só dava quem queria. Naquela manhã, abordou um casal de alemães, cinquenta anos, loiros de pacote. Como acontecia sempre, surpreenderam-se com o alemão perfeito de José, pronúncia da Alta Baviera. Essa era uma vantagem que aproveitava quando podia, o idioma representava um precioso vínculo. Naquele caso, valeu uma nota e um auf Wiedersehen.

Possuía suficientes recursos para ir de táxi, mas faltava-lhe apresentação e aroma. Além disso, havia autocarro direto até aos Olivais. Aquela manhã era ainda riscada por cinzento, ainda Saramago, dívida, Lídia, dívida, Lídia, Saramago, Lídia, Saramago, dívida, mas José tinha o início de um plano. Poderia passar a vida inteira assim, como o velho que lhe entregou a garrafa mal acordou, mas essa não era a sua verdade. No início de Santa Apolónia, saído da desorientação, ainda a coxear, dorido, precisou de ser invisível, descansou na ausência, aceitou. Ainda assim, na última fila do autocarro, rodeado por ninguém, fedor, soube que, para existir, precisava de regressar.

A viagem até aos Olivais foi espantosa, espantosos também eram os olhos de José ao redescobrirem Lisboa depois de uma longa hibernação em Lisboa. Contava com dois vales de correio à sua espera, outubro e novembro, essa quantia não era suficiente, mas havia de ajudá-lo a resolver a dívida, que o ajudaria a resolver Lídia, que o ajudaria a resolver Saramago. Tinha o início de um plano.

O leitor deve ter um papel que vai mais além de interpretar o sentido das palavras.

JOSÉ SARAMAGO, 2008

Quando Pilar entrou no escritório, Saramago acreditou que apenas estava a ler sobre a entrada de Pilar no escritório. Não parecia haver fronteira que separasse o texto da vida. A experiência dos sentidos derramava-se nas páginas impressas, palavras com cor e cheiro, com um lugar no espaço. Em simultâneo, a leitura avançava por aquele momento, móveis e objetos eram substantivos, tonalidades de luz eram adjetivos, gestos eram verbos. Saramago pousou o livro, marcado pelo indicador, e sorriu para Pilar, iluminado. A tarde também estava nessa divisão da casa, demorava-se sobre os objetos, oferecia e aceitava renovação.

Pilar encontrou posto para fixar-se. Silêncio, grãos de pó a planarem, galáxias, e Saramago começou a falar do romance de José. Não se tratava de um entusiasmo de todos os dias, atravessava idades para chegar ali, Pilar fazia essa distinção. Os olhos de Saramago, por detrás das lentes dos óculos, queriam falar tanto como as palavras que dizia à pressa, despistando-se às vezes, voltando atrás para acrescentar alguma informação esquecida.

E tempo, Pilar ouvia o que era dito, seguia descrições e reflexões, mas o que mais a impressionava era a voz de Saramago, assistia ao enlevo. Descalço, esquecido das pantufas, pés magros, tendões retesados, calças à meia canela, Saramago precisava de levantar-se em momentos de maior exaltação explicativa. Arregalava os olhos mesmo como estava descrito no livro, mesmo como os leitores imaginavam quando liam essas palavras, quando juntavam os conhecimentos que possuíam de Saramago e o imaginavam a arregalar os olhos, empolgado.

Saramago contou tudo o que já sabia do romance, quase nove capítulos lidos, mas esse ainda não era o segredo.

Enquanto tentava acertar com a chave na caixa do correio, o grito que uma vizinha lhe deu sobre o ombro também assustou José. A vizinha gaguejou um bom-dia incompleto e afastou-se às arrecuas até à porta da rua, sem querer virar-lhe as costas. A porta bateu, o fresco dos mosaicos, o coração acalmou devagar. De novo sozinho, José abriu a caixa do correio onde, como esperava, estavam duas notificações para levantar vales vindos da Alemanha.

Ao entrar em casa, lembrou-se melhor do que tinha acontecido ali. Pisou vestígios dessa memória até à banheira, lavou-se em dois minutos, talvez não tenha esfregado o surro todo, fez a barba, tesoura e lâmina, vários cortes, não se importou. Ao vestir roupa quase limpa, recordou que Lídia estava a pouca distância, centenas de metros. Por um momento, pareceu-lhe que bastava um gesto, esticar o braço, seria fácil vê-la, explicar-lhe, ir lá. Um problema de cada vez. Foi ao correio, esperou, atenderam-no, disseram-lhe que apenas podia levantar um dos vales, o outro tinha passado do prazo, a quantia havia sido devolvida ao remetente. José protestou, não lhe serviu de nada.

Desconsolado, envelope no colo, ficou sentado no sofá. A pouca distância dos pés, o computador esmagado, ruínas. Aquele também era um problema, teria de reunir forças para arrumar e limpar.

Quando tocaram à campainha, José escancarou os olhos para o pesadelo. Teriam voltado para cobrar a dívida ou para matá-lo? De repente, a tremer, pensou que, se tocassem à campainha antes de contar até dez, permanecia sentado, não abria a porta. Mentalmente, um, dois, três, quatro; quando passou do cinco, começou a abrandar, sentia o coração na garganta, como se o tivesse engolido; oito, nove, demorou bastante antes do último número, mas não conseguiu aguentá-lo, dez. Estoico e suicida, sem pensamentos, levantou-se e abriu a porta.

Era o editor, acenava-lhe da rua, através do vidro. José guardou as chaves no bolso e saiu, não podia e não queria recebê-lo em casa. Antes de José se readaptar à luz, o editor descarregou um peso. Vinha frenético, disse que o editor de Saramago lhe ligava quase todos os dias, perguntava por José, transmitia que o próprio Saramago perguntava por ele. Essa notícia podia ter provocado diversas reações a José, mas a súbita sobriedade deixou-o pálido, uma camada de transpiração sobre a pele, ardente e gelada, febre. Talvez por isso, só foi capaz de pensar no problema que já trazia. Interpretando o êxtase do editor, José usou um tom de voz muito delicado, sereno, e pediu um avanço do pagamento da biografia. Ou, melhor dizendo, do texto ficcional de cariz biográfico.

Durante o caminho, não se interessou pela conversa do editor, palavras ou baforadas de fumo, apenas se interessou pela paisagem e por recordar os minutos em que, ainda à porta do prédio, o editor fez uma chamada com o telemóvel, sofisticado aparelho, e recebeu confirmação do cheque. O pensamento de José, deriva, chegou por mais do que uma vez ao romance que tinha para escrever, o segundo romance, sabia que estava por escrever, mas evitou esse incómodo, ignorou-o como fazia com tantos outros incómodos. Então, já depois de chegarem ao edifício da editora, em Benfica, diante de uma mesa carregada de papel, cinzeiros cheios, José teve de inventar resposta para diversas perguntas, teve de concordar com uma chuva de conselhos, teve de deixar um encontro marcado com Saramago e, por fim, assistiu ao preenchimento do cheque, à assinatura conforme o bilhete de identidade, Raimundo Benvindo Silva.

Valeu a pena, saiu de táxi, barba feita, um número no bolso da camisa que cobria exatamente a dívida, valor que José pediu e que deixou o editor apreensivo. O taxista não sabia onde era a Rua de Macau, mas sabia onde era o Bairro das Colónias, claro. A partir da Almirante Reis, o cliente indicou o caminho.

Respirou fundo, voltou a respirar fundo e aproximou-se da campainha. Tocou uma vez, pausa, outra vez, pausa, e outra vez; o trinco soltou-se com um zumbido. O rosto de José seguia no interior da sua própria sombra; o peso do corpo puxava-o para trás, custava-lhe içar-se para cada um daqueles degraus de madeira gasta. Com o rosto na porta entreaberta, o segurança da cicatriz cerrou os punhos quando o viu, mas, contra o seu próprio terror, José prosseguiu nessa direção, os joelhos sem força, sem forma.

Já dentro, a tensão, os sons e a temperatura. Sem olhar para as mesas de jogo, acompanhado pelo segurança africano, José sentiu o sangue a ferver-lhe nas faces. Conhecia a pequena divisão onde o dono da casa o esperava, uma mesa, uma cadeira, pilhas de papéis. Não foi pronunciada qualquer palavra até José apresentar o cheque, lâmpada amarela, quente, pendurada do teto por um fio. Depois da leitura dos algarismos, a aparência do dono da casa transfigurou-se, voltou a ser baixo e anafado, benevolente, conciliador, casaco fora de moda, botas bicudas, há quanto tempo nos conhecemos?, palmada nas costas, risinho pelo nariz, as portas desta casa estão sempre abertas para ti.

10.

Precipitou-se na direção da luz, as solas ganharam novo ritmo na calçada, também a respiração, o tempo. Lá ao fundo, o vulto de Lídia baixou-se, ergueu o último caixote de fruta e carregou-o para dentro. A vitrina do minimercado deformava um retângulo de brilho no chão da noite. José abrandou a poucos metros da entrada, eis o momento, eis o agora, o toque da realidade queimava.

Crédulo, incrédulo, passara o dia a imaginar aquele instante, ora a acreditar que Lídia lhe ia sorrir com os olhos e abrir os braços, ora a ficar maldisposto e a sentir o gosto de sangue na boca. Acordou na sua cama, tiros paralelos de luz atravessavam os estores e o ar do quarto. Não quis levantar-se logo, achou que merecia esse intervalo. Depois, não quis sair logo para vê-la, carecia de preparação e, acreditava, teria mais sorte se a encontrasse ao fim da tarde, no fecho do minimercado, essa hora já se provara ditosa. Passou o dia inteiro a imaginar aquele instante e a arrumar, a encher sacos de arestas, objetos partidos, livros pisados, e a transportá-los até ao contentor do lixo.

José ficou diante da máquina registadora, sob o clarão da arca frigorífica, segurava o livro e o caderno com a mesma mão, esquecidos. A sua presença era uma afirmação, estava ali. O olhar de Lídia tocou o dele, espantou-se e, súbito, seguiu outro rumo, desinteressada. Numa ordem precisa, método aperfeiçoado pela rotina, como se construísse um objeto de peças numeradas, Lídia arrumou formas geométricas em pontos determinados, guardou assuntos na mala, vestiu o casaco e, por fim, apagou as luzes, estalidos de interruptor dos anos setenta. Sob a escuridão roxa das barras elétricas para matar moscas, José saiu primeiro, esperou que Lídia fechasse a porta, maldisposta e bruta. Até à paragem de autocarro, em silêncio, candeeiros fortuitos aclaravam-lhes o rosto, José tentava normalizar a gravidade de Lídia com a sua. Quem os olhasse a partir da janela de um prédio, poderia confundi-los com dois cidadãos quotidianos, transeuntes, um casal lado a lado.

Chegaram à paragem e, ao mesmo tempo, chegou o autocarro, espaço instantâneo que se abriu diante de uma multidão sem rosto, pessoas de várias formas. Lídia entrou depressa, escorregou entre corpos, profissional daquela desenvoltura. Sentou-se entre a janela e uma mulher larga, sacos de compras no colo. José demorou a entrar, passinhos atrás de corpos murchos; ficou de pé, agarrado a uma correia que pendia do teto, precário, sensível a todas as curvas e balanços. Naquele autocarro cheio, era o único que não sabia para onde se dirigia, desconhecia tudo sobre o futuro, era uma sombra entre gente que tinha alguém à espera, gente que seguia um caminho.

Agarrado à correia do autocarro, na fronteira entre Olivais e Moscavide, José duvidou da sua própria existência, talvez os sentidos fossem um equívoco, aquele cheiro de novembro, aquela luz oscilante, aquelas pessoas a dormirem sentadas, queixos espetados no peito. A mulher que estava ao lado de Lídia ajeitou os sacos no colo, conferiu pertences, iniciou a preparação para levantar-se com muita antecedência, e ganhou balanço com todo o corpo, coordenação de ossos e músculos, pernas e braços. José chegou a ocupar esse assento, mas Lídia levantou-se também, passou-lhe diante dos joelhos e avançou pela porta aberta. Sem escolha, José seguiu-a, contornou e atropelou anónimos no corredor do autocarro, lançou-se pela mesma porta.

A noite daquela paragem dc autocarros de Moscavide era especialmente negra, tingida pelo frio de outro mês, inverno profundo. Lídia estava debaixo de uma lousa de basalto, rosto inacessível. Esperaram pouco, embora a passagem do tempo estivesse distorcida. O autocarro veio quase vazio, ou talvez esse fosse apenas um sinal da solidão a que José se entregava, zero esperança, sentou-se ao lado de Lídia, em silêncio paliativo. Chegaram sem uma palavra à entrada de Sacavém, José deixara já de imaginar para onde ia ou o que queria, não ia para lugar nenhum, não queria nada.

Bartolomeu continuava inclinado diante dos jornais, torre de diários e semanários sobre um cadeirão da sala, chegavam-lhe à cintura. Sozinho, mastigava palavras, pensamentos ou pedaços de manchetes. Depois do portão do quintal, como sempre, José entrou pela porta destrancada, fez todos os barulhos necessários, deu sinal com voz desimpedida, boa noite, mas Bartolomeu não ouviu, continuou inclinado diante dos jornais, a remexê-los. A cadela apontou o olhar e o bico das orelhas, mas faltou-lhe energia para altear a cabeça, permaneceu no mesmo repouso, expressão apreensiva. Durante um momento, José observou a fragilidade de Bartolomeu, era aquela a sua figura quando ninguém estava a vê-lo, eram aqueles os seus gestos, presença.

Levantou a voz, boa noite, e o velho rodou em lenta urgência sobre o ombro esquerdo. Nesse movimento, pôde distinguir-se a diferença entre a incerteza e, após um longo ah, a perceção. Bartolomeu quase se amedrontou com o tamanho do seu próprio espanto, caminhou até pousar as duas mãos nos ombros de José, só então recordou o desequilíbrio. Embora não se calasse, faltava-lhe o que dizer, repetia lamentos, espécie de viúva no funeral, ali estava o defunto, regressado do purgatório. Por fim, grande empreendimento, a cadela levantou-se e caminhou devagar até às canelas dos homens, como se quisesse confessar alguma coisa mas lhe faltasse o idioma.

Rasgando esse momento de sentimental reunião, a propósito de nada, Bartolomeu lembrou José de telefonar à mãe, deve estar preocupada. Enrugando a testa na diagonal, José estranhou o súbito cuidado com uma desconhecida, mas Bartolomeu segurava o auscultador do telefone, apontava-o na sua direção; foi mais fácil aproximar-se e discar o número. José não se envolveu muito nesse diálogo, alô, a mãe disse qualquer coisa, José disse qualquer coisa, prestou mais atenção a outros mistérios, o empenho de Bartolomeu em arrumar papéis que sempre vira ali, o rádio desligado, os sapatos engraxados, camisa e casaco, manequim em vitrina da Baixa de Lisboa, onde estavam as pantufas, o roupão, o pijama de flanela?

Talvez a mãe ainda estivesse a falar quando José se despediu e desligou, ou talvez se tratasse de interferências na linha. E ganhou fôlego, ia lançar-se a investigar aqueles enigmas, chegou a adotar essa postura, mas Bartolomeu dispunha de perguntas seguidas e autoritárias, onde tinha andado?, desorientou-se como da outra vez?, porque estava a casa revolvida?, que destruição tinha sido aquela? José procurava a primeira palavra para responder quando, meio distraído, Bartolomeu lhe apresentou *El año de la muerte de Ricardo Reis*, enviado por Fritz. Que tipo de austríaco é aquele?, perguntou Bartolomeu. José não respondeu, sentiu-se ultrajado, Bartolomeu não tinha o direito de procurá-lo na livraria de Fritz.

Nesses segundos de hesitação, Bartolomeu regressou ao jornal que deixara aberto, Cavaco Silva afirma que 95% das notícias publicadas sobre ele são falsas, 17 de janeiro de 1994. Esse era o método, abria jornais, lia títulos em voz alta, lia a data, surpreendia-se com esses factos e com a desmemória coletiva, lançava a sua estupefação ao ar e lançava o jornal para um caixote. Mais de seis mil alunos tiveram zero no exame de matemática do 12º ano, 13 de julho de 1996; Sketch humorístico de Herman José recebe onda de indignação da Igreja católica, 20 de abril de 1996; Protestos na Ponte 25 de Abril contra aumento das portagens, 20 de junho de 1994, e não conseguiu conter a indignação, ponte 25 de Abril?, quem é que chama esse nome à ponte? O povo que é povo diz ponte sobre o Tejo ou, agora que vai inaugurar a nova, o povo diz ponte velha; o povo que é povo, não os comunas; o povo verdadeiro guarda mais ciência na cabeça de um dedo do que estes jornalistas em toda a sua manha, vendidos por cinco tostões, alguma vez viste alguém chamar esse nome à ponte?

Não valia a pena contrariá-lo, José aperfeiçoara uma expressão desabitada. Além disso, continuava enredado em dúvidas, por que razão teria Fritz enviado aquele romance?, por que em castelhano? Trazia fumo da casa da Rua de Macau na roupa, chegara ali logo depois de pagar a dívida, alívio infinito, orgulho por não se ter sentado a jogar, só uma partida de póquer, só duas. A complexidade daquela jornada impressionava-o, Santa Apolónia, casa, correio, editora, Rua de Macau, casa de Bartolomeu. Noutro dia, talvez a excentricidade do velho fosse menos espantosa. Também era possível que José estivesse baralhado por uma lembrança subterrânea, entre pensamentos, a assaltar-lhe as ideias, imprevista; tentava ignorá-la, aguardente, recusava admiti-la, aguardente, mas, às vezes, a insistência era demasiada, aguardente-aguardente-aguardente.

Alheio, despedindo-se de jornais, Bartolomeu soltou um fiapo de voz, disse que precisava de contratar uma mulher para tomar conta da casa, todo o trabalho, cozinha, arrumos, arquivamento de publicações periódicas, conheces alguém? José deixou de estranhar o inexplicável, medos e mistérios, interessou-se mais pela pergunta que lhe foi feita, sim, conhecia alguém.

Que este romance [Todos os nomes] *possa ser entendido como um ensaio sobre a existência — talvez. Julgo que todos os livros o são, que escrevemos para saber o que significa viver.*

JOSÉ SARAMAGO, 1997

Podia pousar os cotovelos, aquela mesa era uma folga. Com as mãos juntas e os cotovelos fincados no tampo, a camisa não chegava aos pulsos finos, as mangas do casaco desciam-lhe pelo antebraço. Como era de esperar, Saramago ocupava o centro da mesa, tinha o professor Eduardo Lourenço de um lado e o editor do outro. O microfone funcionava, a voz do professor, cântico ameno, era também um descanso. Apresentava o romance *Todos os nomes*, lia de páginas que escrevera à mão, caligrafia ou pronúncia onde ainda se reconhecia décadas em França e a infância na Beira. Saramago baixava o olhar nas passagens em que o professor o elogiava, encarava a multidão em períodos de desenvolvimento, voltas improvisadas à margem da leitura, parêntesis.

O salão do Hotel Altis estava cheio, massas populares e setor intelectual, de pé ou em centenas de cadeiras, pescoço esticado; imagens refletidas ao contrário nas pedras brilhantes do chão, distorcidas pelo mármore bege.

Antes, à entrada, sempre acompanhado, Saramago avançou

no detergente e no fumo de cigarro das alcatifas, foi de encontro ao rumor crescente, mais vivo a cada degrau que descia, afunilado por um corredor e, depois, a explodir de exuberância quando entrou no salão. A partir daí, ficou rodeado por palmadas nas costas. Apesar do castelhano que Pilar espalhou, Saramago apenas foi libertado quando chegaram vários braços, a puxarem e empurrarem cuidadosamente, tenha paciência. A ideologia dominante não se distinguia apenas pelas roupas, o toque áspero do tecido, mas também pela postura, notava-se que aquele público havia resistido, ostentava uma certa rigidez, muralha de aço.

Como se procurasse, o olhar de Saramago sobrevoava as dezenas de filas à sua frente, tocava rostos conhecidos e desconhecidos, passava revista a quem se encostava às paredes. Exemplares do novo romance apareciam polvilhados em toda a distância da multidão, folheados por gente de óculos assentes na ponta do nariz. Era como um pensamento que flutuasse entre corpos, uma ideia em comum.

Na gestão das frases, na veemência das afirmações, na duração das pausas, o professor começou a aproximar-se do final do discurso. O fôlego dos presentes preparou-se e, no fim da última palavra, os aplausos demoliram a sala, transformaram-na noutra sala. Saramago sorria com os olhos e aplaudia também; as suas palmas não se distinguiam no interior do coletivo.

No momento exato, escolhido, quando a gradação dos aplausos quebrou, decrescente, a instantes de acabar, Saramago aproximou-se do ouvido do editor e perguntou-lhe, não está cá o tal José? O editor, ainda a aplaudir, sorriso de ocasião, consciente de todos os olhares, respondeu com outra pergunta, quem?

Silêncio na noite e no autocarro, os poucos passageiros não falavam, ninguém reparava na labuta do motor, mas Lídia estendeu um canto do olho na direção do livro que José levava, *El año de la muerte de Ricardo Reis*. E, nesse mesmo instante, de repente, uma revelação instintiva, José apenas deu conta do que disse depois de o verbalizar, estive em Lanzarote.

Estas palavras foram o centro de um vórtice, um uníssono cósmico, confluência de necessidade e sentido, Lídia olhou diretamente para o rosto de José.

Grata pela coerência, pela prova infalível do livro em caste-lhano, a pele de Lídia descansou. Noites maldormidas, isolamen-to, apenas o filho, a ama, as freguesas, o dono do minimercado duas ou três vezes por semana, de surpresa, a tocar-lhe com o joelho, a emperná-la, como queres que chegue à caixa?, apenas os desconhecidos do autocarro, de manhã e à noite, apenas um telefonema por semana para a vizinha da avó em Cabo Verde, a avó a não querer apoquentá-la, os primos durante segundos, trinados crioulos, mana.

Estive em Lanzarote, não achei meio de avisar-te. Antes de dizer uma palavra, Lídia folheou o livro. Sim, as páginas todas escritas em castelhano, Lídia queria acreditar. Olhando para José, saciando a vontade que contrariou desde o início, falou por fim, saímos aqui.

José sentiu dificuldade em adaptar-se a estas palavras simples, parecia-lhe demasiado, mas Lídia avançava já pelo corredor do autocarro, não podia perdê-la de vista, hipnotizado pela elegân-cia daquele corpo sólido, pernas grossas, braços grossos, mulher densa.

A noite outra vez, temperatura, trevas e iluminação pública. A euforia de José conseguia satisfazer todas as perguntas. Naquela estrada de Sacavém, caminho inclinado, José descrevia uma ilha, talvez correspondesse a Lanzarote, ou talvez não. Indiferente à geografia, recuperou o brio da sua força. Ao longo do dia, não obstante a insistência, apenas bebeu água da torneira, três copos cheios. Além disso, aquele livro misterioso, Fritz, Bartolomeu, Saramago, aquele livro salvou-o. Estive em Lanzarote, genial.

O entusiasmo de um inflamava o entusiasmo do outro, exatamente como lume, incêndio conjunto. Talvez por isso, Lídia não resistiu a perguntar-lhe pela biografia. Não é exatamente uma biografia, respondeu José, é um texto ficcional de cariz biográfico. Isso, isso, Lídia queria saber se estava muito avançado, não resistiu, mas não pediu para ler, tinha aprendido com as recusas anteriores, as desculpas. Não voltou a pedir-lhe para ler uma página ou uma linha da biografia, do texto ficcional de cariz etc.

À porta do prédio da ama, quando Lídia disse que ia buscar o filho, José soube que ela tinha um filho. Habituou-se a essa ideia durante a espera, livro e caderno debaixo do braço, mãos nos bolsos, olhando para cima, procurando estrelas inexistentes. Lídia regressou de mão dada com o menino, que não estranhou aquele estranho.

Já no interior da Quinta do Mocho, lâmpadas penduradas em postes inclinados, Lídia pousou o filho no chão, animou-se com uma sombra que caminhava. O pequeno lançou-se a correr quando distinguiu Domingos. No fim dessa corrida, teve a recompensa de ser atirado ao ar, brincadeira, Lídia fingiu protestos. José começou por sorrir mas, a três passos, quando a noite permitiu, reconheceu o segurança africano da Rua de Macau. Domingos reconheceu José no mesmo instante.

Os gestos de Lídia e da criança atravessavam um assunto que não distinguiam. Os dois homens olhavam-se por baixo desses gestos, dissimulavam aparências. Domingos falava muito mais do que José, calado. Domingos dava gargalhadas em i, apenas essa vogal, gargalhadas ostensivas e infantis para agradar ao menino. José só observava, distinguindo imagens na memória,

Domingos a partir loiça, a destruir móveis, e ali naquele recreio, a chamar Lili a Lídia, que lhe respondia com miadelas de gata.

No reboliço, houve um momento em que o menino se afastou a correr, movimentos descoordenados, Lídia foi atrás, meio aflita, não passaram mais de três ou quatro segundos. Durante esse pestanejar, o rosto de Domingos mudou, Satanás. Entre dentes, disse a José que o cheque era careca. E um tumulto atravessou o crânio de José, um zumbido preencheu-lhe os ouvidos. Não foi preciso reforçar a mensagem ou esclarecê-la, José entendeu. No regresso de Lídia e do menino, Domingos sorriu, a máscara maléfica desfez-se, foi como se nunca tivesse existido.

José estava gelado, ossos de gelo, pele de gelo coberta por poeira de gelo; e não conseguiu ouvir mais nada, nem sequer as longas despedidas. Mesmo assim, com dengosa simpatia, Lídia obrigou-o a sorrir antes de seguirem caminho. Na penumbra, no som dos passos a desfazerem grãos de areia, José continuou a acompanhar Lídia e o filho. Ao longo desses metros, talvez ela tenha contado algum episódio de Cabo Verde. Num meneio discreto, já a boa distância, José virou-se para trás. Longe, lá ao fundo, Domingos era uma torre, permanecia no mesmo lugar, olhava fixamente.

11.

Quis sair de casa.

Antes das dez, maldormido, José já estava encostado a uma parede da biblioteca dos Olivais, Palácio do Contador-Mor. O tempo era levado pelos sons, portas de prédios a bater, o fluxo da cidade. Durante a espera, o céu foi mudando de cor até se iluminar de incandescência, manhã improvável, mas José não distinguiu essa gradação, estava fechado em paranoias sem janelas. Quando precisava de folga das suas angústias, lia algumas páginas de *El año de la muerte de Ricardo Reis*, faltava-lhe algum vocabulário castelhano, mas acreditava que entendia o fundamental.

Passavam segundos, José podia usar qualquer um deles e iniciar o caminho até ao minimercado. De quantos passos precisaria para chegar lá, mais ou menos de cem?, quase fez uma aposta consigo próprio. Ainda girou a roleta, se fossem mais de cem, se fossem menos de cem, mas conteve-se, preferiu insistir na imaginação. De certeza que encontraria Lídia a sorrir, adeus ao minimercado, ainda a alegria da véspera.

Toda a manhã guardava pedaços do serão anterior, remendos. José levava a melhor parte do peito ocupada por imagens noturnas, quando chegaram à porta do prédio, o menino atento a alguma sombra, escuridão que abria covas negras nos olhos. Essa tinha sido uma hora de brisas ácidas, gritos que atravessavam paredes, crianças a chorar ao longe, também o trânsito contínuo na autoestrada e, mais perto, um grilo. O olhar de Lídia cresceu sem interesse pelo prédio enorme, vulto esburacado a cobrir o céu da noite, rés do chão de tijolos velhos, alcunhas e erros ortográficos escritos a trincha. Sentiu-se claramente a pausa, respiravam. A pele do rosto de Lídia era tão lisa, conseguia reunir o brilho que faltava em tudo. E não foram necessárias palavras para aquele pedido íntimo, subiam juntos?, bastou o modo como Lídia apertou os lábios. O menino adormece depressa, disse apenas.

Mas José mudou o ritmo da respiração, tirou-lhe languidez. Lídia perdeu o entendimento nessa reviravolta, escândalo, aguardava motivo para aquela falta de sensibilidade. No entanto, José tinha solução; usando premissas claras e estruturadas, falou-lhe da oferta de emprego feita por Bartolomeu. A meio, ainda antes de enumerar as vantagens, melhor horário, generosidade salarial, trabalho ligeiro, já Lídia fazia uma festa inesperada, dançando com o filho no colo. Àquela hora do serão, perturbado pela notícia que recebera, cheque careca, dívida, José aceitou essas mostras de alegria sem fazer perguntas, bálsamo. Quando se despediram, não houve demasiada conversa, Lídia tinha pressa de subir e celebrar sozinha, José queria sair dali sem reencontrar Domingos, o segurança da Rua de Macau.

Às dez da manhã em ponto, José sentiu mexidas na porta da biblioteca e voltou à experiência táctil, aos sentidos, alisou a roupa no corpo. A voz tremeu-lhe ao dizer bom-dia, o empregado da biblioteca não respondeu a esse engasgue. Os passos de José ecoaram na biblioteca deserta, o cheiro das horas em que esteve fechada, a noite a passar naquelas salas cheias de livros.

Assentou o caderno no canto de uma mesa, longe da janela. Precisava de livros contra tudo o que o corpo lhe pedia naquele momento, livros que fornecessem pensamentos, outra vida. Mesmo com um editor desonesto, indigno, estar naquela sala era um sentido, uma tentativa. Em momentos de fraqueza, autocomiseração, recordou o seu segundo romance, a sua derrota, imaginou um mundo onde existisse esse livro escrito. Mas a biblioteca possuía suficientes enciclopédias e, depois de andar pelas estantes, como se corresse avenidas, José regressou abastecido de bibliografia, volumes empilhados. Sentou-se, abriu o caderno para tirar apontamentos e, antes de destapar a caneta, reparou que o aniversário de Saramago tinha sido na semana anterior, setenta e cinco anos. José tentou lembrar-se desse dia, investigou na memória, mas apenas distinguiu uma mancha, Santa Apolónia.

(Caderno)

1922, 16 de novembro — Nasce.
1924, 22 de dezembro — Morre irmão.
1944 — Casa-se.
1947 — Nasce filha.
1948 — Morre avô materno.
1964 — Morre pai.
1969, 29 de junho — Morre avó materna.
1970 — Divorcia-se.
1970* — Começa a viver com segunda mulher.

---

* Conquanto não me interessem mexericos, procurar informação acerca desta sobreposição de datas.

1972 — Nasce neta.
1982 — Morre mãe.
1984 — Nasce neto.
1986 — Termina relação.
1986, 14 de junho — Conhece Pilar del Rio.

O teu irmão começou a andar mais cedo do que tu,* tinha uma desenvoltura ímpar, até de fala; já muito doente, quase sem abrir os olhos, usava expressões que tu não usavas com sete ou oito anos, com o dobro da idade dele, que ainda hoje não usas. Aquele momento existia debaixo de pouca claridade, portadas das janelas abertas para aproveitar o fim do lusco-fusco, chama do candeeiro de petróleo a tentar alcançar paredes distantes, barrotes demasiado altos, sustento do teto. Inclinado sobre a mesa, doze anos, o menino escrevia a lápis no caderno, páginas cinzentas, acabrunhado como outubro. De costas, a mãe tinha as mangas arregaçadas, revolteava pratos e talheres dentro de uma pia cheia de água. Não quero que deixe de se mencionar o nome dele, nunca quis. A voz da mãe escutava-se sobre os sons que chegavam de outras casas, estampidos abafados, corpos a debaterem-se contra soalhos de madeira. Francisco, a mãe fazia questão de repetir o nome do irmão morto no meio, início ou fim de frases; era como o refrão de uma música; não Chico, não Chiquinho, nomes propícios para uma criança de quatro anos, idade que teria para sempre, exceto na cabeça da mãe, a nunca esquecer aniversário de nascimento, de morte e de mais três ou quatro efemérides particulares, a lembrar em cada

---

* Desenvolver tese acerca da legitimidade e pertinência da literatura comparada enquanto método de análise e forma de conhecimento, em contraste com a índole nociva da comparação entre pessoas. Encontrar ocasião para expor esta ideia.

Natal os quatro natais em que teve esse filho; não Chico, não Chiquinho, nomes propícios para uma criança de quatro anos, mas sim Francisco, nome propício para um defunto enterrado, retrato de esmalte na campa.

~~Ficaste perdido num labirinto, enigma por resolver, entre paredes invisíveis ou pensamentos. Perdido também nestas palavras que te mostram por instantes, estás e não estás, reflexo, miragem. És tu, dentro de mim, calado, vigilante, companhia de certas horas impossíveis de aguentar sozinho, e agora nestas linhas, fechado neste caderno, debaixo do risco com que te protejo, irmão.~~

1969* — Filia-se ao Partido Comunista Português.

A cada um tinha sido atribuída uma hora de chegada, sem atrasos, que ninguém se cruzasse na entrada do prédio, ou naquela calçada noturna. Depois, que não saíssem ao mesmo tempo, cada um teria a sua hora de abalada. Essa diretriz, no entanto, era mais custosa de respeitar; apesar da disciplina militante, Portugal não é a Suíça, a Avenida de Berna não é Berna. Alguém teria organizado esses horários, provavelmente o Macedo,** seria melhor que não se referissem nomes. Todos os camaradas eram conhecidos, lealdade garantidíssima, zero bufos, zero vírgula zero, mas temiam ouvidos à escuta. Seria melhor que não se referissem nomes, no

---

* S tinha 46 anos (eu tinha três anos), casado há 25 anos, com uma filha de 22, avó morreu em junho.

** Pesquisar nomes reais de camaradas de S nesta época. Perceber se podem ser nomeados, se dão autorização para tal ou se essa referência lhes pode trazer problemas na atual conjuntura. Apelar para a compreensão acerca da natureza híbrida do texto (fictício/factual). Até lá, usar nomes inventados.

entanto, por vezes, escapavam lapsos. O Teixeira tinha cedido a casa, lapso, não referir nomes, um apartamento nas avenidas novas, será melhor não referir endereços também, não se sabe quem pode segui-los e o Teixeira, ai, novo lapso, tem companheira e filhos, que preferem saber onde toma o café, tê-lo por perto, apesar de pouco caseiro. Até a companheira, moderna mas enfurecida com certas desconfianças adúlteras, não lhe deseja unhas arrancadas a alicate, cigarros apagados na testa e outras lisonjas dos fascistas, esta palavra sussurrada com nojo. E eis os motivos por que está uma sala cheia de homens obrigados a sussurrar, pelos filhos do Tei, ai, quase lapso, pelos filhos do anfitrião, que entram cedo na escola, a Arminda* vai levá-los, não há problema de dizer o nome da Arminda, moça pacata de Castelo Branco, ou perto; e, claro, pelas palavras que não se pode dizer e que, no entanto, aqui, à volta desta mesa de pinho, se tem de dizer. São estes os intelectuais do Partido, os de Lisboa pelo menos, gente de grande capacidade, obreiros da revolução, palavra sussurrada com brilho nos olhos, construtores do marxismo-leninismo e do futuro, conceitos sinónimos, um precisa de ser sussurrado, o outro não. Além disso, fumadores orgulhosos, cinzeiros a transbordar de cigarros mal apagados, mãos a esbarrarem na hora de sacudir a cinza, ar cada vez mais compacto, fumo quase chumbo, nem pensar em abrir as janelas. A reunião vai animada, há assunto. Todos vestem camisola de gola alta, três ou quatro cores diferentes, menos Saramago que está de casaco e camisa.

* Nome de vizinha em Bucelas. Adequado.

1969 — Viaja pela primeira vez ao estrangeiro, Paris.*

~~Querer é um verbo independente da realidade, sinónimo de imaginar. Consigo imaginar-nos velhos, tu ainda cabo-verdiana, eu a já não ser isto, paciência por fim. Consigo imaginar-nos na mesma sala, silêncio, as palavras subentendidas, o teu rosto por baixo de outras feições, o meu rosto. Mas esta imagem é interrompida por uma voz que me fala a partir de dentro, diz: fixa-te em estarmos aqui, esquece o tempo. Diz: podem passar anos e anos enquanto reparamos apenas nas manhãs. Esta voz usa o plural e, no entanto, há uma linha que se estende desde o primeiro instante em que nos tocámos, pele/pele, até ao fim do nosso futuro. O que imagino desse momento, tu e eu separados de novo para sempre, é independente da realidade. Querer é um verbo que flutua na incerteza, antónimo de saber.~~

Saramago com a mulher e a filha na praia, início dos anos cinquenta, ele de calções, ela vestida de saia e blusa, lenço na cabeça, a criança de fato de banho e chapéu de palha. Serralheiro mecânico ou escritor, Saramago é um homem qualquer, magro e espigado, um desconhecido. Ninguém acha que sabe quem ele é.**

---

* No mesmo ano, Marcello Caetano visitou as colónias, Neil Armstrong pisou a Lua.
** Carregamos o peso daquilo que os outros pensam que somos. Os outros tiveram acesso a uma parte de nós e tiraram as suas conclusões. Muitas vezes, os outros não nos deixam mudar porque não estão dispostos a mudar a forma como nos veem, fazê-lo implicaria que eles próprios mudassem. As biografias são depósitos de convicções que os outros tiveram sobre nós. A imperfeição desse método é evidente.

Como parece simples e lógica uma vida arrumada em pontos cronológicos, como parece isenta de ansiedade; é tão fácil prever o que já aconteceu. Aquela estrutura de anos, enredo inevitável, ajudava José a suportar o seu próprio castigo, articulava-o. Encurvava-se sobre essas palavras, tentava ignorar todo o resto, mas materializavam-se imagens no ar da sala, pairavam como fumo, eram reais, não havia mais possibilidade do que aceitá-las de olhos arregalados.

Entrava gente naquela sala da biblioteca, analisavam lombadas de livros, estudantes sentavam-se a cochichar. Noutro dia, essas presenças seriam suficientes para causar uma tempestade de ruído na cabeça de José, para lhe exasperar as ideias, mas, ali, o seu olhar atravessava-as, os seus ouvidos não as captavam, eram pessoas invisíveis e mudas, inexistiam. José passou a manhã e a tarde nessas funções. A cronologia criava um padrão para o universo, organizava, essa regra era um enorme valimento. Por isso, José obrigava-se a transcrever notas para o caderno, esmerava-se. A correção caligráfica protegia-o do medo, nódoa imprecisa, coberta de defeitos. E, durante uma hora, duas horas, conseguiu escrever sobre flocos da vida de Saramago, fiapos que beliscava dessa longa vida, nuvens de algodão entre dois dedos em pinça. E, fadigado, voltava a contemplar a cronologia, as fontes. Muitas vezes, no entanto, ao movimentar o pescoço entre a enciclopédia e o caderno, a atenção fugia, como se apanhasse uma janela aberta, como se as amarras rebentassem e a atenção vogasse à deriva no interior de memórias, reais ou não. Passava mais tempo em cismas do que concentrado nos livros, mas não havia ali cronómetro, ninguém fez esse cálculo. À vez, funcionários da biblioteca vinham espiá-lo, estranhavam. José levantou-se em duas ocasiões. Precisou de beber água e, depois, precisou de vomitá-la. No silêncio quase absoluto, tosse na casa de banho das mulheres, José foi capaz de vomitar sem qualquer som.

Contra o medo, as vogais bem desenhadas, a perninha do á, como uma mão de criança estendida para a letra seguinte ou, no fim da palavra, solta no ar, inocente. Caligrafia de escola primária a proporcionar o conforto de um tempo em que não havia ameaças, a mãe era outra mulher, sorria de tanta certeza, ajudava José logo à chegada da escola de Bucelas, tirava-lhe a mala das costas, aquartelava os livros sobre a mesa da cozinha, os trabalhos de casa eram a primeira responsabilidade. Com seis anos, José queria brincar, mas a mãe explicava-lhe que, na Alemanha, só havia bons alunos. Dentro da memória, parecia que aquelas tardes eram sempre primavera, luz temperada, a mãe e ele inclinados sobre o tampo da mesa; as letras maiúsculas cheias de voltas nas pontas, como os ramos novos das videiras que cresciam rente ao muro do quintal, verdes e enrolados ao lado de cachos de uvas. Já posso ir brincar? Espera, e a mãe contava-lhe outra vez como seria o dia em que fizessem as malas, em que deixassem Bucelas. Quando o pai os levasse, não quereria ficar atrás dos meninos alemães.

Esta lembrança infantil doía-lhe, era uma ferida. Depois disso, noutras idades, a mãe com o ouvido encostado ao telefone enquanto ele falava com o pai, José e a mãe como irmãos siameses colados pela cabeça, o auscultador do telefone apertado entre eles. Mais tarde, a mãe a queixar-se às vizinhas, ouvi a voz de uma mulher lá atrás, pareceu-me ouvir um bebé, de certeza que tem outra família na Alemanha, de certeza. Mas o pai a chegar em agosto, sempre, todos os anos, a mãe a demonstrar que estavam preparados para acompanhá-lo na viagem de regresso, a mãe a fazer arrumações rigorosas na casa, a oferecer roupas de verão às vizinhas, dizem que na Alemanha faz muito frio, mas o pai a despedir-se e a partir sozinho na Mercedes, sempre a partir sozinho numa das várias Mercedes que teve ao longo dos anos. E José a aplicar-se no estudo do alemão, a saber mais de declinações do que a professora, a ensinar a professora, os rapazes na escola a chamarem-lhe Alemão, ele a pegar-se em sessões de porrada, mas o pai a partir sozinho, sempre a partir sozinho.

E, todos os serões, José com a mãe, criança, adolescente, depois de jantarem juntos. Naquela hora da biblioteca, sem relógio, acreditou que a mãe estaria em Bucelas, talvez a ir ou a regressar da igreja. Ainda bem que ignorava o medo e a preocupação que o preenchiam. Esse consolo fez José regressar aos apontamentos, à retidão cronológica, amparo, confiança, farol. Sentia que lhe faltavam fronteiras na razão; havia ideias que, de repente, se transformavam em lembranças, não percebia como passava de umas para outras; do mesmo modo, possuía memórias que o expulsavam.

Reparou então que, em rigor, tinha encontro marcado na cronologia de Saramago. Essa reunião parecia-lhe um futuro demasiado distante, mas cada dia fazia parte daquela fita métrica. Sabia que precisavam de encontros para avançar no livro, mas qual a pressa de Saramago? Talvez pretendesse fiscalizar o andamento da biografia, talvez fosse cioso, como dizia Raimundo, editor pantomineiro. José segurou *El año de la muerte de Ricardo Reis* para tomar peso ao papel e às palavras. E qual seria a intenção de Fritz?, por que aquele livro? Bartolomeu não tinha o direito de ir à sua procura na livraria de Fritz ou, menos ainda, de divulgar o projeto da biografia, assunto pessoal. Medo e irritação, de repente, num ímpeto fatal, interrompendo uma anotação no caderno, cronologia parada em 22 de fevereiro de 1980. E José seguiu um arrebatamento de coragem e exaustão; se calhar antes da página 250, vou para casa e enfrento o que vier; se calhar depois, desisto e desapareço. Fechou os olhos, folheou o livro e escolheu uma página à sorte.

(Caderno)

~~Custa acreditar que existes neste momento, falta significado.~~
~~Raspo este tempo com as unhas e, por baixo de erosão, apenas~~
~~encontro mais erosão. Esta caligrafia é incapaz de dizer-te,~~
~~escorres entre as frases. Líquida. Repara, as letras do teu nome~~
~~dispersas nesta palavra, desordenadas, quase o mesmo som.~~
~~Olho em volta, espécie de morte, tempo ou vácuo, respiro ar~~
~~sem sabor. O mundo desaparece sobre si próprio e, no entanto,~~
~~em algum lugar estarás tu, líquida, líquida, não consigo escrever~~
~~o teu nome.*~~

~~Não são as palavras,** é o olhar que se esmigalha ao tocar~~
~~o mundo. Como uma variedade de cegueira, um desfasamen-~~
~~to. Talvez o olhar escorra pela superfície do mundo, não pó,~~
~~fluido, viscoso. Em qualquer dos casos, cegueira, olhar que não~~
~~apreende o que tem à frente, não consegue carregá-lo para a~~
~~consciência. Desprovido dessa informação, resta-me supor e~~
~~temer. Antes das palavras e do mundo, há a devastação que levo~~
~~dentro, incapacidade, eu partido em peças que não encaixam.~~

1944 — Escreve poemas.
1947 — Publica *Terra do pecado*.
1948-53 — Escreve contos.
Primeira metade dos anos cinquenta — Escreve teatro.

~~* Se conseguisse escrever sobre L, seria esse texto uma descrição (biografia) ou~~
~~seria parte da própria vida? (A ideia de que esse texto se transformaria na vida de~~
~~L, que a vida de L seria esse texto.)~~
~~** Ou talvez sejam as palavras, não sei.~~

1951 — Inicia vários romances que permanecem inacabados.*
5 de janeiro, 1953** — Termina a escrita do romance *Claraboia*.

Não é crucial averiguar onde estava ou qual o dia exato.*** Esse não foi um instante no mundo, foi um acontecimento interno, lugar menos iluminado, distâncias amplas, espaço onde vogavam conversas que tinha consigo próprio e que, aos poucos, formaram o diálogo de ecos que o guiou até ali, pergunta, resposta, um passo, outro passo. Mesmo depois da constatação absoluta, fim das dúvidas, continuou a falar consigo próprio, quem pensas que és?**** Ou talvez não fosse exatamente ele que falava, talvez tivesse recebido essa severidade em antigos empréstimos; naquele momento, no entanto, não conseguia separá-la da sua própria voz, a deceção era demasiado grande.

Esperou muito pelo dia em que juntou as páginas do romance, limpas, corretas, revistas até ao último grão de pó, e as arrumou num envelope selecionado.***** Chegou ao encontro com o amigo antes da hora marcada, preenchera o remetente com o seu endereço completo, letra bem legível, nenhum pretexto a tentar o infortúnio. Passado sobre o tampo de uma mesa de café, o envelope saiu das mãos de Saramago para as mãos do

---

* Num dos seus papéis dessa época, S deixou o seguinte desabafo: "Para que escrevo eu? Escritor?! Só por ironia. Falta-me tudo para ser escritor".
** Quase seis anos entre a publicação do primeiro romance e o dia em que terminou de escrever o segundo.
*** Averiguar onde estava S e qual foi o dia exato.
**** Pergunta muito útil.
***** O segundo romance terminado. Em dias bons, consigo imaginar uma pilha de folhas impressas, quase sou capaz de estender os dedos e tocar nessa miragem. Mas, depois, talvez me falte comedimento, e essa visão desfaz-se. Forçá-la dói.

amigo, e logo então se sentiu mais leve, a vida subiu um degrau. As primeiras semanas foram rotina e racionalidade, nada a referir, o editor precisaria de tempo para ler, era adequada alguma complacência com afazeres complementares, outras leituras até. Passou assim um mês e, logo a seguir, mais meio mês. Saramago começou a inquietar-se, mas não quis ser nervoso, escritor chato, enorme umbigo, tudo eu-eu-eu, desrespeitador. Por isso, deixou passar mais meio mês, e mais uma semana.

Não tinha contacto direto com o editor, pertencia essa incumbência ao amigo, funcionário do *Diário de Notícias*, a fazer a gentileza de entregar o romance de Saramago na Empresa Nacional de Publicidade. O romance chamava-se *Claraboia*, contando que o editor não quisesse mudar-lhe o título. Para receber notícias, Saramago precisava de entregar a questão ao amigo, esperar que este a fizesse chegar a quem fosse devida e, depois de receber a resposta, a trouxesse intacta. Esperou enquanto pôde porque queria evitar esta cadeia de embaraços, impor-se ao amigo e, roda dentada, ao editor, de quem tinha boas menções. Mas, segundo romance terminado, jovem escritor,* o seu limite foi a passagem dos dois meses e uma semana. Marcou reunião com o amigo e, incomodado, pediu que se informasse sobre o destino do livro, sem querer pressionar, cheio de perdoa-me a impaciência e de compreendo perfeitamente. No fim do encontro, insistiu em pagar os dois cariocas de limão.

Era um romance dedicado à memória do avô, nome escrito por extenso. A candura dessa homenagem deixava Saramago sensível, o nó que levava na garganta embargava-lhe até a voz dos pensamentos. Lembrava os serões, cadernos** e máquina

---

* Ironizar ligeiramente.
** Seguramente, diferentes deste. Menos anotações como esta.

de escrever, inverno, verão, sábados inteiros, domingos inteiros; lembrava as frases lidas até as decorar, ordenadas e reordenadas, primeiro o sujeito, ou primeiro o verbo, ou primeiro o complemento direto, sujeito da passiva, ou a decidir tirá-lo, e a decidir usá-lo de novo, ou a encontrar-lhe um sinónimo, outro sinónimo, e outro que não comece por p, e outro que não termine em ão. Lembrava os romances que deixou inacabados, as dúvidas que o fizeram interromper esses projetos, as longas apoquentações que, imaginava, seriam manias de escritor, caprichos como os daqueles nomes, cujas vidas se descreviam em verbetes de enciclopédia, ano do nascimento e da morte, gente elevada que parecia não se constipar ou que, constipando-se, não espirrava. Quem pensas que és?* Saramago sentia-se humilhado pela sua própria inocência.

Essas fantasias foram vencidas por silêncio opaco, uma rocha de silêncio. E faltou-lhe força, Saramago não teve argumentos contra o que escutava por dentro, quem pensas que és? As personagens de *Claraboia*, transparências que só ele via, acabariam por dissolver-se no esquecimento, como aquela ideia de que desistia. Na vida, há muito que apenas se imagina, não há quem não tenha de abandonar ilusões,** repetia já a acalmar o peso

---

* Também nesta época, nos papéis que escrevia à mão e à máquina, S deixou as seguintes palavras: "Eu sou um simples homem, hesitante e desgraçado, mortificado pela vida e pela cobardia. Não há em mim nada do que faz grandes os homens. Talvez (deve ser isto) a existência do monstro dentro de mim...".
** Repito as desculpas de outros perante esta biografia em que, parecendo escrever sobre S, escrevo sobre mim, ou aquele romance impossível, apenas idealizado, segundo romance, em que, escrevendo sobre mim, me dedicaria ao mundo inteiro. "Não há quem não tenha de abandonar ilusões" é uma fraca desculpa para desclassificar vontades (chamando-lhes ilusões) e, a partir dessa justificação, abandoná-las todas. Ou, talvez, a dupla negação (não, não) sugira uma afirmação encapotada. Demasiado confuso, reescrever isto.

sobre o peito, a tentar desgastá-lo. E, não se sabe de que memória ou invenção, de Saramago com trinta anos ou deste narrador anónimo, não se sabe de onde surgiu a imagem de um balão de criança, a mão a abrir-se e a soltar o cordel, o balão a subir ao céu e, lá no alto, a ser levado pelo vento, cada vez mais longe, a cor ainda a distinguir-se, pequeno ponto, mas a dor terrível de todo o céu ao seu dispor, como todo o esquecimento, todo o abandono.

Assim se despediu Saramago do sonho de ser escritor. Pedaço da sua voz, idade, aquele livro à deriva no mundo, a lutar sozinho contra a morte, violenta tempestade. E, de repente, uma certa paz. Restava-lhe aquele dia exato, aquele instante no mundo, a casa, a voz da menina a chegar de outra divisão, pura.

1955 — Começa a traduzir livros, mais de sessenta títulos traduzidos até aos anos oitenta.

Faltaram sete anos a Tolstoi para chegar à gloriosa revolução. No entanto, apesar da aristocracia czarista, apesar de anterior à União Soviética, aquele romance trazia-lhe Rússia, um paladar metálico a emancipação e progresso, viagem arrebatadora. Saramago virava páginas como se destapasse cenas cobertas por lençóis, salões povoados por nomes que gostava de pronunciar, Oblonski, Vronski. Recusava-se, no entanto, a acentuar a última sílaba, aquele í final que lhe era pedido por todas as outras palavras da frase, galicismo fonético. Saramago traduzia do francês,[*] não entendia russo, mas fingia para si próprio que estava a ler em cirílico. Até porque, além da interpretação, havia a expressão, o trabalho das palavras, a língua portuguesa a sair-lhe dos dedos e

---

[*] Será por isso que traduziu o título como *Ana Karenine*? Que "ine" é aquele?

das decisões. Às vezes, usava certos verbos que lhe tinham sido ensinados pela avó. As folhas passadas à máquina acumulavam--se exatamente como se fosse ele a escrever aquele romance de Tolstoi, e era.

1967-8 — Crítico literário.
1968 — Publica crónicas no jornal A *Capital*.
1970 — Publica Os *poemas possíveis*.
1977 — Publica *Manual de pintura e caligrafia*.
1980, 22 de fevereiro — Lançamento de *Levantado do chão*.

Saiu a página 243. Sentado no sofá de casa, José segurava ainda o romance de Saramago e, também, o caderno. Passara quase uma hora desde a sua chegada, não acendeu as luzes, reconhecia vultos na escuridão. O rosto de Lídia era um desses vultos, moldado naquele início de noite, jovem escuridão. Teria ainda de apresentá-la, esperar que Bartolomeu a aceitasse e, no entanto, ele próprio sabia tão pouco. Naquele momento, Lídia era demasiadas perguntas, a Quinta do Mocho, o filho, a alegria inusitada. Estas dúvidas espalhavam-se na distância da penumbra, também o tempo se dissolvia nessa ausência de luz.

Tocaram à campainha. Tudo se interrompeu, escuridão, dúvidas e tempo. José sabia que não valia a pena contrariar a sorte, sobreviveria? Os seus movimentos foram toneladas, gruas que costumava ver em Santa Apolónia a descarregarem contentores de navios no porto, mas transparentes, com independência. Premiu o botão que abria a porta elétrica da rua e, logo a seguir, destrancou a porta de casa, um rugido preenchia-lhe os ouvidos. Despertou desse transe para distinguir as palavras de Domingos, a sua voz casual, estás às escuras?, segura aqui, por favor. E, sem entender, José ficou a segurar a porta da rua, as molas faziam-lhe força no braço. Domingos voltou à rua, desceu os degraus e chegou ao carro, estacionado em segunda fila. Em duas viagens, voltou carregado com as peças de um computador, ecrã, teclado, fios e caixa da memória, pousou tudo no centro da casa de José, no chão, e foi-se embora.

12.

Os empregados do hotel estavam atarantados atrás do balcão, recebiam vários pedidos ao mesmo tempo. Com as fardas a perderem alinho, corriam e chocavam uns com os outros, impacientavam-se; franziam o rosto, como se trabalhassem debaixo de chuva. Era aquela uma manhã de movimento anormal, o escritor Saramago estava no segundo andar, quarto 201, a dar entrevistas, grande honra para o hotel. As quatro sílabas de Saramago distinguiam-se entre conversas, ora porque os empregados se queriam vangloriar, ora porque precisavam de desculpar-se. José permanecia sentado na poltrona que lhe tinham apontado, espere aí. Estava tudo um pouco atrasado, Portugal.

Lá fora, o Cais do Sodré reproduzia o alvoroço que ocupava a receção do hotel, ou vice-versa, um seria espelho do outro. À saída do táxi, José quase se animou, lembrou-se de Lisboa. Naquele fim de novembro ensolarado, os carros davam voltas, ondulavam nos relevos do pavimento, alcatrão riscado por carris do elétrico. Lançavam-se pessoas no meio desse trânsito, precisavam de chegar à estação ou de sair da estação, ganhavam coragem para subir a Rua do Alecrim ou aproveitavam o embalo de descê-la, vinham do Mercado da Ribeira com braçadas de flores ou avançavam nesse rumo com alcofas vazias.

Num canto da entrada do Hotel Bragança, José assistia ao tumulto daquela intricada máquina. Quando chegou, dirigiu-se à rapariga que folheava as páginas de um bloco e parecia fazer contas de cabeça. Ela olhou-o admirada, apontou-lhe o lugar, espere aí, e fugiu na direção de um fotógrafo. Fumo de cigarros desarrumava-se no ar, uns passavam carregados com tripés, outros saíam satisfeitos da conversa com Saramago, outros esperavam, como José, mas mais impacientes.

Quando combinou a data com Raimundo, acreditava que estava livre da dívida, profundo alívio, e, por isso, não antecipou realmente o encontro com Saramago; quando soube que o cheque era careca, esqueceu futilidades, aceitou que talvez não chegasse vivo ao futuro; quando Domingos lhe entrou pela casa com um computador, deixou de saber o que pensar; e, naquele momento, estava ali.

Às vezes, parecia-lhe certo manter o caderno sobre as pernas e segurar o romance de Saramago diante do rosto, *El año de la muerte de Ricardo Reis*, ler ou fingir que lia algumas páginas. Numa dessas ocasiões, as palavras do livro misturaram-se com as palavras que escutava, era Pilar a falar com dois jornalistas espanhóis, toda a gente se calou por respeito. José reconheceu-a imediatamente, assistiu espantado à longa despedida, apertos de mão, hasta luego, enhorabuena etc. Ainda devia estar com essa expressão quando, depois da saída dos jornalistas, Pilar identificou a edição que José segurava e, a uma velocidade de vogais abertas, começou a falar para ele, que se levantou atrapalhado. Pilar estava bem-disposta, gesticulava muito. Durante esse monólogo, talvez por questões de musicalidade, de ritmo, pediu várias vezes confirmação a José, que anuía com a cabeça ou,

140

timidamente, pronunciava sí. Essas participações, no entanto, acabaram por comprometê-lo. Sem aviso, Pilar fez-lhe uma pergunta-pergunta, ficou à espera de resposta e, após um intervalo constrangedor, quando José voltou a dizer sí, ficou claro que não estava a entender.

Quem salvou a situação foi a rapariga do bloco, deu uma corrida de dois passos e apresentou José, o escritor que está a trabalhar na biografia de Saramago. Pilar analisou-o com atenção, o seu olhar ganhou intensidade, não tinha medo do silêncio. Sisuda, falando para a rapariga, sempre a fixar José, Pilar avisou que Saramago estava a terminar a última entrevista antes do almoço, iria recebê-lo de seguida, e saiu.

De novo sentado, José amaldiçoou a oferta daquele romance, as mãos de Fritz, as mãos de Bartolomeu, as suas mãos. Ali, com a cor daquela vergonha, passou-lhe vagamente pela memória o encontro que tivera com Fritz.

A voz de José era mais aguda em alemão. O instinto de Fritz distinguia fraqueza e, por isso, quando justificou a oferta, era um livro que andava por aí, percebeu que não convencia José, mas acreditou que não seria confrontado. No lado oposto de uma linha invisível, José seguiu o mesmo raciocínio. A justificação de Fritz não o convenceu, mas as palavras e os modos de confrontá-lo recusaram materializar-se, o que lhe acrescentou frustração. Mas aliviou-se ao perceber que Bartolomeu não tinha falado da biografia, preferia adiar essa notícia para um futuro abstrato, depositá-la no espólio de não ditos.

José sabia que *El año de la muerte de Ricardo Reis* não podia ser um livro que Fritz deixasse à deriva, sem arrumação, por aí. Era meticuloso em relação às obras que permitia nas prateleiras, critério que gostava de debater e que conseguia sempre impor a

José. Formava uma argumentação de palavras compostas, referências a autores injustamente esquecidos e termos da filosofia alemã sem tradução para outras línguas.

José achou graça a estas idiossincrasias, bateu-lhes palminhas com a ponta dos dedos, até chegar com o seu primeiro romance, recém-publicado, transbordante de convencimento. Durante a escrita, haviam debatido esse texto no âmbito dos grandes conceitos, o pós-modernismo, a autorreferência, o subtema do colonialismo e do pós-colonialismo. Estavam em absoluta sintonia teórica, mas Fritz insistiu sempre em apenas lê-lo depois de publicado, recusou detalhes do enredo ou das personagens. Quando José lho entregou por fim, curiosidade ou erupção cutânea, Fritz começou por elogiar-lhe o título, nem isso conhecera com antecedência. Título invulgar para um romance, ungewöhnlich foi o adjetivo que usou para caracterizá-lo.

Nesse tempo, José apenas esperava bons adjetivos, mas as semanas foram passando. Chegava à livraria animado e cumprimentava o amigo Fritz, que nunca mencionava o romance. Com vinte e seis anos, José tinha extraordinária imaginação para inventar as razões desse silêncio. Ainda assim, após um par de meses, mudança de estação, José atravessou uma fronteira oculta e perguntou-lhe diretamente. Fritz olhou-o com muita seriedade, sem se desculpar, e respondeu que ainda não tinha terminado de ler. Passado um mês, com muito custo, José fez a mesma pergunta e recebeu a mesma resposta. Passado outro mês, desesperado, José fez a mesma pergunta e recebeu a mesma resposta.

Como uma árvore de folha perene e tronco maciço, esse tabu instalou-se. Ao longo dos anos, foram encontrando formas de lidar com ele. Se alguém falasse do romance à frente dos dois, por exemplo, Fritz desviava o olhar, mantinha-se ocupado com qualquer coisa, podia murmurar uma melodia que compunha no momento e, a seguir, voltava à conversa como se não tivesse ouvido.

E por que *El año de la muerte de Ricardo Reis*? Por que *Das Todesjahr des Ricardo Reis*. José não sabia que, antes de se conhecerem, Fritz lera com assombro aquele romance. Era um jovem cavalheiro de vinte e três anos nos cafés de Viena. Quando decidiu vir para Lisboa, apressado, obcecado, a mãe segurou-o ao máximo, apelou para a razão, depois para a chantagem emocional e, a partir daí, manteve-se apenas na chantagem emocional. Mas Fritz estava a reler o romance de Saramago, encontrava novos significados em parágrafos familiares e, por isso, os argumentos da mãe atingiam lugares já ocupados. Foi nessa época que, na livraria da Margaretenstraße, encomendou a edição original, confrontá-lo com a tradução poderia ser uma forma de começar a aprender português. Passado um mês e meio, chegou *El año de la muerte de Ricardo Reis*, o exemplar que ofereceria a José anos mais tarde. Apenas percebeu que não estava escrito em português duas semanas após aterrar em Lisboa.

A mãe procurou consolo na euforia do filho, na explicação entusiasta de que Saramago seria o escritor ideal para relatar a história da família, para transformá-la em livro ou, pelo menos, para incluí-la num capítulo. Ao mesmo tempo, achou que Fritz havia de cansar-se, recordava a mania de sucessivos brinquedos e a forma como os abandonou. Na tarde em que morreu, senhora diante de um bule de chá, essa memória fê-la sorrir.

Então, como se o gesto se explicasse a si próprio, convicto, Fritz ofereceu-lhe também a sua edição alemã. José ficou a olhar para aquele objeto gasto, obviamente lido e relido, também andava por aí?, não chegou a fazer essa pergunta. Desinteressado de continuar a discorrer sobre o livro de Saramago, Fritz falou da viagem, e apresentou assim o último motivo para aquelas ofertas, terminou a conversa, precisarei de encerrar a livraria durante duas semanas, quando foi a última vez que tirei férias? José ouviu-o contar que tinha de ir a Goa resolver assuntos de família, e adicionou comentários que poderiam ser feitos por qualquer austríaco, era a primeira vez que fazia essa travessia. Não falou do pai, nunca lhe tinha falado do pai, José não sabia nada acerca do pai de Fritz.

Àquela hora, todavia, José já estava desconfortável, espremia borbulhas imaginárias com as unhas da mão direita. Deu-se conta de que estava perto da Rua de Macau. Deixou de distinguir as palavras de Fritz, apenas ruído, e começou a desenhar um roteiro na cabeça, Rua de Angola, à direita na Rua de Moçambique, à esquerda na Praça Novas Nações, à direita na Rua de Cabo Verde, passava pela Rua de Timor à direita, continuava até descer a Rua de Macau. Mas não podia, claro, ainda tinha a dívida, apesar do computador misterioso, apesar de já ter um plano para pagá-la. Aquela força na cabeça era uma ventania que lhe empurrava o corpo, mas sabia que não podia sequer entrar no Bairro das Colónias. Então, abreviou a conversa, mas regressas, não regressas? Despediram-se com um aperto de mão, até já.

No táxi, José continuou com essa insistência, a Rua de Macau; talvez estivesse a perder uma maré de sorte invulgar, talvez irrepetível, e se aparecesse lá?, não haviam de espancá-lo à frente dos outros jogadores, o rosto do dono da casa, simpático, e se pedisse novo empréstimo?, se apostasse e multiplicasse por mil o que tinha no bolso?, a dívida paga e muito mais. No entanto, o táxi tinha o rádio ligado, um programa de discos pedidos, o apresentador atendeu uma chamada de Bartolomeu de Gusmão, está a falar-nos de Lisboa, uma canção que José não conhecia, coração qualquer coisa, para dedicar à sua namorada. Essa surpresa despertou-o, chocou-o. E, de repente, lembrou-se de certos comportamentos estranhos de Bartolomeu, a inexplicável vontade de asseio, lembrou-se da manhã em que apresentou Lídia, decidiu seguir para a Encarnação.

Tinham ultrapassado o primeiro momento, os olhos a tocarem nas feições, a adaptação de chapa entre o ideal imaginado e os defeitos do tangível. Ouviam a voz um do outro e tiravam conclusões, Bartolomeu apurava os ouvidos para avaliar a pronúncia, Lídia escolhia com cuidado o vocabulário que usava. Entre os dois, José enervava-se perante os mais pequenos mal-entendidos. A despropósito, em busca de pistas, Bartolomeu puxou o assunto do gindungo, gosta? Lídia estranhou, não conheço, o que é? Gindungo, repetiu Bartolomeu e, sem paciência, decidiu ser direto, és de onde? Lídia respondeu que era de Sacavém, mas conhecia os Olivais e a Encarnação, estava habituada a trabalhar ali. Sim, mas és de onde?, perguntou Bartolomeu, sorrindo. Lídia respondeu que era da Quinta do Mocho. Sim, mas és mesmo-mesmo de onde? Lídia demorou algum tempo até perceber que a resposta que o velho procurava era Cabo Verde.

Ainda antes de lhe mostrar a casa, Bartolomeu desculpou-se e saiu, levando o braço de José. Pararam no corredor, junto ao armário trancado. Lançou um olhar sobre o ombro de José e, sem conseguir controlar o volume, quase surdo, tímpanos lassos, falou-lhe com irritação, não me tinhas dito que é preta. José encolheu os ombros, enrolou um canto dos lábios, não se esperava que respondesse. Tens a certeza de que é de confiança?, após um segundo repetiu a pergunta, tens a certeza?, e virou as costas, abandonando José no corredor.

Na sala, a cadela estava de pé, a um metro de Lídia, fixando-a com espanto, sem reação. Bartolomeu desfez-se em sorrisos, disse o que sabia sobre Cabo Verde, cachupa, Cesária Évora, vocês eram os capatazes do tempo colonial, cheguei a conhecer um cabo-verdiano em Angola, chamava-se Arménio, orientava mal o salário, mas boa gente. Lídia escutava isto sem esforço de simpatia.

Quando Bartolomeu começou a afastar-se, a caminho de mostrar a casa e explicar o trabalho, José e Lídia seguiram-no. Por sinais do rosto, José perguntou o que se passava, recebeu uma ligeira cotovelada, aquela não era a ocasião para falatório. Articulando palavras mudas no ar, mímica de lábios, José perguntou-lhe se tinha ouvido a conversa do corredor, ela respondeu que sim com a cabeça.

A ordem alfabética garantia a desordem cromática das lombadas, as cores escureciam a uma velocidade constante. Entardecia mais cedo na livraria do que lá fora, no céu. A sombra crescia a partir do interior dos livros, névoa de enredos que apenas se supunham, obscuro mistério de personagens ou vultos. Havia também a recente ausência de José, o espaço que tinha ocupado, o rasto da sua voz. Fritz apreciava estes conceitos sem os nomear sequer para si próprio. Mais concreta era a solidão, único na livraria, único em Lisboa, em Portugal, único no mundo depois da morte da mãe.

Reflexo ou projeção, o rosto da mãe não pedia certificado, impunha-se, estendido nas lombadas dos livros, nos recantos sombrios. Às vezes, Fritz tinha dificuldade de mexer-se debaixo desse olhar, mas não conhecia toda a sua história, apenas a intuía, recebeu-a incompleta. A mãe tinha selecionado o que lhe contou da mesma maneira que lhe escolheu sempre os melhores pedaços do vindaloo de frango, sem pele e sem ossos.

Sabia que a mãe nunca esqueceria o tormento por que passou, abandonada pelos portugueses em 1961 e atirada com a família numa sórdida viagem para Moçambique, país todo ele sórdido. Não imaginas a sorte que tens, repetia ao filho desde o berço. Quando precisava de assustá-lo, contava peripécias da viagem entre Nova Goa e Lourenço Marques. Inventava esses episódios na hora, preferia não recordar realmente os anos de Goa, infância, e os anos de Moçambique, adolescência até ao casamento. Os pais não a obrigaram a casar, apenas sugeriram. Foi ela que tomou essa decisão, convencida pela promessa de se mudarem para a Europa, garantia do sogro.

Visionário, abastado e cumpridor, o sogro aterrou em Viena seis semanas após a boda, acompanhado pelo filho, pela nora e pelas cinzas da esposa. Do marido, a mãe de Fritz sabia pouco, ainda não tinha olhado bem para ele, volume transpirado que a procurava todas as noites. Do sogro, sabia muito mais, passava os jantares a ouvir relatos em concani, garfadas que esquecia de enfiar na boca. Após dois anos nessa harmonia, já grávida de Fritz, a alma do sogro deu vez à alma do neto. Meses depois, por fim, o marido fez-se ouvir e decidiu que regressariam a Goa.

Apesar de moderna, quase europeia, sem pinta na testa, a mãe de Fritz não tinha voz para desobedecer ao marido. Depois de se preocupar, explicou-lhe que estava incapaz de viajar naquele momento, quase a dar à luz, precisava de repouso e sedentarismo. Iria ao seu encontro mais tarde, logo que possível, não via a hora de regressar a Nova Goa, ou Pangim, não importava como quisessem chamar-lhe. O marido achou essa proposta muito razoável, fazia todo o sentido.

Fritz nunca teve conhecimento desta intriga, não conseguia imaginá-la. A mãe dava a entender que o pai não se interessava, não os queria por perto; preferia estar num continente longínquo, que caracterizava com adjetivos repugnantes, do que estar ali, a mordiscar vanillekipferl com eles. Criança ou adolescente, Fritz escutava este contexto e entristecia, custava-lhe engolir a massa já mastigada dos biscoitos. Enquanto isso, a mãe queimava os telegramas que recebia, antes ou depois de enviar correspondência bastante imaginativa, descrevendo a situação clínica que a impedia de viajar, pedindo dinheiro.

Talvez uma parte do gosto que Fritz sempre demonstrou pela literatura viesse dessa criatividade, herança de desculpas floreadas, inverdades. Ou talvez a literatura fosse uma fuga, como foi Lisboa, lugares para onde conseguiu escapar, apesar de se ter justificado com Saramago.

A melancolia que ocupava aquele anoitecer era uma mistura do que Fritz reconhecia e do que estava por baixo disso, subliminar, subconsciente. No dia em que, durante uma sessão de autógrafos, conseguiu propor a Saramago que escrevesse sobre a sua família, Fritz recebeu uma recusa imediata. E respirou melhor a partir daí, aliviado, embora se tivesse demonstrado ofensa, embora tivesse cortado relações com qualquer referência a esse escritor, não gostava sequer de mencioná-lo, interiorizou o episódio como um trauma, uma humilhação. Embora também, em exata verdade, Saramago apenas tenha dito que não escreveria sobre esse tema a pedido, por compromisso, não apresentou uma recusa absoluta.

Na época, Fritz não estava interessado em rigores de enunciação. Decidiu abrir uma livraria e estabelecer-se na cidade, encontrou boas razões, conseguiu contrariar o ressentimento empedernido que a mãe alimentava desde 1961, desertores cobardes. E assim, ao longo dos anos, a narrativa dele era coerente com a narrativa dela, e vice-versa, duas histórias que encaixavam mas que não correspondiam à realidade. Inibidos pela culpa, pelo receio de encarar o outro debaixo desse peso, Fritz não regressou a Viena e a mãe nunca visitou Lisboa, e nunca visitará.

Livraria, escuridão, era noite já, quem passava na rua olhava para o interior sem entender por que estava de portas abertas. Fritz desconhecia o que as próximas semanas lhe trariam, o pai e Goa eram dois territórios com o mesmo tamanho, mediam-se em medo, espécie de morte, tinha tentado sempre ignorá-los, mas regressaram-lhe sempre à pele. Agora, Fritz ia enfrentá-los.

Na cozinha, Lídia ouviu o portão do quintal a fechar-se, o lamento das dobradiças mal oleadas, o estrondo seco do ferro a bater. José afastava-se passo a passo, atravessava a manhã. Assim começava o trabalho, as horas e os dias naquela casa. Lídia tinha discernimento do futuro que se abria diante de si, avaliava-o pela amostra daqueles momentos. A cadela continuava parada a olhá-la, focinho levantado, sem pescoço, cilíndrica, esperava pelo desenvolvimento daquele enigma.

A claridade esforçava-se por trespassar vidraças foscas, forradas por uma película cristalizada, seria preciso esfregá-la com químicos abrasivos para recuperar a transparência. Onde não estavam revestidas por azulejos, as paredes tinham acumulado a sujidade dos corpos que as tocaram, nuvens escuras que pairavam, abstrações. Nas superfícies de azulejos brancos, as juntas eram linhas de bolor negro. Em vários pontos da cozinha, debaixo de teias de aranha, havia objetos com o propósito de enfeitar; entre eles, um serviço de chá que não era tocado havia anos, coberto por uma camada pastosa, humidade ancestral, pó acumulado grão a grão durante semanas, meses, anos. No escorredor do lava-loiças, o monte de pratos, copos e talheres que Bartolomeu usava, e que apenas passava por água, brilhavam de gordura.

A porta abaixo do lava-loiças era custosa de abrir, oxidação, foi aí que Lídia encontrou uma garrafa antiga de detergente. Aquela marca já não existia, Lídia conhecia todas as marcas de detergente, deixara de trabalhar no minimercado havia menos de uma semana. Muito se admirou o dono do minimercado, babo-so, quando recebeu a notícia, não queria acreditar, que afronta.

Houve um momento em que quase teve uma trombose, Lídia desfrutou de cada nuance desse episódio. Como se estivesse a afogar-se em impossível, o homem tentou sair da situação através da gaguez. Enquanto isso, a ritmo fluido, Lídia desabotoou a bata e entregou-lhe a chave. Não pode sair assim, foi a frase mais completa que o dono do minimercado empregou. Não pode?, foi exatamente assim que Lídia saiu, desprezando o pagamento de três dias, início de dezembro, nojo de homem.

Esfregando pratos que pareciam transpirar gordura, como se estivesse entranhada nos poros da loiça, Lídia lembrou-se do marido da tia, na Cidade da Praia. Quando deixou de contentar--se a espiá-la, arranjou maneira de respirar-lhe ao ouvido, mãos grossas, a barriga dele espetada na região lombar dela. Essas memórias indefinidas, desfocadas pelo passado, faziam Lídia cerrar os dentes, apertar os lábios. E, depois, a tia a não acreditar nela, a chamar-lhe leviana, a acusá-la de provocar o marido. Rápido, Lídia a dar velocidade ao tempo. E a sair de casa com quase nada, tudo o que possuía, o livro de Saramago, algumas roupas, saco de plástico cheio que usou como almofada durante dias e noites sem fim, o tempo que passou na fila da embaixada de Portugal.

Por não ser uma cara desconhecida, frequentadora da biblioteca, foi para a fila, inscreveu o nome na lista, e esperou. Dormia sobre caixas espalmadas de cartão, entre as pessoas que também esperavam no exterior do muro da embaixada, que dormiam ao seu lado, passeio calcetado com basalto. Quando chegava ao topo da fila, vendia o lugar e voltava para o fim. Era desse dinheiro que comia, bolachas, pastéis, moreia frita, fresquinhas de calabaceira às vezes, e era esse dinheiro que guardava. Fazia as necessidades num canto do Bairro Brasil, atrás de um bidão, troca de penso absorvente, chichi na parede de tijoleira, cocó em cima do jornal se, por acaso, passava alguma folha arrastada pelo vento.

Não era uma vida má, habituou-se. Vinha gente de todas as ilhas para aquela fila, até de Santo Antão, até de Porto Novo, até a neta de Nha Carlota de Jojô, a Licinha, que foi colega de carteira de Lídia, Lili, aprenderam juntas a ler. Era gente que passava horas a falar de Portugal, era para lá que iam, todos sabiam o que havia em Portugal, escadas rolantes, semáforos, mas Lídia era a única que sabia de Saramago, quem?

Essas conversas douradas, esperança de emigrantes, foram contagiando Lídia. Não podia ficar para sempre naquele ciclo, início da fila, fim da fila, nomes a passarem pouco a pouco, hora a hora, fim da fila, início da fila. Por isso, quando já tinha amealhado suficiente, quando já conhecia bastante gente emigrada em Portugal, quase três anos depois de ter chegado ali, vinte anos feitos, comprou roupas apresentáveis nos costureiros manjacos do Mercado de Sucupira, tratou do passaporte e do visto, burocracia fácil que conhecia de cor.

E ali estava, Encarnação, cozinha de Bartolomeu, os dentes dos garfos acumulavam uma crosta antiga de restos de comida, precisava de raspá-la com as unhas.

Ao longo do corredor, silêncio amortecido pela alcatifa, metros com portas de um lado e de outro, José ouviu o incómodo de Saramago, por que é que ninguém me avisou que já tinha chegado? Ainda antes de entrar na única porta aberta, José cruzou-se com um rapaz, talvez funcionário da editora, que saía de cabeça baixa, repreendido. Com o coração a bater na garganta, José atravessou a ombreira, com licença.

A decoração do quarto de hotel tinha sido alterada para acolher aquele dia de entrevistas. Não tinha cama, não tinha mesinhas de cabeceira, tinha estruturas articuladas de iluminação fotográfica, sombrinhas prateadas de astronauta.

Saramago estava sentado, assim permaneceu. Aparentemente, a chegada de José não lhe reduziu a insatisfação. Afinal, talvez não estivesse a referir-se a si, acreditou o jovem biógrafo, a queixa de falta de aviso não podia ser acerca dele. Esta ideia acrescentou alguma paz a José, o ar seguiu um pouco menos comprimido junto ao coração que lhe batia na garganta. Na presença de Saramago, segunda vez sem contar com o episódio inconveniente da feira do livro, José apercebia-se do tempo irreversível, as palavras tatuadas no ar, os gestos a moldarem o invisível, consciência da fragilidade, da mortalidade, das vãs ilusões.

Saramago analisava-o, agora sabia ainda mais sobre José. Desde a primeira vez que já acrescentara bastante conhecimento, todo o segredo, mas ali, naquele agora, sabia ainda mais. Essa vantagem trazia-lhe uma descontração própria, que não poderia ser alcançada de nenhum outro modo. Ao observar tanta inocência, custava-lhe evitar a mirada de predador. No entanto, essa mesma vantagem forçava uma certa aflição, urgência de contar o que sabia, necessidade de avisar José, de salvá-lo, cego à beira do abismo.

Com o caderno aberto sobre a mesa, José evitou levantar o rosto. Sentia o olhar de Saramago, mas não conseguia distinguir a diferença, achava que era a mesma investigação do primeiro encontro. Assim, com esse atrevimento, arriscou algumas questões. No tom, deixava claro que Saramago apenas respondia se quisesse, como quisesse. O Cais do Sodré era filtrado pelas cortinas, dezembro também era filtrado pelas cortinas. Cansado das entrevistas da manhã, Saramago quis falar de Azinhaga, achou que a pureza desse passado poderia ser aproveitada na biografia e na construção pessoal de José, no seu equilíbrio. Ignorante dessas intenções, aluno bem-comportado, José tirava apontamentos, não perturbava a aula.

Durante o monólogo, Saramago calhou a olhar duas vezes

para o relógio de pulso, ou talvez não tenha sido um acaso, havia motivos de ordem física e anímica. À segunda, imprudente e cheio de moral, domados todos os receios, pulsação a níveis normais, José disse que podiam terminar. Não era José que mandava, mas Saramago concordou com a sugestão.

No entanto, a meio de nada, antes de se mexer, com a mesma posição de cotovelos, o mesmo rosto, Saramago ainda tinha algo para dizer, escolheu outra voz, não tem bebido, pois não? José arrebitou de repente, eletrocutado, aquela pergunta parecia saída de um interrogatório feito pela sua própria culpa, pelo seu próprio desespero. E o jogo, tem jogado? Em alerta máximo, no centro de um incêndio, a lutar pela vida, tudo ou nada, José não se questionou, não estranhou que Saramago o interrogasse sobre aquele assunto privado, do qual não podia ter conhecimento. De lábios fechados, José murmurou algo pelo nariz, espécie de resposta. Tem a certeza?, Saramago não resistiu a perguntar ainda e, sem exigir resposta, fechando a conversa, levantou-se, horas naquele cadeirão. Saiu pela porta aberta, depois de esperar educadamente por José, que arrumava o caderno, que se despachava, muito nervoso.

Caminharam juntos até ao elevador, deram a vez um ao outro, Saramago entrou primeiro. Fechados num par de metros quadrados e cúbicos, começaram a descer mas, após instantes, o elevador soluçou, abanou-os, e ficou parado. José lançou-se à porta, que não abriu, bateu com as palmas das mãos, perdeu a vergonha e gritou, acudam-nos. A voz de Saramago, lisura, trouxe José de volta à formalidade. Ouviam-se pessoas no outro lado da porta de cima, meia porta, perguntavam se estava tudo bem. Apesar de Saramago garantir que sim, essas vozes alarmavam-se, repetiam apelos à calma. José transpirava gotas de suor, rolavam-lhe pela testa e pelo interior da camisa. A partir de certa altura, respiração controlada, sentiu-se o silêncio entre os dois. Num instante dentro desse tempo, quase sussurrando, Saramago decidiu falar, escolheu um segundo preciso. Sabe, li o seu romance.

Os olhos de José explodiram pânico. Um jorro de vómito chegou-lhe à boca, mas segurou-o e engoliu-o.

13.

O centro do mundo era o pequeno cálice sobre a mesa, Bartolomeu e José olhavam-no muito sérios. O velho segurava a garrafa de vinho do Porto com a mão direita, ângulos perfeitos entre a garrafa, braço e o tampo da mesa. Não havia mais ruído na Encarnação ou em Lisboa inteira do que o gorgolejar do vinho a encher o cálice.

Solene, como se esse gesto estivesse previsto desde o início dos tempos, Bartolomeu levantou o cálice, o olhar de José seguiu-o. Escorria uma capa de melaço nas paredes interiores do vidro, perfume de álcool doce assentava sobre o ar fresco da sala. Após três dias de limpeza, a casa tinha já outro cheiro. Depois de apontar o lábio superior à borda do cálice, provando uma lágrima de vinho do Porto, consolo, Bartolomeu retomou o discurso, repetiu tudo o que já tinha dito.

Em vagas, não lhe faltava certeza, afirmava que os botões de punho estavam guardados no açucareiro; mas, logo a seguir, percebia-se uma hesitação não assumida no olhar, será que estavam? E molhava o bico no vinho do Porto, insistia, eram para ti, estes botões de punho eram para ti. José engolia em seco, avaliava a cor do vinho, turva de encontro à luz elétrica.

Acabado de chegar da livraria de Fritz, desconfiado, José amansou na torrente que Bartolomeu lhe tinha preparado, botões de punho, botões de punho, botões de punho. Terminou de amansar na hipnose do cálice de vinho do Porto, olhava-o, cheirava-o, imaginava-o a tocar-lhe vários pontos da língua, a submergi-la, a aquecê-la devagar, a libertar vapores no céu da boca. Assim se esqueceu de inquirir ou, pelo menos, de levar a conversa na direção da sua curiosidade, o namoro revelado no programa de discos pedidos, a dedicatória romântica, tinha passado menos de uma hora, rádio do táxi.

Foram a Angola e voltaram, partiram comigo na primeira viagem, uma dúzia de dias no paquete, estiveram comigo durante vinte anos naquela terra, resto da década de cinquenta, toda a década de sessenta, quase metade de setenta, um pouco menos. E Portugal, imaginas o quanto precisei de dinheiro depois da volta?, e sempre a resguardar aqueles botões de punho, a memória do meu padrinho, cheguei a mostrar-tos?, lembras-te deles?, aquelas brutas pedras, esmeraldas como já não há, de um verde-verde que se metia pelos olhos adentro, pedra maciça, verde maciço. Custa-me, eram para ti, aqueles botões de punho eram para ti, mas o que custa mais é pensar no meu padrinho, não era de fotografias, não há uma fotografia dele, grandes bigodes encerados nas pontas, bicudos, só havia aqueles botões de punho para recordá-lo, mas agora já não existem.

Estas queixas eram uma música, José viu desaparecer a última gota de vinho do Porto, não tocou a boca, Bartolomeu atirou-a diretamente para a goela. E pousou a base do cálice na mesa, revoltado com o destino. Após esperar por soluções que não chegaram, voltou a inclinar o gargalo da garrafa, apenas à altura de um dedo. José considerou cada detalhe dessa circunstância.

Eu já ouvi falar da Quinta do Mocho, sei bem, e toda a gente já ouviu falar desse pessoal de Cabo Verde, é sabido. E ficou de olhos abertos para José. Os botões de punho estavam guardados no açucareiro, deve tê-los achado, o que se esperava? José tinha de dizer alguma coisa, não podia manter-se apenas naquele abano de cabeça, vou falar com ela, eu vou falar com ela. E foi. Demorou um par de dias, ainda teve o encontro com Saramago no Hotel Bragança antes disso, mas logo depois foi falar com ela.

O fim da manhã cheirava a seiva; eram as folhas de couve, grossas, cortadas em fios pela máquina de alumínio que Lídia firmou no tampo da mesa, e deu à manivela, empurrou um rolo de couve de encontro às lâminas. As batatas estavam quase cozidas, iria esmagá-las daí a pouco; as folhas de couve esperavam pela entrada na panela de alumínio.

Cabo Verde, caldo verde, Lídia não se riu do trocadilho de Bartolomeu, ele riu-se sozinho, não precisou de ajuda. Perguntou se sabia fazer caldo verde e, quando ia para explicar-lhe, já Lídia estava de regresso à cozinha, mal-encarada. Sim, sabia fazer caldo verde, dispensava lições de velhos sonsos.

Não conseguia olhar para Bartolomeu sem remoer o choque das palavras de José, diante do prédio, o filho agachado à altura dos tornozelos, a brincar com pedrinhas. Botões de punho?, uma boa punhada estava ela capaz de enfiar nos queixos do velho, maldito. Precisou de minutos para serenar, narinas abertas, canalização de ar grosso a entrar e a sair.

Estranhou quando distinguiu aquele rosto no interior das sombras, dezembro. Ao aproximar-se, achou que José poderia ter voltado para recuperar oportunidades perdidas, aquele lugar exato, a outra vez, ela a convidá-lo para subir, ele a mudar de assunto. Reparou no caderno, mas não questionou José sobre os avanços da biografia, ouviu sem curiosidade o esclarecimento acerca da edição alemã que também segurava, o romance de Saramago. Por duas ou três vezes, José insistiu em pronunciar o título, *Das Todesjahr des Ricardo Reis*, dava-lhe prazer. Lídia tinha mais interesse em entender o ponto em que estavam, não se agarravam desde a viagem a Lanzarote, desde o reencontro; haviam resolvido assuntos profissionais, aspetos práticos, mas faltava apertarem-se púbis contra púbis. Além disso, Lídia não possuía chave para interpretar a ansiedade de José, temia essa falta de fôlego.

Botões de punho?, ficou transtornada com a insinuação. José jurou que acreditava nela, talvez Bartolomeu já nem conservasse aqueles botões de punho, talvez já se tivesse desfeito deles, confusões dessas não eram invulgares naquela idade, o cérebro acumulava muito desgaste. E abraçou-a, pôs-lhe os braços à volta, o menino entre as canelas de ambos, aninhado sobre o peito dos pés da mãe.

Esse quadro idílico foi interrompido por rapazes à distância, assobios com dois dedos enfiados nos cantos da boca. De volta à noite prosaica, José perguntou por Domingos, perguntou se o tinha visto, que recantos do bairro costumava frequentar. Atordoada, saindo de uma vertigem que não entendia, Lídia apontou vagamente numa direção mas, quando adaptou os olhos à penumbra, José tinha mudado de assunto, como se não tivesse mencionado aquele nome, apenas rotina. Então, grande novidade, falou-lhe do programa de discos pedidos, da dedicatória que Bartolomeu fez à namorada. Lídia não se admirou, conhecia esse arranjo desde o primeiro dia em que fizera a cama e trocara os lençóis.

A partir da sala, o debate na rádio chegava com total nitidez à cozinha, assunto fora dos interesses de Lídia. Esmagou as batatas, juntou a couve, esperou alguns minutos antes de baixar o lume do fogão e apagá-lo. Encheu uma tigela, os fios de couve pendurados na concha, o caldo verde ainda fervia. No tabuleiro, ao lado de um guardanapo de pano, a sopa emanava uma coluna de vapor, nuvem contínua. Lídia debruçou-se sobre a tigela, formou uma bola de cuspo com os lábios e deixou-a cair devagar, com precisão. Juntou a saliva que acumulava em todos os cantos da boca, nas gengivas, entre os dentes, e deixou-a cair também no centro da sopa, um círculo de espuma sobre um círculo de espuma. Desentupiu o nariz, raspou a garganta e cuspiu esse líquido viscoso no mesmo alvo, na superfície do caldo verde. Mexeu com uma colher.

Bartolomeu sorriu ao vê-la entrar na sala, ora vamos lá ver como saiu esse caldo verde. Lídia pousou o tabuleiro na mesa e ficou a assistir. Bartolomeu encheu a colher e, sem soprar, enfiou-a na boca, mastigou a couve de olhos fechados para se concentrar na provadura, delicioso.

> *Toda a obra literária leva uma pessoa dentro, que é o autor.*
> *O autor é um pequeno mundo entre outros pequenos mundos.*
> *A sua experiência existencial, os seus pensamentos, os seus*
> *sentimentos estão ali.*
>
> JOSÉ SARAMAGO, 2001

Apontava o rosto para imagens fugidias, sem interesse, imagens que se deslocavam a velocidade própria; luzes da cidade refletidas pelas lentes amplas dos óculos, brilho súbito, também ele em movimento. Estáticas, as sobrancelhas eram paralelas às rugas da testa franzida. Saramago desaprovava pensamentos.

Não tinha sido capaz de resistir à tentação, demonstrara que sabia mais do que José imaginava. Não estava preocupado, mas sentia uma espécie de arrependimento, um parente disso. Não tem bebido, pois não?, tem a certeza?, Saramago escutava a memória da sua própria voz, tem jogado?, frases que devia ter omitido. Precisava de acabar com o segredo, partilhá-lo, distribuir o peso.

As pálpebras e as pestanas ralas continuavam indiferentes às avenidas, aos arranques e curvas do carro onde seguia, banco de trás. E a pele misturada com sombras, avermelhada à volta dos olhos; sobrancelhas como um monte de ramos, hastes brancas, grisalhas e pretas; olhos firmes, rejeição do cansaço.

Antes de saírem do Hotel Bragança, marcaram novo encontro, já no início do novo ano. Sim, iria acabar com o segredo. Ainda não sabia naquele momento, mas começaria por partilhar o segredo com o narrador e com os leitores, connosco, e, depois, só depois, com José.

José pontapeou uma lata, desafiava o barulho e a folha de flandres, sem medo, armava-se em duro perante grupos de rapazes encostados a paredes, talvez os mesmos que antes tinham assobiado quando abraçou Lídia; armava-se em duro perante homens em camisolas de alças nas varandas, perante cães sem coleira, perante mulheres que passavam a fumar cigarros. Bastava esticar um braço para alcançar a noite mais profunda, a iluminação pública era incapaz.

Levava o punho esquerdo cerrado, como se pudesse desatar à porrada num arroubo. No entanto, o livro e o caderno que lhe pendiam da mão direita desenganavam essa ameaça. Depois do mal-entendido com Pilar, fraco domínio do castelhano, decidiu passar à tradução alemã, *Das Todesjahr des Ricardo Reis*, segunda oferta misteriosa de Fritz. Carregava o livro e o caderno como um conforto, como se não estivesse esquecido do que precisava de fazer, como se estivesse a fazê-lo.

Quinta do Mocho City, alguém tinha escrito numa parede. Naquela hora, não queria pensar na biografia ou, melhor, no texto ficcional de cariz biográfico. Os ruídos, por mais corriqueiros e espalhados, eram a superfície da sua inquietação. José armava-se em duro, mas levava todo o corpo em alerta máximo, onde poderia encontrar Domingos? Havia um certo desespero naquele passeio noturno, em todas as falhas do seu plano.

Calculou o horário para esperar Lídia à chegada de casa, escolheu a terça-feira que achou mais certa, dominando a angústia, suportando a reunião com Saramago, encheu o peito de ar subitamente, nem uma gota de álcool ao longo desses dias, horas, minutos, e ali, naquele passeio noturno, a pontapear latas, sem saber onde encontrar Domingos.

Ei, um som no interior da noite, José teve medo de olhar. E outra vez, ei, olhou, era Domingos mal iluminado. Alívio e ameaça ao mesmo tempo, sorte magnética e intimidação, José avançou nesse sentido, não dispunha de outros planos. Debaixo do mesmo abrigo, sem boa-noite ou desperdícios, a querer resolver o assunto, sem querer dar pretextos ao segurança da Rua de Macau, José retirou uma caixinha do bolso interior do casaco, abriu-a com a ponta das unhas. Apresentou-a a Domingos, como se ganhasse proteção inviolável. Mesmo na quase escuridão, as esmeraldas exibiam profundidade, universo verde, os botões de punho.

O que é isso?, Domingos desconhecia aqueles apetrechos, não eram brincos. José começou por explicar, com dificuldade, que tinham muito valor, sentiu-se ridículo ao fazê-lo, pouco convincente, as palmas das mãos transpiraram mais ainda, suor a envolver a caixinha dos botões de punho. Engolindo verbos, José conseguiu explicar que pretendia pagar a dívida assim.

Domingos riu, bem-humorado, pousando-lhe o braço gigante sobre o ombro, como se fossem colegas. José sentiu-se na obrigação de rir também. Podes guardar o tesouro, e ria, a dívida está paga, pá. José não entendia e não era capaz de continuar a rir, a dívida está paga? Então, retomando o fôlego e a compostura, Domingos explicou que apareceu um velho, vindo de lugar nenhum, e pagou. José quis saber, obrigou o cabo-verdiano a uma descrição, eu sei lá, alto, magro, óculos, careca, eu sei lá, cara de professor. Assombrado por uma vigília súbita e elétrica, José mostrou-lhe a contracapa do livro que segurava, a fotografia do autor, foi este? Domingos interessou-se por aquele objeto, segurou-o, observou-o, respondeu que sim.

14.

As nádegas de Lídia eram atravessadas por ondas de alto a baixo, transfiguravam-se nesse movimento, enorme círculo selvagem a saltar no colo de José, deitado de costas, sem muito que fazer. Às vezes, para se equilibrar ou para ganhar nova coragem, Lídia deixava-se cair para a frente, até pousar as palmas das mãos na parede ou até agarrar a cabeceira da cama. Então, os seios de Lídia caíam na direção do rosto de José, pendentes, desgovernados, grandes aréolas castanhas, contornos pontilhados, mamilos gretados e grossos. José segurava-lhe os seios com as duas mãos, precisava de ver o mundo e respirar. A cama acompanhava os balanços de Lídia, as pernas da cama na diagonal, ora para um lado, ora para o outro.

Quando alcançou escapatória, José escorregou pelas costelas de Lídia, contorceu-se e posicionou-se por trás, espécie de motorista. Teve de dobrar os joelhos ao máximo para conseguir chegar por baixo, começou por pousar as mãos, dedos abertos nas nádegas, borbulhas escuras, secas, mas acabou por agarrá-la pelas ancas, entalado entre refegos. José não tinha nádegas, tinha dois ossos bicudos, desiguais, curvava a coluna como um animal esquelético, réptil albino sem ombros, muito empenhado, a esforçar-se e, pronto, pronto, a não aguentar mais, a entornar-se sobre os lençóis, envergonhado.

Talvez tenham passado minutos, inebriados ou com dor de cabeça, recuperaram a respiração, deitados de costas, sem ousarem tocar-se, braços ao longo do corpo, a olharem para o teto, à espera. Um e outro não mantinham intimidades desnudas havia muito tempo, seria cansativo calcular esse intervalo. Da mesma maneira, já tinha passado bastante desde o dia em que se agarraram no minimercado, dois ou três meses? Também esses cálculos não eram feitos ali, mas eram sentidos em silêncio, havia um pudor que cobria todos os objetos do quarto de Bartolomeu, cobria aquela hora da tarde. Contra o que seria de prever, José falou, esganiçou-se por falta de aquecimento nas cordas vocais, pediu desculpa. Lídia não entendeu essa palavra, única, mas apreciou a mudança do silêncio. A partir daí, o tempo ganhou naturalidade, abandonaram o constrangimento cru.

Por acaso, sem conluios, José tinha chegado poucos minutos após a saída de Bartolomeu. Acabou de sair, disse Lídia, logo a sugerir outra coisa com os olhos. Fez metade do caminho até ao quarto de costas, abraçada a José, colados pela boca. Bartolomeu possuía suficientes casas arrendadas, havia sempre assuntos para tratar, inquilinos novos, infiltrações da canalização, vistorias; ou talvez tivesse saído para visitar a namorada secreta, José e Lídia não estavam interessados.

Como toda a casa, o quarto estava bem arejado, a poeira perdera fertilidade, fauna e flora; a madeira das mobílias passou a ser apenas madeira, deixou de agarrar-se à ponta dos dedos. Sobre os objetos, sobre os corpos destapados, assentava um fresco progressivo, frio ainda aprazível. Era quase Natal e, por isso, José divagava pela memória de certas bebidas doces, licores.

De repente, os pés gelados fizeram-no regressar àquele instante. Desculpa, repetiu com voz normal. Lídia entendeu a palavra mas, nua, não entendeu a intenção. José referia-se aos lençóis, levantou-se e apreciou a assinatura que deixou exatamente no centro do colchão, mancha de várias gotas sobre os lençóis bem esticados. No outro lado, Lídia também já estava de pé e começou a fazer a cama, despreocupada, tinha a certeza de que o velho não reparava nesses detalhes, a namorada também não haveria de reparar. Quando secasse, teria menos efeito. Além disso, Lídia não dispunha de vagar ou paciência para trocar a cama de lavado.

Depois destas palavras, vestiram-se em silêncio, cada um a tratar do seu embaraço. Esse tempo passou a uma velocidade exclusiva. E o corpo de Lídia, contido pela roupa, vontade de transbordar; e José disfarçadamente a cheirar as mãos. Depois de alisarem a roupa no corpo, encontraram-se diante da cómoda, onde deram um beijo, corretos. Quando abriram a porta do quarto, a cadela esperava-os, muito admirada.

(Caderno)

A voz da mãe, coberta pela luz do candeeiro de petróleo, misturada com essa espessura turva, início de serão, era muito mais branda do que em Lisboa, onde tinha de competir com outro ar, onde tinha de fazer-se valer contra a falta de atenção de interlocutores distraídos. O rapaz reparava na lisura da mãe, não conseguia dar-lhe um nome, identificá-la com termos inequívocos, mas percebia que existia muito passado entre a mãe e os avós. Aqueles dois velhos, curtidos por longas estações, invernos no interior de uma memória imensa, eram os pais da sua mãe. Talvez por isso, ao falar, a mãe rejuvenescia até uma idade longínqua, mantendo sempre o respeito, menina talvez.* Ali, na cozinha dos seus pais envelhecidos, podia respirar. A mãe da mãe, avó do rapaz, deixava espaço depois das suas falas, as palavras da filha assentavam nessa cama, encaixavam nos movimentos sincronizados que as duas mulheres faziam ao preparar o jantar, uma a migar vegetais de pé diante da mesa, a outra a analisar feijões quase cozidos numa panela de barro ao lume, uma a lançar sal grosso, a outra a provar da colher de pau. O pai da mãe, avô do rapaz, sentado de pernas abertas ao lume, pés descalços e brancos pousados sobre as botas, as meias a libertarem sulfatos, parecia escutar as chamas, muito sério, mas escutava as conversas da mulher e da filha. O rapaz, pequeno Saramago de doze anos, não sabia para onde olhar àquela hora, as mulheres ocupadas com a janta, o avô fechado numa espécie de vidro, o pai ausente nas tabernas de Azinhaga.

Deixou esta última palavra, Azinhaga, espetou o ponto logo a seguir e parou de escrever porque, de repente, a caneta pareceu-lhe um objeto estranho, saliente na envolvência dos dedos. José observou a caneta da maneira que teria investigado um inseto, gafanhoto montado com minúcia, composto por pequenas peças. Desde os primeiros poemas adolescentes, metáforas a martelo no quarto de Bucelas, que José escrevia à mão, caneta, caderno, mas depois de ter recebido a oferta do computador, aceitou a evolução tecnológica. Essa surpresa foi encomendada por telefone a partir da Alemanha, presente da má

---

* Azinhaga como Bucelas, no inverno, a televisão ligada, a minha mãe ainda a pensar em algo que me tinha dito, talvez uma história, talvez algo que me quis ensinar, e eu a olhá-la sem que ela reparasse. O rosto impossivelmente terno da minha mãe.

consciência paterna. A entrega das caixas chegou numa segunda-feira, computador pesado, José não o enjeitou logo, resistiu a vendê-lo usado como novo, mas demorou meses até ligar os cabos e carregar no ON, duvidou da informática. E, assim, sem dar por isso, experimentando, terminou o seu primeiro romance naquele teclado, música de consoantes, vogais, barra de espaço. José voltou com o olhar ao caderno, escreveu.

~~Desenhar cada letra, desenhar as longas voltas de cada letra,~~[*] ~~aceitando o enorme pressuposto de que existe um código capaz de dar forma ao grande invisível, ser humano de olhos abertos, qualquer ser humano, cabeça a ferver de memória e/ou imaginação.~~

Uma linha direita cortou as palavras pelo meio, como se as inutilizasse. Depois de riscar essa linha, arrependendo-se talvez do que tinha escrito, José regressou ao primeiro texto, ao plano inicial, fragmento da biografia, texto ficcional de cariz biográfico.

O que dizia a mãe do rapaz?, essa matéria perdeu importância. Do mesmo modo, as chamas do lume e os pensamentos do avô foram perturbados pela porta da rua, aberta na noite, o negro do céu e do ar lá fora. Os velhos, vinculados aos elementos como árvores, raízes espetadas, ramos erguidos, aguardavam aquela lua nova havia semanas, menos esperavam o genro, pai de Saramago, embora soubessem que voltava sempre, direito ou

---

[*] ~~Desenhar com os sentidos das palavras, desenhar com os sons das palavras, desenhar com a pontuação, desenhar, com, as, vírgulas.~~

torto. Era Páscoa, Sábado de Aleluia, as visitas de Lisboa haviam chegado para aproveitar essa folga no calendário. O pai do rapaz não se acomodava, as solas finas dos sapatos estalavam no chão, imaginava maneira de beneficiar do silêncio que lhe tinham dispensado, honraria que apresentava muitas possibilidades. Exagerando gestos teatrais, o pai do rapaz disse que

Esta frase incompleta, pendurada, retirou o chão a José, ausência de gravidade como nos filmes do espaço, astronauta a planar no sofá da sala e nos dilemas da vida, bagunça de problemas insolúveis. E lembrou-se de garrafas com várias formas, vidro com várias cores, cerveja, podia mesmo sentir a espuma da cerveja a desfazer-se sobre a língua, peso subtil, ou aguardente, preferia o fogo da aguardente, mas também aceitaria vinho, tinto ou branco, a memória desse gosto a misturar-se com o azedo que realmente lhe preenchia a boca. Afastou o caderno, a caneta a marcar a página. Fechou os olhos e deixou cair a cabeça para trás, a nuca dobrada, um formigueiro no interior das pálpebras, um peso no cérebro.

Lisboa baralhou-se, olho em volta e reconheço detalhes familiares, os azulejos verdes daquela casa no Príncipe Real e, ao lado, um prédio de Chelas, roupa a secar na varanda e, logo a seguir, uma fachada dos anos setenta na Ajuda. Olho para baixo e caminho sobre alcatrão esburacado de Carnide, levanto o rosto e estou a passar pelo portão de um armazém no Poço do Bispo, volto a olhar para baixo, a calçada da Mouraria, pedras cobertas pela sombra de casas altas, apenas uma nesga de céu, volto a levantar o rosto, e um edifício enorme da Avenida da República, Prémio Valmor em ruínas e, a seguir, uma vivenda em Benfica, talvez a pouca distância do Cemitério de Benfica mas, afinal, logo a seguir, uma sólida fachada da Lapa, clássica e cor-de-rosa. Quanto mais depressa caminho, mais rápida é a sucessão de casas que conheço bem; na imprecisão da memória, já as olhei com vagar, já tratei de assuntos no seu interior, recordo-as em lugares e tempos diferentes mas, aqui, surgem seguidas. Distingo familiaridade, conforto que apazigua, e estranheza, impressão ácida a arranhar os dentes, não sei como respirar. Essa ansiedade alastra como fogo, recebe um banho de gasolina quando, chegada de um ponto que não localizo, a voz de Saramago inicia um discurso sem interrupções. Não consigo entender as palavras, apenas o tom reprovador, o ritmo hostil. Corro agora pelas ruas desta Lisboa labiríntica, a voz de Saramago não me dá tréguas, espécie de tempestade. Olho para todos os lados, perdido, passo por casas que conheço bem na Avenida de Roma, em Campolide, no Alto do Lumiar, mas que aqui estão seguidas, rua infinita, às vezes avenida, às vezes viela, sem mais escolha do que continuar em frente, fugindo de uma fatalidade. Então, num momento, paro, não consigo correr mais. Por fim, percebo que a voz de Saramago chega do meu interior, como se tivesse engolido um altifalante, como se o levasse preso no peito, como se eu fosse um elevador encalhado entre andares num hotel do Cais do Sodré.

José acordou indisposto, enjoado, levou a mão à nuca e massajou-a, dorida pela posição inconveniente. Tinha o mal-estar entorpecido de quando se desorientou, quando a cabeça não aguentou a exigência de um segundo romance, a exigência de palavras após palavras, páginas cheias de palavras e razões para alguma coisa, equívocos. Em casa, no piso térreo, rente ao chão, casa da porteira, José sentiu o peso dos andares que suportava. Aquelas paredes eram a base de uma estrutura, velhos a fazerem necessidades nos andares de cima, a queixarem-se da evolução do mundo, transformações inoportunas, realizadas sem consulta prévia, falta de cortesia e de consideração. E Saramago, esse nome, essa presença na sua vida, até no interior dos sonhos, esse enigma, o que queria Saramago dele?, por que não podia permitir-lhe uma prosa sem angústias? José acordou exausto, abriu o caderno, leu as últimas palavras, frase incompleta.

Ligou o computador que Domingos lhe tinha deixado no centro da sala/cozinha, carregou no botão, esperou pela luz no ecrã, esperou que passassem as letras, palavras inglesas, palavras de computador, sinais, >, %, @, barulho de agulhas a acertar-se dentro da caixa de plástico, por detrás da entrada das disquetes e, súbito, autoritário, um apito agudo, e mais letras, mais sinais, e o desenho de cores garridas, símbolo do Windows a iluminar a casa, realmente uma janela aberta no meio da casa, e, por fim, depois de uma pequena ampulheta no ecrã, a música de uma manhã de sol, trombetas, orquestra eletrónica de poucas notas, o computador ligado.

Cobrindo o rato com a mão, José passou o cursor sobre pastas organizadas com nomes austeros, emissões, apólices, dividendos. Eram documentos com colunas de números incompreensíveis. José não queria imaginar a quem teria pertencido aquele computador, roubado ou perdido no jogo?, trocado por quantas apostas perdidas no póquer?, e criou uma nova pasta, chamou-lhe Passado, e arrastou todas essas para o seu interior. Abriu uma página branca, Document 1, releu o caderno, e, dedos no teclado, retomou a frase incompleta, terminou-a, recomeçou a escrever.

Exagerando gestos teatrais, o pai do rapaz disse que cheirava bem, referia-se ao refogado, grande prazer lhe dava encher os pulmões. Os rostos das mulheres não souberam, e não tentaram, esconder a satisfação. Então, num ritmo desfasado, ignorando as regras daquela harmonia, o pai continuou a sua dança, mosca que poderia pousar em qualquer objeto, roleta, e acabou por deter-se no sogro, pai da esposa, avô do rapaz. A expressão casual do que disse contrastava com o silêncio, a circunspeção anciã, a humildade recatada. O rapaz, filho de um e neto de outro, arrepiava-se com essa diferença, a pronúncia lisboeta do pai, açucarada, banalidade fluente, e o corte das palavras que o avô articulava, poucas, escolhidas, toscas como os relevos da natureza são toscos, escarpas. Numa conversa entre o pai e o avô, indiferente ao tema, o rapaz tinha o seu partido tomado. As mãos do avô eram muito mais bonitas. O pai, esperto, espertalhão, a saber tudo sobre tudo, enciclopédia em fascículos, ansioso por debater qualquer assunto, era aquele homem que se encostava ao balcão, falava mais alto do que todos, obsceno às vezes, que salivava a falar de mulheres.

Barricado no interior de si, sentado num canto do interior de si, o jovem Saramago não perdoava as vezes que os rapazes da aldeia o reconheceram como filho daquele homem vaidoso, e repetiam as histórias que tinham ouvido, as aventuras de Lisboa, vanglórias com fadistas. Escolhia ser neto do avô, preferia a terra.

José, menino de Bucelas, tão longe de Lisboa, quase trinta quilómetros, conhecia esses rapazes que chegavam aos fins de semana, férias com os avós, roupas novas, armados de conhecimento fanfarrão. Mais tarde, adultos, telúricos melancólicos, esses rapazes da cidade haveriam de afirmar-se campestres, rurais do coração. Do mesmo modo que ele próprio, nascido em casa, sob o cheiro das laranjeiras carregadas no quintal, haveria de afirmar-se urbano, pequeno-almoço na pastelaria.

Levantou as mãos do teclado, bom computador, largou as costas sobre o encosto do sofá, acreditou que Saramago e ele eram o exato contrário um do outro.

Pós-sexo, as roupas pareciam não conseguir vesti-lo. Sentado na sala de Bartolomeu, José procurava razões para aquele pudor, talvez o tempo, demora a mais pela primeira vez, ou demora a mais desde a última vez. Por baixo dessas impressões, no entanto, reparava numa euforia, como uma multidão a aproximar-se, suplantaria tudo, satisfação a levantar-se devagar na ponta dos lábios.

Apesar de juntos na sala, Lídia estava longe, pragmática, lançada nos afazeres do mundo. Aproximou-se de José, nulo romantismo no tom de voz, e falou-lhe de um assunto revoltante, os tais botões de punho. Não estava a dar novidades, sabia que ele sabia que os botões de punho tinham aparecido, estava a comentar, procurava solidariedade, ninguém tem o direito de levantar falsos testemunhos. José concordava com tudo, tentando não parecer demasiado ausente. Lídia falava, catártica e, de repente, mas olha.

E saiu da sala, deixando José a olhar, suspenso nesse verbo sem continuação. E Lídia voltou à sala, como se fosse uma entidade intermitente, estalava os dedos e desaparecia, estalava os dedos e aparecia. Trazia uma chave na mão e um sorriso travesso, mas olha.

José não percebeu logo que chave era aquela, como não percebeu a razão por que Lídia a agitava ao lado do rosto, olhos vidrados. Foi enquanto a seguia, ouvindo a explicação de como achara a chave durante buscas pelos amaldiçoados botões de punho, de como esperara por ele para partilharem aquele momento, que José percebeu. Dois passos depois, estavam parados diante do armário trancado. José tentou dissuadi-la, mas sem grande poder de convencimento, não chegou sequer a convencer-se a si próprio, também ele imaginara mil vezes o que podia estar escondido naquele armário trancado.

Lídia não esperou por autorização ou consenso explícito, a chave entrou na fechadura com a justiça do ferro antigo, ferrugem que amacia. Houve um pequeno chiar, estertor de rato, mas prevaleceu o bom senso da mecânica. No interior da madeira, a ação devida de um engenho, indústria do próprio tempo, aquele par de segundos, os corações a baterem. Destrancado por fim, Lídia abriu as portas do armário com as duas mãos.

O espanto iluminou-lhes o rosto, como diante de uma fogueira. José procurava explicações instantâneas, passavam-lhe pelo cérebro, eram roletas, mas nenhuma parecia oferecer sentido. Lídia esquecera as palavras, tinha só a boca escancarada, sem fecho, grandes olhos, sobrancelhas levantadas a meio da testa, paralisada no momento em que ia para dar um passo atrás.

O armário estava cheio de livros arrumados, um nome repetia-se, Saramago. Logo no início do discernimento, José constatou que estavam organizados por ordem cronológica, de *Terra do pecado*, primeira edição, até *Todos os nomes*, também primeira edição, acabada de sair. E mesmo a poesia, as crónicas, tudo. Também havia livros de outros autores, quando José os puxou pelo topo e os tirou do lugar, constatou que se tratava das traduções feitas por Saramago, dezenas e dezenas de títulos. *Chéri*, de Colette; mas também Pär Lagerkvist, Erich Maria Remarque, Jules Roy; mas também *Sobre a ditadura do proletariado*, de Etienne Balibar, ou *Arte do Ocidente*, de Henri Focillon; todos estimados, em boas condições, mas com pequenos vincos nas lombadas, de alto a baixo, lidos por Bartolomeu.

José e Lídia olharam-se, iam começar a repartir o espanto daquela descoberta louca, os porquês que lhes enchiam os olhos, quando se escutou um motor a parar na rua, diante da porta. Em confusão, no pânico de serem descobertos, Lídia fechou o armário, trancou-o e desapareceu com a chave, foi devolvê-la ao esconderijo. José avançou para o quintal, apressado, seguido pela cadela, perplexa, sem pressa.

Na rua, dezembro pouco iluminado. Ainda dentro do carro, Bartolomeu e o taxista faziam contas, assustaram-se quando José bateu muito suavemente no vidro com a ponta dos dedos. O velho abriu a porta e saiu num salto, a falar sem parança, conversa fiada, restolhar de pequenos risos. O taxista habitual de Bartolomeu, conhecido de José, disfarçou com mais embaraço, levantou uma mão ao longe, saudação comprometida, e arrancou, seguiu caminho. Ao entrarem em casa, Bartolomeu continuou a falar, barragens abertas, a cadela farejava-lhe as canelas, intrigada.

Sentado, a segurar o jornal ainda por ler, circunstância invulgar àquela hora, Bartolomeu baixou a voz, sussurrou, muito embaraçado, para dizer que os botões de punho já tinham aparecido. Não estava a dar novidades, estava a comentar, procurava compreensão para com aquele infortúnio, não entendia como acontecera. Ela soube?, confirmou com José, baixando ainda mais a voz. Reprovou-se a si próprio ao receber a resposta de José, apenas um meneio de cabeça.

Quero que fiques com a chave, levantou por fim o olhar. José não aguentou esse enfrentamento direto, pensou na chave do armário trancado, culpa, lembrou-se do que tinha acabado de ver, quem era Bartolomeu?, fugiu com o rosto. Insisto, quero que fiques com a chave, o coração de José, a respiração entrecortada, como poderia ter descoberto?, ouviu-se um estrondo de panelas a cair na cozinha. Bartolomeu levantou-se com uma agilidade que José desconhecia. Após um instante que pareceu não existir, o septuagenário, a caminho de octogenário, voltou com a chave do carro. Quero que vás passar o Natal a Bucelas com a tua mãe.

Por vários motivos, José admirou-se ao ver aquela chave estendida na sua direção. Conhecia a estima que Bartolomeu alimentava por aquele carro, apesar de não sair da garagem, ou talvez por isso mesmo, ser vivo. E passar o Natal em Bucelas com a mãe seria apenas uma expressão, um modo de dizer, ou era uma expectativa literal? Com estas interrogações, regressaram outras. Por que tantos livros de Saramago naquele armário trancado? Tinham estado sempre ali, durante tantos episódios e ideias erradas, tinham estado sempre ali, sem qualquer indício, como uma enorme mentira. Mas havia o instante que estava a acontecer, José não podia impedir o desenvolvimento do tempo e, por isso, aceitou a chave.

15.

Não tinha posição, Fritz virava-se na cadeira, irritadiço, esfregando os ombros no encosto inclinado para trás, lugar 49B, classe económica. Aquele era o segundo voo, depois da escala em Frankfurt, tão perto de Viena, liberdade de pedir um café em alemão; teria segunda escala em Bombaim antes do voo para Goa. Mumbai, Mumbai, enervava-se quando ouvia essa palavra nos altifalantes, que cidade era essa?, discordava. E que não o importunassem com comidas, desistira de todo o apetite, abominava aqueles tabuleiros sobrecarregados, aquele suminho de pacote, oferecido com má vontade. O sono era tão leve, parecia-lhe até que não chegava a adormecer, mas quando ficava de boca aberta, respiração como um serrote, o pescoço a deixar lentamente de suster-lhe a cabeça, não havia dúvidas para os acordados que o rodeavam, lugar 49A e C. Esses períodos eram manchas de sono, existiam como lagos, rodeadas de insónia ácida.

Quando Fritz despertou na escuridão absoluta, começou por assustar-se, uma angústia apertou-lhe a garganta. Levou a mão ao rosto, talvez tivesse tapado a cabeça com o cobertor, mas não. Sentiu a cara, sentiu o cabelo, não viu a mão, parou-a à frente do rosto, sentiu o hálito a tocá-la, mas não a viu. Que mania de fecharem todas as janelas, pensou; mas também não podia ser isso, aquele negro era total, faltavam os sinais luminosos, não fumar, casa de banho verde ou vermelha, livre ou ocupada, faltavam os pequenos detalhes iluminados que sempre se enxergam.

Zonzo, enxaqueca, morrinha a bater-lhe nas têmporas, cabeça dormente, Fritz concluiu que a escuridão súbita era um pesadelo, entrara nele pela simples existência prática, conforme uma onda a avançar pela areia. O sono era tão leve que, estando a dormir, se achou acordado, baralhou-se. Tranquilizado por esta certeza voltou à insatisfação, puxou o cobertor com força, sem conseguir cobrir-se todo, e disputou a luta dos cotovelos, tentando ocupar os braços da cadeira, e empurrou o banco da frente com os joelhos, gente sem consideração, demasiado inclinado.

Então, apreciou aquela cortina negra, opaca, sem um brilho, sem uma interferência. Já que não conseguia conforto para o pescoço, invertebrado, ao menos que a vista apreciasse o repouso. Além disso, conhecia pesadelos muito piores, não precisava de ver a cara daquela gente, dobras roliças na cintura de mulheres de sari, avós trôpegas de alguém. Quando chegasse, teria muito tempo para analisar tanto infortúnio. Ali, naquele momento, com horas de voo pela frente, preferia descansar.

Somos todos escritores, só que alguns escrevem e outros não.
JOSÉ SARAMAGO, 1997

O fim de ano desregulou as rotinas, não terminava apenas o dia, terminava um ano inteiro, a responsabilidade de cada minuto era muito maior, os sentimentos potenciados. Depois da meia-

-noite, no entanto, o tempo voltou à sua duração habitual. Pilar estava já deitada na cama, meio caída sobre o peito, meio rosto esmagado na almofada, luz desligada do seu lado. Saramago, que costumava esperá-la sentado, com a roupa da cama até à cintura, estava ainda a tratar de assuntos pequenos, a clarear a garganta, tossicar. Descalçou as pantufas sobre o tapete, abriu um canto dos cobertores e embicou o pé descalço, fê-lo deslizar até ao interior da cama, acertou o resto do corpo e desligou o candeeiro. A escuridão revelou um silêncio súbito, habitado ainda pela memória de explosões, morteiros lançados sobre a noite. Na varanda, quando assistiram ao fogo de artifício, Saramago envolveu os ombros de Pilar com o braço, marido, tentou agarrar-se a essa porção de paz, mas custou-lhe resistir à contrariedade daqueles bombos no céu, poluição sem propósito quando se desejava sossego contemplativo, e os cães desorientados, a ladrarem sôfregos perante algo que desconheciam, a defenderem-se do seu próprio medo.

Este rebuliço transformou-se devagar naquele silêncio, Lanzarote largada no oceano, jangada. Havia uma justiça congénita nesse movimento, Saramago tinha certezas acumuladas em setenta e cinco fins de ano. Tanto os de criança, muito pequeno, a adormecer sempre antes da meia-noite, como os de rapaz, estroina moderado com outros da sua criação, ingénuos quando comparados com os rapazes de agora, pensava, como os fins de ano domésticos com Ilda, pai de uma filha pequena, família, como os com Isabel, ficamos em casa ou saímos?, como todos os fins de ano com Pilar.

Pilar?, a resposta foi um som nasal; estás acordada?, e Pilar resmungou de encontro à almofada, sim. Saramago tinha os olhos abertos perante o breu, era aí que via os pensamentos, e, sussurrando, falou com imprecisão do ano que tinha terminado, 1997, referiu a sua existência, dele, deles e do ano, bastava essa nostalgia naquele momento. E, porque tinha o direito, falou também do ano que começava, recém-nascido e transcendente, o que os esperaria ao longo desses doze meses?; 1998, imagine-se. Não era aquele um enorme discurso para ser citado, era um casal na cama, antes de adormecer. Havia as palavras e havia os silêncios, o que Saramago pensava e o que escolhia não pensar naquele momento. O vento agitava-se lá fora, alvoroço, varria o mundo, desfazia-o ou moldava-o, erosão ou retoques finais. Por força desse arrebatamento, também as ideias foram lançadas ao ar, revolteadas. Nessa mistura, vento, passagem de ano, nostalgia, passado, presente, Saramago foi abordado pela imagem de José, lembrança. Hesitou antes de dar voz a essa reflexão, sabia que Pilar não tinha como reconhecê-lo. Seria aquele o momento de revelar-lhe o segredo, talvez. Mas, de repente, e se já o tinha reconhecido? Pilar surpreendia-o quase todos os dias, apesar de onze anos, a caminho de doze, Pilar surpreendia-o quase todos os dias, era a pessoa que melhor o conhecia. Às vezes, quando Pilar o olhava, sentia-se atravessado, transparente, essa fragilidade não o assustava.

Aquele rapaz, o que está a escrever a biografia, começou devagar, cauteloso, o que achaste dele? Saramago esperou resposta na escuridão, a memória da sua voz a afastar-se, a deixar espaço para a voz de Pilar, o vento enfurecia-se contra qualquer coisa, repreendia o Ano-Novo, repreendia aquela hora das trevas. Então, duvidando da demora, apurando o exame, Saramago distinguiu a respiração de Pilar, alongada, com um pequeno estalido no fim, música monótona. Por um instante, ao saber-se o único desperto no quarto, acreditou ser o último homem do mundo, contrário de Adão. Mas a noite era intransigente, absoluta, e apenas lhe restava a resignação, dissolver os pensamentos, entregá-los ao esquecimento, tentar adormecer também.

José só reparava na casa quando Lídia se distraía com algum assunto, o jantar, a festa ou o menino. Então, disfarçadamente, aproveitava para rodar a cabeça no pescoço, e admirava-se com a cobertura de tempo ou banha que dava cor aos tijolos das paredes, com o chão de cimento a esfarelar-se em pó, ruínas de construção civil, com os móveis e objetos desirmanados que ali se acumulavam. Nunca tinha entrado numa casa assim, precisava de ajustar os preconceitos. Enquanto isso, a sua pele piscava várias cores, pele azul, pele verde, pele lilás, debaixo de uma fita de lâmpadas natalícias, colada à parede com adesivo médico, ligada aos polos de uma bateria de carro. Lídia tinha-se esforçado, a decoração continha alguns elementos festivos, os algarismos de 1998 escritos a giz numa cartolina, imagens infantis recortadas de papel de embrulho, velas anémicas a contribuírem para a pouca luz. No gravador, o volume alto, cassetes gravadas do rádio, canções que começavam de repente e acabavam de repente, pedaços da voz do locutor. O menino corria como um boneco, ligava pontos de referência, entre as pernas da mãe e a porta que cobria a varanda, entre a cortina de plástico que tapava um canto da sala e a estante dos livros de Saramago. Com o avental pendurado no pescoço e atado na cintura, Lídia ficava de costas, mexia a panela de cachupa no fogão. Tinha de ser cachupa, não aceitaria qualquer outro prato num dia de celebração como aquele. E grogue de Santo Antão, tinha de ser de Santo Antão, numa garrafa de plástico sem rótulo, enchida diretamente no trapiche, originalmente garrafa de água, agora garrafa de outro tipo de água. Lídia insistiu, empurrou um copo para a mão de José, custava-lhe entender a recusa, não era homem?, Lídia sabia que era homem. José foi incapaz de encontrar justificações apresentáveis e, por isso, ficou a segurar um copo alto com um fundo turvo de grogue. Qualquer copo serve, disse ela, não possuía outros. Debaixo de vigilância, José encostou o vidro à boca. Está muito bom, confirmou José, ardiam-lhe os lábios onde tinha tocado o líquido, choravam-lhe os olhos onde tinha tocado o vapor.

Em Bucelas, na casa da mãe, passou a noite de Natal a beber groselha. Descobriu a garrafa de concentrado, xarope de groselha, quando a mãe o mandou procurar uma forma de bolos. Havia muito tempo que não ficavam debaixo da luz amarela da cozinha, a pesarem gramas de farinha e, no fim, a mãe a deixá-lo raspar a tigela. Nos últimos anos, tinham desistido da missa do galo e consolidado a tradição de permanecer calados diante de espinhas e azeite, a olharem para a televisão, como se o Natal acontecesse num país distante. Mas naquela noite, 24 de dezembro de 1997, as vozes voltaram a ondear na cozinha e, quando José reparou, já a mãe espetava um palito para perceber se o bolo tinha cozido por dentro; e sorria, radiante como o sol, feliz deveras. Seria medicação?, passou esta ideia pela cabeça de José, entreteve-se a considerá-la, mas rejeitou-a, pareceu-lhe demasiado cruel. Aquele era um reencontro entre mãe e filho, também um encontro entre cada um deles e outra idade. Por isso, aquela garrafa de xarope de groselha fez muito nexo, os cristais de açúcar esmagados pelo desenroscar da cápsula. José verteu meio dedo de groselha no copo, encheu-o com água da torneira, e teve imediatamente direito à cor, o que já seria suficiente, mas deu o primeiro gole e fechou os olhos enquanto foi transportado, a mão de um gigante levou-o. Era uma bebida de verão, o pai chegava no início de agosto e havia certas regalias. Ainda assim, ali, dezembro, Natal morno, aquecedor ligado, José só quis beber groselha toda a noite, meia dúzia de copos pelo menos. Tens a certeza de que queres acompanhar o bacalhau com isso?, sim, tinha a certeza absoluta.

Às vezes, quando levava o grogue à boca, ao fingir bebê-lo, chegava a estalar a língua, simulação de engasgamento, tosse causada pelo teor alcoólico, simulava queixas também. Xi, és fraquinho tu, Lídia divertia-se a provocá-lo. Ele entrava na brincadeira, competia com as colunas do gravador para protestar e defender a masculinidade. Enquanto isso, reparava que a cachupa estava quase pronta, precisava de livrar-se do grogue. Lídia soprava caldo na colher de pau, baixava-se e dava a provar ao menino. José olhava para todos os lados à procura de uma planta, de um vaso que não existia. Então, pediu para ir à casa de banho, Lídia encolheu os ombros e apontou para a cortina de plástico no canto, era uma cortina de banheira, azul, golfinhos desenhados, fica à vontade. Por detrás da cortina, estava um penico de plástico, penico sozinho e triste, não podia entornar o grogue ali.

No carro de Bartolomeu, José dava um jeito com o pulso para pôr a segunda marcha. Esse era um capricho do carro e, ao mesmo tempo, era falta de experiência do motorista. Na memória, antes de cada gesto, ouvia ainda o tom despótico do instrutor, já colocou o cinto de segurança?, já regulou o retrovisor e o banco?, ponha a primeira, ponha a segunda. E o carro a deslocar-se, a berma da estrada a deslocar-se, José muito direito, tenso, cuidadoso com o carro, a encher os pulmões daquele ar, borracha ou plástico, ar estagnado durante anos, ar que não se renovaria mesmo se abrisse a janela; mas não abria, estava frio, o vento podia distraí-lo. A caminho de Bucelas, segurava o volante com as duas mãos, olhava apenas para a frente, medo de perder algum acontecimento repentino, quilómetros e quilómetros atrás de um camião carregado, quase parado nas subidas, medo das ultrapassagens. Faltava pouco para anoitecer, tarde de inverno cinzento, Natal de adultos.

José tinha imaginado a mãe surpreendida pelo carro mas, quando chegou, estava talvez muito ocupada na sua euforia, não fez qualquer comentário. Por isso, José sentiu-se outro, mais velho, vida mais organizada, proprietário rotineiro de um carro. Era provável que fosse portador de algum bem-estar próprio, a pertencer-lhe por mérito, mas foi contagiado com mais otimismo ainda, a mãe recebeu-o de rosto aberto, generosidade nos olhos. A partir dessa aprazível convergência, José decidiu dormir em Bucelas, passou a noite no seu quarto, entre decorações de outras idades, sonhos também de outras idades, cama feita com lençóis lavados.

Só regressou aos Olivais após o almoço de dia 25, sobras da véspera, missa na televisão, a mesma felicidade a resplandecer no rosto da mãe. Entrou em casa com caixas de plástico cheias, bolo e bacalhau, pousou-as no sofá e voltou a sair. Teve dificuldade em escolher a direção, uma voz repetia-lhe todos os caminhos até à Rua de Macau, as mãos queriam obedecer a essa voz cega, mas conseguiu contrariar a inclinação, foi mais forte. Nessa tarde, levou Lídia e o menino a darem um passeio de carro, Lisboa, iluminações de Natal, semáforos, qualquer pessoa acreditaria tratar-se de uma pequena família, até eles acreditavam nisso.

Depois, na véspera de fim de ano, quando dirigia o carro para a Quinta do Mocho, era esse ambiente que José reproduzia na sua miragem. Num momento em que só precisou de manter a velocidade, a lembrança do instrutor apagou-se, aulas de condução às oito da manhã; então, sobressaiu o pensamento, orgulho, pundonor. Não precisou do pai para aprender a conduzir, indisponível para deixá-lo tocar na Mercedes, não precisou do pai para ceias de Natal, telefonema rápido, falta de assunto. Chegou àquele momento sem ajuda e comoveu-se sozinho no carro, lacrimejou; baralhado, ligou as escovas para limpar o para-brisas. Mais uma vez, aquela emoção transbordante era apenas esperança.

Entrou com o carro pelo bairro, Quinta do Mocho. Havia um lugar vago mesmo à porta do prédio, José inspirou muito fundo antes de iniciar o estacionamento à retaguarda, tinha uma pequena multidão a olhá-lo fixamente. Por sorte ou competência, a manobra saiu perfeita.

Posso confirmar se o carro está bem?, perguntou com o corpo apontado à saída para a varanda. Lídia explicou que o carro não se via dali, estava estacionado no outro lado do prédio. Mas posso ver na mesma? Sem resposta, Lídia pediu que não deixasse a porta destapada durante muito tempo, o frio, as gripes. José confirmou que, realmente, não se conseguia ver o carro a partir da varanda. Estava apontado para as traseiras e, além disso, pouco se distinguia na escuridão dos baldios, o ar e o cimento estavam gelados. Num movimento brusco, entornou o copo na noite, lançou grogue da altura de sete andares, cheiro a álcool, fermentação, destilação. Quando se virou, Lídia olhava-o, parada, sorriso murcho, uma sílaba bloqueada no instante de abandonar os lábios, vinha avisar que o jantar estava pronto. Esse flagrante acrescentou silêncio à refeição, Lídia não voltou a oferecer-lhe grogue. O menino comia cachupa à colher.

O assunto parecia ultrapassado quando principiaram a ouvir gritos de varandas dispersas, frases sem sintaxe, mais perto e mais longe, ricochete, vogais abertas de Angola, crioulo de Santiago, léxico de Sacavém. Todo o bairro tinha acabado de jantar. Sincronizada, Lídia começou a olhar com mais frequência para o pequeno relógio, enterrado na carne do pulso, o tom de voz lançou-se num crescendo de excitação. E, faltam dois minutos, faltam dois minutos, Lídia a levantar-se da mesa, a ir buscar o grogue para brindar, mas a arrepender-se, a dar passos de um lado para o outro na sala, falta um minuto, falta um minuto, a segurar o menino no colo, já quase a celebrar, José também de pé, e a contagem decrescente a partir do dez, em coro, Lídia e José, o menino admirado, Lídia a levantar-lhe o bracinho, três, dois, um.

José fingiu não se assustar com o barulho de tiros que chegava da rua. O filho de Lídia não percebia a razão daquela exaltação coletiva, mas aceitava-a, parecia disposto a viver assim para sempre, celebração aleatória. Sem jeito, José deu-lhe um passou-bem, dedinhos, envolveu-lhe a mão até ao pulso. Lídia afastou a porta que cobria a varanda, o menino e José seguiram-na. Afinal, não eram tiros, eram foguetes, alguém os teria feito com canas delgadas e pólvora, rebentavam com mais ou menos estrondo, ecoavam de encontro às paredes dos prédios ou, pequenos e solitários, perdidos no céu da noite.

Ainda a mesa posta, desolada depois do festim, grãos de milho, feijão desta e daquela qualidade, caldo coalhado. A Quinta do Mocho acalmava com a passagem do tempo. O peso da cabeça do menino aumentou, talvez tenha sido a própria cabeça que cresceu, a testa a inchar, o crânio como um balão. Aos poucos, foi deixando de aguentar essa carga. A mãe levou-o então para a cama, gravador desligado, ruídos cada vez mais espaçados, a chegarem de longe, a cruzarem horas que já ninguém controlava ao minuto. José ficou sentado, a afiar o queixo com os dedos, enquanto Lídia e o menino se retiraram para um lugar que, sendo ali, na mesma divisão, era inacessível e distante. Quando passou o tempo necessário, Lídia ergueu-se como um corpo que ressuscita e, traída pelo ruído de cada passo, bicos de pés a esmagarem torrões secos de cimento, regressou para perto de José, o mesmo mundo. Respiraram juntos e, sem pressa, demoraram pouco até estarem nus na cama de Lídia, o peso da roupa da cama nas costas dele, o macio do colchão nas costas dela.

Em algum instante, nasceu a luz, atravessou as folgas entre a porta que tapava a entrada da varanda e a parede, luz mais fina do que o vento. Mas, muito antes, entre as horas da noite e da madrugada, cheiro de pele em fricção, ligeira oleosidade, fluidos genitais, cachupa fria, Lídia achou adequado contar a história do nascimento do filho, revelar quem era o pai. José não exprimiu o seu súbito ciúme, permaneceu de braços estendidos, ombros magros, a olhar para o teto, placa de cimento. O início da história, romântico, era uma espécie de telenovela brasileira das sete, ônibus em Niterói ou Piracicaba; o fim, banal e cru, era mundo real, desengraçado, repleto de imperfeições narrativas. Resumindo, após três meses de encantamento, o teste de gravidez, chichi para o plástico, dois risquinhos paralelos no mostrador, conversa séria com o pai da criança, que se despediu logo nesse momento; muito simpático, carismático, cativante, disponível para o que fosse necessário, menos para contribuir com um centavo, ou para ser pai. Essa foi a última vez que Lídia o viu, jurava que não precisava dele e apertava os lábios, furiosa. Anderson, Edilson, Jamilson, Adilson ou Denilson, José não conseguiu memorizar o nome, era cabo-verdiano, de São Vicente.

Dormiram duas horas e meia. Foram despertados pelo menino a saltar-lhes em cima do estômago. Estremunhada, Lídia conseguiu sorrir, aquecer café, enfiar o filho numa camisola nova de lã. José vestiu as cuecas por baixo dos cobertores e o resto da roupa de pé, equilibrista. Iam aproveitar o carro, dois ou três litros de gasolina eram suficientes para muitas voltas. As estradas haveriam de surpreendê-los, Lisboa e arredores. Àquela hora matutina, Primeiro de Janeiro, feriado, só precisavam de decidir esquerda ou direita nos cruzamentos, podiam escolher qualquer saída das rotundas. A população estava acamada, enferma de ressaca, champanhe a martelo, espumante ou vinagre. Prontos?, iniciaram a descida, José levava o menino ao colo, Lídia ficou a trancar o cadeado da porta, perdeu alguns passos que recuperou antes do quinto andar. Em espiral até ao cheiro do lixo que apodrecia no fosso do elevador e, logo depois, a salvação do ar fresco, luz, manhã de janeiro pronta a preencher os pulmões.

Junto ao carro, José pousou o menino no chão e levou as duas mãos à cabeça. PULA, letras que ocupavam a porta da frente, PU, e a porta de trás, LA. Aproximou-se para passar o dedo na pintura do carro, ainda com esperança. Mas não, as letras tinham sido riscadas com uma chave, ou com um arame grosso, ou com um pedaço de metal, não saíam com facilidade. José ficou desesperado, as palavras eram volumes cheios de arestas, demasiado grandes, não lhe passavam pela garganta ou pelos dentes, por mais que escancarasse a boca. Lídia só conhecera a palavra pula ao chegar a Portugal, em Cabo Verde nunca escutara esse nome. Foi já na Quinta do Mocho, em convívio distante com angolanos, que ouviu alguém referir-se assim aos portugueses, sentença cuspida.

Quando conseguiu gaguejar, José explicou que precisava de devolver o carro, tudo aquilo era muito grave. Com pena, vestida para o passeio, Lídia foi capaz de entender, também ela já conhecia Bartolomeu. A manhã perdeu ânimo, o dia, todo o mês de janeiro, 1998 perdeu ânimo. José contornou o carro e, também desse lado, a apanhar as duas portas, os mesmos riscos, a mesma ofensa, PULA.

A travessia das nuvens, alguma trepidação, Fritz foi acorda-do pela voz do piloto a anunciar o início da descida, a dar ordem para apertarem os cintos. Fritz resmungou sozinho, dores no pescoço, uma pontada no centro das costas. Piloto bem-falante, mas incompetente, só garganta. Se iam começar a descer para o Aeroporto Internacional Sahar, em Bombaim, não em Mumbai, se aterrariam às quatro e trinta e cinco, post meridiem, se a temperatura era de 27 graus celsius, 81 fahrenheit, se agradecia terem escolhido voar com aquela companhia aérea, porque mantinha as luzes apagadas?

Não se percebia se era o vidro do para-brisas ou o movimento dos passos que entornava as cores para fora dos contornos. Protegido de sons crus, sentado ao volante, José assistia à aproximação de Lídia. Essa chegada revolucionou aquele pequeno mundo, cabine de vácuo, abriu a porta e deslizou o corpo para o banco. José conseguia imaginá-la a deixar o filho na ama, nunca a tinha acompanhado, nunca tinha testemunhado esse momento, mas conseguia imaginá-lo. Sem palavras, rodou a chave e, ao ganhar velocidade mínima, desistiu de se esconderem perante Bartolomeu, seriam um casal inegável quando chegassem juntos, estava incapaz de encarar a situação sozinho. Recordava Bartolomeu zangado, os momentos de cólera, as ameaças raivosas e, mesmo assim, esperava uma reação pior. O carro era a juventude mitificada, símbolo precioso, relato que precisava de ser contado às vezes, em que até o próprio Bartolomeu já acreditava, incluindo os exageros impossíveis. Enlutados, José e Lídia não falaram durante o caminho, a conversa aconteceu toda no interior dos pensamentos.

Na Encarnação, ao lado do carro estacionado, José respirou fundo, Lídia pousou-lhe a palma da mão nas costas, todas as portas destrancadas. A cadela levantou os olhos para vê-los. José juntou a bravura, a capacidade de desprendimento, e chamou Bartolomeu, gritou o seu nome a meio volume. Esperou por resposta durante a pausa que se iniciou.

No quarto, de pernas abertas como um inseto caído, a namorada de Bartolomeu, debaixo dele, agarrou-o pelos ombros. O movimento de vai e vem suspendeu-se, foi e não veio. Bartolomeu ficou parado, tentando perceber o gesto brusco da namorada que, logo nesse momento, sussurrando, lhe explicou. Em pavor, Bartolomeu quis pôr-se de pé, começar a vestir-se, esconder a namorada no armário, mas não foi capaz. É possível que médicos ou veterinários consigam explicar o fenómeno. Talvez por extrema contração dela, ou por efeito de gancho dele, por falta de lubrificação ou rigidez muscular de um ou de outro, não puderam separar-se ao nível genital.

Tendo aguardado o que pareceu justo a um espírito atravessado por impulsos, José voltou a chamá-lo, desta vez mais severo, desconfiado, como se ganhasse uma preocupação diferente, os riscos no carro substituídos por um mistério. Em sintonia de quatro pernas, com tropeções e maus jeitos, Bartolomeu e a namorada conseguiram chegar à porta do quarto e trancá-la. Nus e gelados, viram a maçaneta da porta a mexer-se, forçada no lado de fora por José, acompanhado por Lídia, está tudo bem? E Bartolomeu, pouco convincente, a responder que sim.

José não chegou a explicitar as raízes do seu pânico, receio de trombose?, mas era uma aflição bastante aguda, talvez ampliada pelos nervos que já trazia. Continuava a rodar a maçaneta, não compreendendo que pudesse estar fechada à chave, nunca estava, nunca tinha estado até aí. Lídia segurou-lhe a mão e encostou o ouvido à porta, fizeram silêncio. Bartolomeu e a namorada, barrigas coladas, tentavam afastar-se. Depois da força bruta, sem resultados, experimentaram a saliva, a seguir esforçaram-se numa conjugação de movimentos, espécie de dança. Nesse ponto, Lídia já tinha dado conta de que havia outra pessoa no quarto, desconhecia quem, o que aumentou a tensão de José, receio de sequestro, e voltou a rodar a maçaneta. Exaustos, consumidos, foi exatamente quando Bartolomeu e a namorada desistiram que, nesse mesmo segundo, se separaram.

Ardor nos órgãos secos, pó de pele sobre a pele, pénis e vagina com as mesmas queixas, mas a respirarem, a retomarem a respiração. Não desfrutaram totalmente desse alívio porque começaram logo a vestir-se, cuecas enfiadas de qualquer maneira, roupa mal abotoada, cabelos penteados com os dedos, e a insistência de José no lado de fora. Nesse inferno, nessa falta de escolha, Bartolomeu e a namorada deram a mão e, salto no abismo, abriram a porta.

José e Lídia ficaram atónitos, máscaras de pedra. Lídia pela reação radical de José, fantasma instantâneo, defunto no limbo, José por ter tomado conhecimento abrupto que a namorada de Bartolomeu era a sua mãe.

Assim que conduziram José a uma cadeira, assim que Lídia lhe apresentou um copo de água, Bartolomeu apelou à calma. Os ritmos das batidas cardíacas, desencontrados, começaram a diminuir. Num dos vários momentos de silêncio, Bartolomeu explicou que conheceu a namorada quando foi procurar José a Bucelas, depois de não o achar no apartamento dos Olivais e na livraria de Fritz. Em Bucelas, encontrou apenas a mãe, que também ficou preocupada, a precisar de ser consolada. José ouvia estas palavras com o olhar coberto por nevoeiro. A mãe sentia-se culpada e católica. Lídia sentia-se alheia àquele drama, duas vezes estrangeira.

Muito mais tarde, quando Bartolomeu deu pelo carro riscado, ficou tão furioso como se temia. Atribuiu as culpas ao vizinho, acusou-o sem dúvidas. Ninguém o contradisse.

Depois da aterragem, quando as rodas chocaram com a realidade crua do alcatrão, quando travaram bruscas, sustendo toneladas, depois de sentir todos os passageiros a levantarem-se, os cintos de segurança a estalarem, o alarido das malas, depois de começarem a tocar-lhe nos ombros, depois de saber-se rodeado pelo pessoal fardado, no avião vazio, Fritz percebeu por fim que estava cego.

16.

A literatura não é um compromisso. Nunca.
Se o compromisso existe, será o dessa pessoa que é o escritor.
A literatura não pode ser instrumentalizada.

JOSÉ SARAMAGO, 1998

Aquela quinta-feira chovia as suas horas sobre a Avenida da Liberdade; Saramago e Urbano já não colocavam a possibilidade de fumar um cigarro por desporto, como poderia ter acontecido em tardes semelhantes dos anos sessenta, aceitando a oferta com ou sem filtro de algum camarada fumador, aceitando o estereótipo de quem contempla a paisagem com tal silêncio e tal melancolia. As janelas do piso térreo do Centro de Trabalho Vitória lançavam os olhares sobre uma azáfama de automóveis, volumes geométricos preocupados em contornar-se muito devagar, medo das poças, a confirmarem que não havia estacionamento sequer em cima do passeio e, depois da faixa de árvores sem folhas, ramos esqueléticos, estenografia, passavam outros carros, mais livres, mais retos e velozes, a avançarem pelo centro da Avenida da Liberdade, artéria estrutural, símbolo, plataforma da manifestação anual do 25 de Abril, aliança operária-camponesa; bastas vezes Saramago e Urbano desceram a avenida nesses preparos, cravos frescos, toda a gente de acordo, exceto alguns esquerdistas desagradáveis.

Mas estavam longe desse feriado e desse cenário, como estavam longe desse fervor. Saramago revisitava imagens do Cemitério de Carnide na véspera, o enterro de Ilda, clarões que apareciam sobre aquela paisagem urbana. Assim tinha terminado uma vida, um corpo a respirar, memórias que mais ninguém conhecia; assim terminava um tempo pintado a acrílico ou a óleo, técnicas fortes de traço, distinto no seu presente, e que, de repente, se transformaram na aguarela cinzenta daquele céu, figuras a pastel, linhas a desfazer-se. Ali, momento continuado, Saramago e Urbano não precisavam de palavras. Urbano conhecia Ilda, tinha as suas próprias memórias da primeira mulher de Saramago, o seu próprio entendimento e, mesmo sem querer pensar nisso, antecipava o caminho que, em breve, também faria.

Na entrada do centro de trabalho, Partido Comunista Português, Centro Vitória, Saramago e Urbano eram dois vultos de pé ao lado de mesas e cadeiras, recortados em contraluz. Os camaradas deslizavam devagar pelo soalho, viravam devagar a página dos jornais e, se precisavam de dizer algo, sussurravam muito baixo, indistintos do vento que empurrava a chuva lá fora, sob os motores. Ficavam à distância, apenas a olhar, desfrutavam daquela imagem de dois camaradas-escritores tão importantes, solenidade que, sabiam, haveria de ser recordada mais tarde.

Alheio e assustado, à hora combinada, chegou José. Trazia o corpo dobrado pela subida dos degraus ou, talvez, pelo pudor que tentava dominar com cada gesto.

Começou por descer a avenida, encostando-se à parede, tentando abrigar-se debaixo de varandas e toldos mas, ao receber o jorro direto de beirais, desistiu. Sem guarda-chuva, José era um objeto exposto a qualquer vontade daquela tarde de janeiro. Guardava instintos de proteção do corpo, vinham de costumes antigos, mas a intempérie realmente perturbadora acontecia toda no seu interior, invernia séria.

Saramago esperava-o, tinham combinado aquele dia e aquela hora no fim do último encontro, no Cais do Sodré. Aceitar essa convocatória foi a maneira que José achou para deixar o Hotel Bragança, logo depois de ser libertado do elevador, onde ficou preso com Saramago e onde quase testemunhou o apocalipse. Teria concordado em qualquer circunstância, era impossível rejeitar propostas de Saramago; nunca considerou a possibilidade de faltar ao encontro. Encharcado, a descer os últimos metros até ao Centro de Trabalho Vitória, José era um saco de peças soltas, com formas excêntricas, a mãe, Bartolomeu e Saramago, peças que encaixavam perfeitamente umas nas outras e que, no entanto, pareciam não encaixar em mais lugar nenhum; a mãe, que era namorada secreta de Bartolomeu, Bartolomeu que era colecionador secreto de toda a bibliografia de Saramago, Saramago que era pagador secreto de dívidas a agiotas, leitor de primeiros romances.

Perante este ciclo de lembranças encadeadas, conforme irrealidades dolorosas, enigmas ou pesadelos, José defendia-se com uma resposta única. Achava trégua na notícia que tinha para Saramago, ia anunciar o abandono da biografia, do texto ficcional de cariz biográfico. Animava-se ao imaginar o momento em que lhe contasse, reformulava-o na cabeça vezes e vezes, fantasiava a reação de Saramago, dececionado, mas não podia contrariar a irreversibilidade das palavras já ditas. Embora acreditasse que o interesse em publicar se mantinha, apesar da falta de provisão do cheque, talvez se desculpasse com o editor, maldito Raimundo. Certa era a tristeza que lhe dava aquele trabalho, o peso de uma obrigação mal cumprida, a repetição diária do seu fracasso. Inconsistência, desequilíbrio, fragmentos à deriva, assim recordava aquela dúzia de páginas, ou pouco mais. Para Lídia, teria o romance. Se Lídia lhe pedisse justificações, teria o romance, havia de conseguir animá-la com o romance. Mal deixasse de ter as nuvens da biografia a tingir-lhe a cabeça, José confiava que as páginas do romance se materializariam, frases iriam despontar em folhas de papel, sempre haviam estado ali, camufladas no branco. Por fim, o segundo romance a escrever-se, o peito a encher-se de ar mais leve, desfeita a maldição de todo aquele tempo, o segundo romance terminado e a vida inteira a resolver-se. Sim, o segundo romance; perdera o medo de fazer essa afirmação no seu interior. Antes, no entanto, aquela tarefa indispensável. Debaixo de água, ao desviar-se de guarda-chuvas abertos, varetas em direção aos olhos, treinava diferentes tons para informar Saramago do fim do projeto que os ligava e, por consequência, o fim dos seus encontros. Essa ideia, composta por ar, ou menos do que ar, aligeirava-lhe todo o corpo. Foi assim que entrou no Centro de Trabalho Vitória.

O escritor Urbano Tavares Rodrigues reparou na chegada de José e, apesar de não se conhecerem, sorriu, supondo talvez tratar-se de um membro da JCP, rapazes contrários a guarda-chuvas, não por razões ideológicas, apetrecho fora de moda. Saramago virou-se logo a seguir, desaprovando a molha que José trazia, considerando que faltava fundamento àquele ar de coitadinho, as responsabilidades tinham de ser assumidas.

Após despir o casaco e sacudir a água do rosto e do cabelo com as mãos, José aproximou-se. Quis secar os dedos nas calças molhadas antes de cumprimentar os dois escritores, primeiro

Saramago, mais alto, um ano mais velho do que Urbano. Não podia dar logo a notícia, pareceria demasiado desesperado, tinha de encontrar o ponto justo, como se sintonizasse uma estação de rádio, um milímetro a menos ou a mais e afundava-se em ruído estático. Envergonhou-se quando Saramago o apresentou em duas frases; no entanto, o sorriso brando de Urbano. José não sabia que havia comunistas com tanta amabilidade, delicadeza, confiança súbita que se alastrava a partir daquele epicentro e que, em segundos, cobria toda a humanidade.

Após um breve afastamento, Saramago regressou com um livro. O que seria?, tinha-se dado ao trabalho de trazê-lo de propósito para oferecer a José. Ao distinguir a capa de *Manual de pintura e caligrafia*, Urbano iniciou uma recensão crítica falada, com notas de rodapé, citação de autores em francês, elogios que José não ousaria interromper e que Saramago escutava em silêncio, expressão acabrunhada, talvez por modéstia ou por se ter transformado numa estátua de repente. José deixou de ouvir durante longos períodos, procurava um plano, precisava de um instante, uma mudança de parágrafo, pausa um pouco mais prolongada, e introduziria uma frase, pé-de-cabra, qualquer frase serviria, a partir de qualquer frase chegaria a dizer o que pretendia. Mas quando Urbano parecia inclinado a abrandar, retomava de repente o entusiasmo, e mais citações, mais referências a fontes, idem, ibidem. Então, de repente, chegou um camarada que, olhando José de lado, virando-lhe as costas, avisou os escritores de alguma coisa, tinham de ir. As despedidas foram rápidas, José a segurar o livro, *Manual de pintura e caligrafia*, não conseguiu ter reação.

José Saramago disse-me muitas vezes:
o José tem de pensar na sua obra. O José era eu.
JOSÉ LUÍS PEIXOTO, 2010

No Hotel Bragança, ao receberem liberdade do elevador encravado, José era um náufrago a seco, arfava sem orientação. Todas as pessoas correram para Saramago, a perguntar se estava bem, a sacudir-lhe caspa dos ombros do casaco, e foi o próprio Saramago quem apontou para a aflição de José. Mas ninguém sabia o que fazer-lhe, um funcionário do hotel inquiriu se desejava um copo de água. Enquanto José recuperava o fôlego e a cor, desvalido, à mercê de qualquer sussurro, Saramago tomou a decisão de contar-lhe o segredo. Não ali, não naquele momento. Marcou um encontro no Centro de Trabalho Vitória. Então, havia de contar-lhe o segredo.

Ao afastar-se, apesar de prever uma ausência de segundos, apesar da fraqueza injustificada, apesar da razão, Saramago sentiu pena. Atribuiu essa sensibilidade quebradiça ao inverno, tempo deprimente na cidade, alcatrão, desinteressado pela falta de chuva para as hortas, sem hortas, apenas árvores e jardins aparados, bons para regar com água da companhia. Encontrou o livro sem esforço, bastou-lhe submergir os dedos na pasta e logo sentiu a lombada. Tomou-lhe o peso. Em silêncio, quase suspirou. No caminho até José e Urbano, os dois a esperarem-no, os dois a olharem-no, pensou ainda em Ilda. A ligação pareceu-lhe poderosa, aquele livro, *Manual de pintura e de caligrafia*, logo depois de se ter despedido de Ilda, a sua mulher pintora, casados durante vinte e seis anos, uma filha.

Quando Urbano começou a dissertar sobre o romance, Saramago baixou o rosto. Conhecia bem aquele tom, aquela música, a voz de Urbano ondulava numa mistura de entusiasmo juvenil e erudição anciã.

Saramago tinha imaginado muitas vezes o momento em que contaria o segredo, remoeu essa ideia em horas livres, o pensamento solto em momentos de distração, como ali. Simulava atenção sóbria e, no entanto, sabia que podia interromper tudo aquilo; de repente, contar o segredo. Dentro dessa ilusão, imaginava também as reações, Urbano confuso, alheio a todo aquele assunto, testemunha acidental, e José chocado, a questionar-se a si próprio, a questionar o mundo inteiro, a sua própria memória, o seu próprio nome, tudo o que lhe foi dito desde o início dos tempos.

José segurava o livro, publicado pela primeira vez em 1977 pela Moraes Editores, Saramago teria cinquenta e quatro anos, a caminho de cinquenta e cinco; reeditado depois, não se sabia bem quando, nos anos oitenta de certeza, mais do que uma vez, nos anos noventa também. Saramago esquecia de propósito esses detalhes, talvez Pilar conhecesse as datas certas. E Urbano continuava, o nouveau roman, deleitava-se com cada oportunidade de introduzir esse conceito numa frase, sempre com a mesma pronúncia parisiense, lábios apertadinhos.

Então, chegou um camarada-vulto, munido de voz e espírito de missão. Achava muito importante o que tinha para dizer, notava-se pelo tom, certo secretismo descabido, podiam subir, Urbano e Saramago podiam subir ao andar de cima, estava tudo preparado para recebê-los. Com esse corte, todos os raciocínios se detiveram, Urbano deixou-se ficar em reticências, José segurava o livro, olhos grandes e desconhecimento. Saramago percebeu então que não seria ali, não seria naquele momento. Começou pelo alívio, como conseguiria explicar a José que eram a mesma pessoa? Essa seria sempre uma revelação esdrúxula, que precisava de ser desenvolvida com muita paciência. E, no entanto, não havia maneira de escapar à profunda rutura, vinco na compreensão das coisas.

Sobretudo para José, menos acostumado a paradoxos e

anacronismos, esse seria um abalo nas leis do universo. Antes de tudo, o impossível, a evidente negação, José haveria de quase rir-se, mas esbarraria na seriedade de Saramago, que não possuía esse tipo de humor, não fazia brincadeiras dessa raça. Então, a dúvida, como podemos ser a mesma pessoa?, e só depois, aos poucos, muito devagar, talvez com algum terror, como se fosse rasgado de si mesmo, como se deixasse de pertencer-lhe o destino, a autoridade dos gestos, a possibilidade de virar à esquerda ou à direita, sem decisão, José começaria a entender que estavam ali, em presença, um diante do outro, nomes complementares, José e Saramago, José, Saramago, a serem a mesma pessoa, José Saramago, a serem a mesma pessoa em idades diferentes.

Esse era o segredo que Saramago conhecia desde que se encontraram na Feira do Livro de Lisboa, roubo inocente de um livro; esse era o segredo que confirmara no primeiro encontro, que ganhara complexidade analítica durante a leitura do romance de José e que, ali, no Centro de Trabalho Vitória, não seria ainda revelado. Ou melhor, o narrador/eu, ficou/fiquei a saber neste ponto, ao longo destas linhas que ainda duram; e os leitores/vocês receberam essa notícia ao mesmo tempo. Vocês sabem tudo o que sei.

Assim, à bruta e sem contestação, o segredo soltou-se no mundo ou, pelo menos, nestas páginas. Saramago e José eram a mesma pessoa.

Sozinho, mexido pelos olhares de militantes do PCP, quem é este que falou com Saramago e Urbano?, investigadores, cotovelos assentes em mesas limpas, cinzeiros, fumo e cinza doce, José não tinha outra direção disponível, apenas a porta aberta sobre o ruído dos carros, marcas de pneus na água. Avançou, deu ordem ao corpo, apontou a cabeça. Não tinha sido capaz de libertar-se, as palavras ficaram por dizer, faltou-lhe oportunidade e, precisava de admiti-lo, faltou-lhe peito, coragem para encher o peito e esvaziá-lo de repente, olhos talvez fechados, e dizer tudo, palavras, alívio.

A um passo da saída, quando se preparava para recolher o livro ao interior do casaco, protegê-lo da chuva, quando já era capaz de prever as gotas, quando as recordava de antes, chegou Pilar, José não soube de onde vinha. Olharam-se de frente, ele amedrontado, ela soberana. Sem deixar de fixá-lo, Pilar estendeu-lhe uma fotografia, impressão moderna de uma fotografia antiga e, talvez esforçando-se por aproximar o seu castelhano do português, não lhe deu uma ordem, fez-lhe um pedido, escreve sobre este menino.

17.

O corpo do rapaz estava habituado àquele soalho, disfarçado por um colchão que pouco justificava esse nome, raso, forrado sabe-se lá com que matéria dura e amassada. Os ossos do rapaz não estranhavam tanta rigidez, teriam estranhado o seu oposto, o corpo de uma criança sabe entender as condições de que dispõe. Ao longo do dia, o colchão, a roupa da cama e a almofada ficavam arrumados entre o guarda-fatos e a parede. Todas as noites se fazia aquele arranjo perto da cama dos pais, ao lado direito de quem tem as costas viradas para a cabeceira como é uso, o lado da mãe. No entanto, o menino não conseguia habituar-se ao que lhe assombrava a cabeça, dentro ou fora, não estava esse assunto resolvido. De olhos abertos, achava figuras negras a sair das sombras do quarto, era como se essas escuridões fossem portas de acesso direto entre cá e lá, este mundo a receber os medos que povoavam o outro, mas quando fechava os olhos continuava a ver os vultos da sua angústia. Zezito, assim lhe chamavam, basta de cinema, zangou-se o pai noutras noites, culpando as fitas do Animatógrafo, também elas constituídas por aparências a moverem-se na obscuridade, moldadas à semelhança de pessoas ou desfiguradas pelo preto e branco. Essas palavras acudiam pouco a Zezito naquelas horas noturnas, entre o sono e a vigília, anestesia melosa e espertina ácida, mistura de pesadelo e de impressões nos sentidos, como se as ideias mais temidas se acercassem da visão, da audição, dessas perceções que crianças vivas e saudáveis dão por certas e com as quais se misturam. É certo que vinham sons das paredes, vozes sufocadas, tratava-se talvez de algum gemido daqueles com quem partilhavam a casa, casal e filho único, um quarto para cada família, uma cozinha para todos;

Tocaram à campainha. José levantou os dedos do teclado e esfregou os olhos e o rosto, precisava de senti-lo. Não conseguiu passar das palavras à sala num único instante. Quando afastou as mãos, a penumbra matinal cobria aqueles objetos gasosos, paredes de sombra, cheiro de materiais em contacto com a madrugada, com a memória da madrugada. Voltaram a tocar à campainha. O primeiro toque despertou-o, foi como uma mão a puxá-lo dentro da cabeça; a insistência do segundo toque foi uma ofensa. Esticou o braço, segurou *Manual de pintura e caligrafia* e pensou, antes ou depois da página 150; fechou os olhos, calhou a página 122. Desenterrou-se do sofá e, meias, camisa e cuecas, enrolado num cobertor, deu os passos necessários. Não esperou pela boa educação, o carteiro olhou-o arrelampado, surpreendido com a abertura repentina de porta. Nesse efeito, a voz tremeu ao perguntar se aquela carta lhe pertencia, seria engano? José recebeu o envelope enxovalhado, manchas de pó, tinha atravessado muito caminho; e, nas letras desenhadas do destinatário, mão pouco acostumada à minúcia de vogais e consoantes, reconheceu o nome de Lídia. Porque não podia dar o endereço da Quinta do Mocho, morada desconhecida no mundo da burocracia, ruas de nome não oficial, prédios inacabados sem número, andares subdivididos, sem direito ou esquerdo, Lídia preenchia os vales de correio que enviava para a família com o endereço de José, tinha essa autorização. Ao deixar de utilizar o endereço do minimercado, começou a usar o de José. E, realmente, aquela era uma carta de Cabo Verde, tinha esse carimbo sobre selos bem colados, imagens de pássaros. Não era a devolução de um vale por reclamar, parecia uma carta pessoal, o que seria?

De porta fechada, fraca despedida, ensimesmado, José regressou ao sofá, sentou-se ao lado do livro que recebera de Saramago, meia dúzia de páginas lidas, marcado pela fotografia que recebera de Pilar. Alimentava ainda alguma incerteza quanto à intenção daquele livro, quanto ao que Saramago lhe quis transmitir. De certeza que não era um presente sem significado. Tremeu com as primeiras páginas, o pintor e o segundo quadro que se descreviam ali, o escritor que José ainda acreditava ser e o segundo romance que o angustiava havia anos. Apesar desses sinais de metáfora, preferia manter a dúvida, não queria entregar-se já ao medo. Voltou a esfregar os olhos e o rosto, precisava de apagar ideias. Pousou os dedos sobre o teclado, releu algumas frases, continuou a escrever.

podia também tratar-se de algum aparte dos vizinhos de baixo, separados apenas pelo chão de madeira onde o corpo de Zezito se estendia; ou podiam ser vozes lançadas na rua que chegavam já desfeitas àquele último andar, indivíduos que subiam a Rua dos Cavaleiros, lá teriam os seus propósitos, ou que desciam essa mesma rua, que passavam ali diante do número 57, a caminho do Martim Moniz, e daí para a Baixa ou para a

Almirante Reis, fadistas talvez, causando inadvertidos espantos a um menino assustado. Falta uma pergunta, quanto dessa imaginação de terrores não seria já prenúncio das capacidades do futuro escritor?, tanto se levanta conclusões a olhar para trás como para a frente, não é proibido comparar. Cerca de cinquenta anos depois, este mesmo menino publicará *Manual de pintura e caligrafia*, Zezito Saramago.

Parecia uma salvação repentina, ouviu as molas da cama, era a mãe a mexer-se, volume deitado de lado. Com os olhos vivos, sem dúvidas no negrume, Zezito viu a mãe afastar a roupa da cama, esticar o pé descalço sobre uma tábua do soalho, que vergou ligeiramente, estalou em vários pontos do quarto. A mãe caminhou até ao fundo da cama, não precisou de luz para encontrar o bacio, arrastou-o pela asa, agachou-se de costas para o filho, a ponta da camisa de noite entornada no chão, os joelhos espetados, a urina a jorrar na loiça vazia e, logo a seguir, a jorrar sobre um fundo de urina quente, bolhinhas. Calado, com facilidade de suster o fôlego na escuridão, o rapaz esperou pela higiene, o fim daquele ritual que conhecia de cor. Sabia que precisava de escolher o instante certo, com essa responsabilidade seguiu um impulso, podia ter sido antes ou depois, mas foi naquele ponto de tempo que fez soar a voz, mããe, chamou a mãe e deu uma nova realidade ao quarto, o seu tom era uma súplica, menino de seis anos acabados de fazer em novembro. A mãe não respondeu logo, deixou passar um instante, e mandou-o dormir, dorme, não valia a pena insistir. Quando a ouviu acomodar-se, as juntas da cama de ferro a darem sinal, Zezito ficou atento à respiração da mãe, abrandou até atingir a cadência do fôlego do pai, e assim permaneceram, em coro. Quando as figuras sem rosto voltaram a abandonar as sombras, soltas de novo, o rapaz apertou as pálpebras com muita força e pensou em oliveiras, troncos rugosos de oliveiras velhas, com marcas para colocar os pés, como escadas, oliveiras espetadas na terra, deliciosos torrões, e os ramos cobertos de folhas miúdas a lançarem-se ao céu imenso, azeitonas em todas as suas idades, verdes apenas de pele e caroço, ou maduras, pesadas de negras, prontas a retalhar, a prensar em azeite; lembrou-se das oliveiras nos campos da vila, Azinhaga, a vila dos avós, e assim conseguiu adormecer o seu peito de menino.

O rádio estava desligado, guardava anúncios, os apitos da hora certa, canções interrompidas por locutores, vozes conhecidas naquela sala, vozes que pertenciam à decoração e cuja falta se notava. Lídia movimentava-se em direções precisas, era geométrica como as moscas que cruzavam o ar, ângulos retos. Recolhia pratos e talheres, copos e guardanapos, juntava as pontas da toalha de mesa para não perder uma migalha. Bartolomeu falava com a mãe de José em tom brando, fingia-se casual ao edificar um discurso sem significado, sucessão de palavras, substantivos a carregarem adjetivos, verbos a ligarem substantivos, advérbios agarrados a verbos, conjunções e preposições polvilhadas sobre o texto. A sua interlocutora concordava, murmurava sílabas de boca fechada, também ela comprometida com a presença de Lídia, ainda pouco acostumada àquela nova realidade. Desde que Lídia e o filho tomaram conhecimento, o convívio com Bartolomeu tinha perdido privacidade, havia olhares a sobrevoarem-nos, fiscalização, mesmo à distância, mesmo através de paredes.

Quando Lídia saiu da sala, ao concluir-se que não regressaria, a voz de Bartolomeu mudou, ganhou sussurro em certas consoantes mais fortes, e continuou a descrição que havia interrompido na entrada de Lídia. Evocava o colorido das propriedades de Angola, cor de terra e pele. Os olhos de Bartolomeu alargavam-se para abranger tudo o que dizia. E, apesar de estar ali, limitado por aquela sala da Encarnação, relatava a grandeza do enorme horizonte africano, toda a savana, paisagem que se estendia a partir do alpendre, fins de tarde gloriosos, sol em chamas a descer sobre a terra, tremendo. A mãe de José comovia-se ao imaginar tais visões, contagiada pelo sentimento de Bartolomeu. Mas, e o narrador baixou o olhar, longas pálpebras sobre longos olhos, a felicidade foi interrompida. Anos mais tarde, interpretou-se como avisos o que, enquanto acontecia, era impossível de distinguir. Ingratidão e crueldade, disse Bartolomeu com a voz quase embargada. Ainda assim, ganhando fôlego heroico, em 1980, já estava outra vez de pé. Com a determinação de uma montanha, reverteu a sorte, amealhou património, uma vida sem angústias, futura pertença de José e, na mesma hora, também posse dela. A mãe de José olhava-o com admiração fervorosa, gratidão, passou-lhe os dedos pela face, lixa de barba branca.

Ao receber essa carícia, em silêncio, Bartolomeu sustinha uma imagem encoberta, que não podia aparecer. Era uma memória fechada no seu interior, como os livros no armário trancado. Era ele próprio, Bartolomeu, muito mais novo, numa divisão escura, diante de um lavatório, vestido com as melhores roupas, África lá fora. No outro lado da porta, a agitação da partida, o futuro era nevoeiro denso e europeu, era uma noite sem estrelas, inimaginável. Sabia-se que chegara o momento de partir, as malas estavam feitas. Adeus, Angola. Bartolomeu tinha as mãos muito mais novas, todo o corpo apresentava outra elasticidade. Dispusera os saquinhos na borda do lavatório, em fila. De calças e cuecas pelos joelhos, embicava as nádegas que, nessa posição, se abriam com generosidade, duas fatias de pudim. Entre o polegar e o indicador, segurava saquinhos, um a um, atados com vários nós de cordel. A transparência do plástico embaciava os diamantes que, ainda em bruto, já continham pingos de luz condensada. Então, com os mesmos dedos, apontava cada saquinho à entrada do cu, as dobras, grossa minhoca assustada, e era o indicador que, finalmente, o fazia desaparecer.

Bartolomeu recusava esta lembrança até para si próprio, reflexo inconveniente. Para evitá-la, talvez por associação, segredos vizinhos, talvez por ter referido o tempo em que chegou à metrópole, substituiu-a por outra, que também não queria contar. De novo ele próprio, Bartolomeu, fim dos anos setenta, já no Chiado, a investigar prateleiras de livrarias lisboetas, odor a papel velho ou a urina, à procura de livros escritos ou traduzidos por Saramago.

Havia um cheiro a comida, especiarias complicadas, misturado com as folhas aquecidas das árvores, com a terra quente. Fritz estava sentado numa cadeira no centro do quintal, muito direito, protegido pela sombra da mangueira, ramos de doce eflúvio, ramos intrincados a distância incerta do céu, camadas e camadas de folhas grossas, botões de flor que seriam mangas antes de julho. Fritz tinha o livro pousado no colo e esperava, respirava. Ao seu lado, uma segunda cadeira, vazia. O cheiro da comida preenchia o ar de Pangim, Fritz encontrara-o nas ruas e em todas as divisões da casa, janelas abertas ou fechadas; também à hora da alvorada, na primeira e única frescura da manhã, e também ao deitar, quando se sentia a noite sobre todas as coisas. Fritz conhecia essa comida, recordava o toque de papas húmidas nos lábios, lama que abrasava a boca por dentro e que, depois de engolida, queimava todo o tubo digestivo pela ordem que se aprende na escola, faringe, esófago, estômago etc. Havia caril na composição desse odor, mas havia muitos outros temperos, balbúrdia de doces e picantes que derrotavam qualquer tentativa de análise, faziam-na explodir. Ainda assim, Fritz esforçava-se por resistir e, ali, no quintal, conseguia destrinçar o aroma das bananas, verdes e maduras, raça grande e pequena, que uma senhora de sari vendia no outro lado do muro, no passeio, sobre sacas esticadas. Do mesmo modo, conseguia dar nome ao subtil aroma da ferrugem, carro que apodrecia também na rua, um pouco mais adiante da vendedora de bananas, o cheiro da borracha gretada dos pneus, o cheiro das ervas daninhas, o cheiro da urina de cães e pessoas. Meses antes, à chegada, o pai de Fritz, tentando ser cordial, tentou explicar-lhe que se tratava de um Hindustan Ambassador, automóvel de outros tempos. Fritz anotou essa informação na memória, mas prestou mais atenção à voz do pai, espantosa novidade, reparou nas modulações do tom, na forma como marcava as consoantes, como entrava nas sílabas.

Nenhuma antecipação conseguiu prever a real imagem da chegada de Fritz ao triste Aeroporto de Dabolim, em Goa. A glória que Fritz e o pai tinham imaginado, a partir de diferentes perspetivas, foi substituída por uma sombra. Depois de controlar o pânico em Bombaim, último passageiro a sair do avião, levado em braços pelas hospedeiras, depois pelos funcionários do aeroporto, pouco tempo na escala, enviado para ser problema de outros, Fritz aterrou em Goa ainda cego. Acompanhado por homens de brilhantina no cabelo, conseguia cheirá-la, Fritz descreveu a mala em inglês, reconheceu-a depois com as mãos, apalpando roupas e objetos. Para ele, na sua perspetiva, a chegada a Goa foi avançar dentro da escuridão, sem saber se chocaria com algo no passo seguinte, confiando em quem lhe segurava o braço, confundido por cheiros contraditórios e, dentro de um novelo de sons, entre vozes em concani e em inglês, are you his father, sir?, uma voz a falar-lhe em português, sou o teu pai.

Quando, por fim, despertou para a manhã em que aterrava o filho, depois do café, o pai andou pela casa a falar alto, a dar ordens rígidas aos serviçais, sempre atrasados, não podia permitir tanta incúria. Antes de sair, refletido no espelho do lavatório, usou o pente para fazer a franja, acertou as pontinhas do bigode com a pontinha da tesoura. Para o pai, na sua perspetiva, a chegada de Fritz foi um homem torto e desanimado a caminhar por tentativas, amparado por um ajudante fardado do aeroporto, outro a carregar-lhe a mala, e as pessoas a afastarem-se, a saírem da frente, mesmo que não perdessem mais do que um instante a reparar nessa figura. E ao dirigir-se para o filho, reconhecendo-o de fotografias antigas, quando ainda lhe eram enviadas de Viena, os funcionários do aeroporto a quererem trespassá-lo, are you his father, sir?, e ele, o pai, de boca seca, a querer falar com o filho, a querer pronunciar as palavras que guardava havia anos, sou o teu pai.

O calor de todas as horas influenciava os perfumes, fervia o cheiro das flores e do estrume, rosa-do-deserto, lírio-impala, bosta fermentada de búfalo. O barulho das motas lá fora, escapes sujos, também influenciava os perfumes, assustava-os. Sentado na cadeira debaixo da enorme mangueira, retilíneo e muito cego, com o livro pousado no colo, durante a espera, Fritz assistia ao que cheirava e ouvia.

Entre cheiros e sons, chegou o pai sorridente. Tinha acumulado suficiente otimismo antes de descer os degraus, antes de denunciar-se ao caminhar na terra. Parado durante segundos, dois ou três, olhou para o filho cego, filho desconhecido e imaginado, recolheu toda a esperança, ainda podiam ser alguma coisa, e avançou. Nesses passos até à cadeira vazia, quis acreditar, engoliu a mágoa daquele nome escolhido pela mãe com o propósito de ignorá-lo, Fritz, a mágoa daquelas décadas, o filho a crescer longe dele, roubado, escondido, a transformar-se num homem. E ao sentar-se, sorridente, otimista, quis acreditar, estavam ali, finalmente ali, juntos naquele quintal, Pangim, Bairro das Fontainhas, herança de família, rio de sangue que brotava desde uma nascente longínqua e que, atravessando gerações, lhes chegara às veias, o mesmo sangue nas veias de um e de outro. Fritz deu pela presença do pai, os passos cada vez mais próximos, o movimento de sentar-se, o peso na cadeira, o sorriso. Então, num gesto natural, com tempo, sem desespero, Fritz recolheu o livro do colo e estendeu-lho.

Ainda em Lisboa, numa hora que lhe parecia distante como a infância, como outra vida, Fritz decidiu guardar o primeiro romance de José, levá-lo consigo nessa viagem que, sabia bem, seria determinante. Tinham passado anos sobre a primeira tentativa de leitura. Numa manhã, na livraria, antes de abrir, sob a calma da porta fechada, começou a folhear o romance, levava a intenção de lê-lo, mas desagradou-lhe logo a epígrafe, citação daquele autor que o incomodava, que decidira evitar, recordação de ofensas graves. Mesmo assim, a custo, deu-lhe o crédito da amizade e mudou de página. Mas as primeiras palavras do livro nomeavam esse escritor non grato, davam conta de que tinha escrito a última frase do romance, de um romance qualquer. Nesse momento, Fritz fechou o livro com estrondo e dramatismo, teve a certeza de que não o leria, estava indisponível para ser agredido por aquele tema, por aquele nome de quatro sílabas, demasiadas vogais, a-a-a-o. Nesse tempo, Fritz recusava repetir aquele nome, não queria sequer pronunciá-lo em pensamentos. E foi só anos mais tarde, quando estava a arrumar a mala para essa viagem a Goa, ciente das mudanças que o esperavam, preparado para elas, que decidiu levar o romance de José. Achou que iria lê-lo, não imaginou que iria ser o seu pai a ler-lho.

Cansados de esperar que a cegueira passasse, depois de semanas, em fevereiro, incapaz de fazer a viagem de regresso a Lisboa, incapaz de se imaginar a viver cego e sozinho em Lisboa, Fritz calhou a falar do romance ao pai, que se ofereceu logo para lê-lo em voz alta. O primeiro idioma do pai era o concani, falava com os amigos nessa língua, dava ordens a todos os outros; o primeiro idioma do filho era o alemão, pensava com pronúncia vienense; mas comunicavam um com outro em português. O pai recordava bem os anos de Moçambique; maningue, maningue. O filho começou por não entender termos como esse, mas foi aprendendo e, ao mesmo tempo, acrescentava lições informais sobre o Portugal contemporâneo, para grande espanto do pai. Assim, juntando conhecimentos, pai e filho interpretavam o romance de José, com enorme assombro.

Naquela tarde, debaixo da mangueira, o pai lia-lhe um capítulo em que, por coincidência, estava um pai a ler um romance a um filho, num quintal, debaixo de uma enorme mangueira. Também nessas páginas o filho estava cego, ouvia a leitura com o rosto virado para qualquer lado mas, em certos momentos, distraía-se das palavras, perdia-se noutro interesse, e tentava imaginar o rosto do pai, que nunca tinha chegado a ver.

18.

O púlpito estava forrado com papel de embrulho prateado, Jesus escrito com letras brilhantes, maiúsculas coladas na vertical. Inclinado sobre o púlpito, o pastor falava em tom suave, curso de água, regato acompanhado por notas encadeadas, tocadas num órgão eletrónico, marca Yamaha, salpicadas no ar pelos dedos elegantes de um jovem, também de gravata, também de risco ao lado, sentado à esquerda do pastor, alguns passos atrás. O pastor olhava a congregação de frente, sorriso subentendido, os cabos do seu microfone e do órgão do ajudante passavam pela frente do estrado, no espaço entre eles e os fiéis, em direção à tomada elétrica da parede, cabos grossos e pretos.

Algumas das cadeiras de plástico ainda estavam vazias, brancas, cadeiras baratas de jardim, a assembleia ainda se estava a compor. Eram atrasos consentidos por Deus e pelo pastor, que possuía a graça de absolver imediatamente, cumprimentando os recém-chegados com o olhar, sem interromper a fluidez do discurso. Àquela hora, sete e um quarto, havia todo o trânsito de fim de dia a atravessar Sacavém muito devagar, autocarros cheios de gente que haveria de sair na Bobadela, Póvoa de Santa Iria, Forte da Casa ou, já perdendo o telejornal e a meio da telenovela, em Alverca. Na igreja, as mulheres usavam os seus colares de contas, cabelo arranjado com ganchos; os homens traziam sapatos engraxados, os mesmos de casamentos e cerimónias chiques; as meninas com vestidos de folhos, os meninos com a camisa dentro das calças.

Na terceira fila, Lídia queria concentrar-se nas palavras do pastor. Ao lado, sentado sobre as pernas de Domingos, o filho distraía-se com muito mais detalhes. O rosto de Lídia guardava a seriedade das súplicas que tinha para rogar, do medo que a desgastava. Às vezes, fechava os olhos com muita força, adiantava-se a pedir, embora soubesse que ainda não tinha chegado a hora certa. Naquele ponto do culto, o pastor apenas conversava, histórias comuns amparadas em passagens da Bíblia, identificadas por livro, número de capítulo e versículo.

Após poucos minutos, deixou de haver lugares vagos. Os fiéis encostaram-se às paredes, acostumados à falta de espaço. Aquela igreja tinha sido construída originalmente como garagem para dois carros, sem janelas, paredes pintadas com tinta acrílica, decoração sóbria, lâmpadas fluorescentes no teto. Naquele momento, estava ocupada por umas cinquenta pessoas, mais ou menos. O estrado de madeira, um palmo de altura, também possuía pouca superfície, mas bastava para acomodar o púlpito, a estrutura do órgão e foi suficiente para receber uma senhora que o pastor chamou pelo nome. O seu testemunho, resposta a todas as perguntas que lhe foram feitas, consistiu numa história que começou mal, muito mal, e que terminou bem, muito bem; problemas de família, de saúde, de dinheiro, depressão, vontade de morrer e, depois de Jesus e da igreja, saúde incrível, família incrível, dinheiro incrível, milagre e vontade de viver, aleluia.

Aleluia, aleluia, quando a senhora abandonou o estrado,

quando voltou para junto dos fiéis que a saudaram, irmã, o pastor levantou a voz. A partir desse crescendo, toda a gente ficou de pé e levantou as mãos no ar. Domingos erguia apenas a mão direita porque segurava o menino ao colo com a esquerda. O som que saía das colunas era amplificado de encontro às paredes, o pastor gritava frases que, logo a seguir, eram cantadas pelo ajudante e em coro por todos os fiéis, o volume do órgão bastante mais alto do que antes. Entre essas vozes, estava também a de Lídia, que levantava os braços muito alto, que espremia as pálpebras, e que pedia pela avó. Lídia suplicava a Deus e a Jesus pela vida da avó, pela sua recuperação. Por baixo da consciência daquele momento estava o choque da carta enviada de Cabo Verde, escrita à mão, a informar que a avó tinha os ossos a apodrecer por dentro. Quando José lhe entregou o envelope, assistiu ao modo como Lídia leu e se desfez, se transformou em pó à sua frente, sem força nos joelhos, a precisar de ser agarrada. A avó de Lídia tinha sido invadida por tumores nos ossos, demasiado tarde para qualquer cura, o médico rejeitava dúvidas, quanto tempo lhe restava de vida?, semanas ou meses. Só um milagre, só a piedade do Senhor poderia valer-lhe.

Escorria transpiração pelas paredes, da mesma forma que escorria pelo rosto e pelo interior da camisa do pastor, veias salientes no pescoço, apertadas pelo colarinho, e frases gritadas, a evocarem o sangue do Cordeiro, frases demasiado rápidas para serem cantadas pelos fiéis, coro desordenado que apenas repetia aleluia, glória ao Senhor, enquanto o músico improvisava uma melodia cada vez mais doida, uma síncope. Rodeada pela multidão e sozinha, Lídia levantava os braços, abria às mãos na direção do teto, dedos ou garras, e cerrava os dentes, enrugava o rosto, retesava os músculos do rosto, desfigurava-se e, interiormente, lançava gritos diretos para Deus, do fundo do seu tudo gritava em direção à misericórdia de Deus, ofegante.

No colo, pernas abraçadas de encontro ao peito de Domingos, o menino olhava para todos os lados e não se assustava, pelo contrário, pensava que estava numa festa.

Contra todas as expectativas, Bartolomeu não queria falar da Exposição Mundial que estava a ser preparada em terrenos de Cabo Ruivo. A idade dava-lhe vantagem analítica, possuía memória do tempo em que os hidroaviões baixavam e levantavam voo na Doca dos Olivais, exatamente onde se construía agora essa tal mostra, gastador despropositado de dinheiro. Apesar do que já tinha ouvido, difamadores, comunas ignorantes, nada dessa obra era comparável com a Exposição do Mundo Português, que Bartolomeu visitou em 1940, ainda rapaz, justamente na época em que avistava os hidroaviões fazerem-se às águas do Tejo. A Exposição do Mundo Português deixara obra sólida, pedra, granito, reabilitara toda a zona de Belém; esta exposição, dita mundial, era fogo de vista, arrabalde pseudomoderno, galinheiros de contraplacado. Mas Bartolomeu não queria falar nisso, mudou de estação quando começaram a discutir esse tema na rádio. Também não queria falar da ponte nova, Vasco da Gama, agora tudo é Vasco da Gama, o nome do homem serve para batizar qualquer coisa, seja o que for. Não, também não queria falar da ponte nova ou da ridícula feijoada que estavam a organizar para inaugurá-la, desligou o rádio.

José poderia ter estranhado tanta falta de vontade, mas também ele não queria falar nesses assuntos ou, sequer, nas excentricidades de Bartolomeu. José tinha os seus próprios problemas, Lídia entrou na sala, José tinha os problemas de Lídia.

O silêncio da mulher a movimentar-se foi indistinto do silêncio que preenchia aquela divisão, os dois homens eram duas estátuas. José presenciara a dor de Lídia ao receber a notícia da enfermidade da avó, doente terminal em Cabo Verde, dor lancinante da distância, sofrimento que, por qualquer motivo, José conseguiu imaginar com fidelidade. Assim o explicou a Bartolomeu, que demonstrou extrema empatia. Lídia leu a carta à frente de José, sem suspeitar, apercebendo-se da tragédia a cada linha. Naquele início de março, o rosto de Lídia era apenas sombra, tristeza sem nome, incluía a mágoa de ter um filho que não chegaria a conhecer a avó, mulher máxima, incluía a revolta e a humilhação de se achar sem soluções, incluía o medo, a desorientação, o ressentimento contra o mundo, e o desespero, incluía o desespero multiplicado por si próprio, estendido pela aparente eternidade.

O corpo de Lídia continuava, fazia todos os gestos que se esperavam, deixava o filho na ama, cumpria a lida da casa de Bartolomeu, mas carregava uma ausência profunda, era um corpo vazio, falava às vezes, mas também essa voz era desabita-da. José ficava aflito perante Lídia, desorganizava a respiração, perdia compostura, enfraquecia. Talvez por esse motivo, instinto ou impulso, caiu num estratagema, num plano, como se caísse num poço. Esse mistério animou-o durante um par de dias, imaginava todas as nuances do consolo que ia proporcionar a Lídia. Assim, quando teve oportunidade, começou por roubar a chave do carro de Bartolomeu. Apenas a cadela assistiu a essa manobra, permaneceu intrigada, notaram-se as dúvidas, mas não se exprimiu. Logo a seguir, durante a noite de terça-feira, 10 de março de 1998, dois dias antes de estarem ali naquela sala, José abriu o portão com todo o cuidado, empurrou o carro e ligou-o já na rua, o portão fechado, limpo de suspeitas. Até chegar à Rua de Macau, levou a cabeça cheia, o ruído de uma multidão; estacionou cá embaixo, na esquina, duas rodas em cima do passeio. Domingos admirou-se ao vê-lo chegar, mas José trazia uma confiança estudada, tinha um esquema. Sabia que começava sempre por ganhar e, por isso, iria apostar logo o carro de Bartolomeu, ganhava pelo menos o dobro desse valor e parava aí, chega, vou para casa, ofereceria a viagem a Lídia e ao filho, poderiam ver a avó em Cabo Verde, sobraria lucro.

Assim que os interessados regressaram da avaliação do automóvel, número muito por baixo, José a queixar-se, começou o póquer. Durante o tempo dessa partida, todos os jogadores da Rua de Macau se juntaram à volta da mesa, queriam ver. E, realmente, José puxou o que se acumulou na mesa com os dois braços, abraçou o património. Sempre soube que seria assim, apenas confirmava certezas absolutas. Mas, na hora de levantar-se da cadeira, apercebeu-se de que podia ganhar ainda mais, decidiu jogar outra vez. E perdeu, perdeu, perdeu, perdeu, perdeu até, de novo, dispor apenas do carro de Bartolomeu para apostar. Ficou na mesa com um jogador que todos ali conheciam, um homem que sorria, olhos gulosos, barriga cheia de noites como aquela. Os riscos eram conhecidos pelo segurança da cicatriz, por Domingos, pelo dono da casa, pelo próprio José e por todos os que aceitavam jogar com ele; os novatos, espectadores inocentes, apenas suspeitavam. Sem alternativas que conseguisse nomear, José voltou a apostar o carro de Bartolomeu e, de forma vil, sem apelo, perdeu desgraçadamente.

De cabeça baixa, José não teve reação nos braços ou nas pernas. O adversário, de grande peso e porte, ria com gosto, falando para um e outro lado, distribuindo lugares-comuns sobre ganhar e perder. Com a chave do carro pendurada no indicador, aproximou-se de José para lhe dar uma palmada nas costas e, com obscena intimidade, encostou-se ao ouvido e sussurrou-lhe que havia forma de recuperar o carro. José sabia o que se esperava dele, levantou-se da cadeira e seguiu o homem, saíram juntos, passos espetados no soalho. Em silêncio, Domingos viu-os sair, arrepiou-se com essa imagem, foi atravessado por um raio.

Na sala de Bartolomeu, José recusava pensar no que tinha acontecido. Essas horas da noite, mal iluminadas, estavam fechadas por detrás de um muro de chumbo, José apertava os maxilares. De madrugada, devolveu o carro ao estacionamento e, em casa, tomou dois banhos seguidos, estava a secar-se do primeiro quando decidiu voltar para o chuveiro e esfregar-se ainda com mais força. Bartolomeu adormeceu antes da saída do carro e despertou depois da reposição, não deu pela falta.

Quando a voz de Bartolomeu se escutou na sala, quando chamou Lídia, ninguém quis revelar sobressalto, nem sequer a cadela, deitada, sono leve. Lídia, José e a cadela agiram com estudada naturalidade. Soube que a sua avó está doente, disse Bartolomeu, ponderado, solene, como se estivesse sozinho com Lídia, ela de pulsos cruzados à frente da barriga, sem chorar, empenhada em não chorar. Então, com frases simples, diretas, que pareceram vindas da irrealidade, Bartolomeu explicou que lhe queria oferecer a viagem, queria que ela e o filho fossem a Cabo Verde. Lídia levantou o rosto na direção de Bartolomeu, foi como se o visse pela primeira vez e, após uma pausa, beijou-lhe as mãos.

O taxista começou por resmungar uma combinação de palavras partidas, mastigadas, mas ao descer a Avenida de Berlim já articulava vocábulos inteiros, cheios de sílabas, já dava murros no volante. Queixava-se da pouca sorte, maldita sorte, queixava-se de ter passado horas à espera para, afinal, ir para tão perto, assim não valia a pena trabalhar. Incomodado, José fingiu não perceber que seguiam por um caminho mais longo do que o necessário. O táxi cheirava a fumo de cigarros entranhado nos estofos, cheirava a poeira velha, cheirava a um calendário do Sporting de 1993 colado com fita-cola ao tablier, cores desbotadas, jogadores irreconhecíveis.

José fez companhia a Lídia na fila do check-in, segurou no menino ao colo. Declinou educadamente os vários pedidos para transportar encomendas, gente que se aproximava e pedia que levasse alguma coisa para Cabo Verde, sapatilhas de marca, documentos, mortadela, o primo estaria no aeroporto para receber a encomenda, sem falta, o que custa? No entanto, acabou por reconhecer a irmã de uma vizinha, ex-namorada do Djonzinho de Pedra Lume, dona de um salão de cabeleireiro na Damaia, e aceitou levar um frasco de marmelada.

O menino ia de cabelo cortado, calças novas, camisa nova, suspensórios engraçados de criança. José entregou-o à mãe quando já não podia continuar a acompanhá-los, precisaria de bilhete e passaporte. Envergonhados, estiveram quase a despedir-se sem beijo mas, no último momento, iniciativa dele, um beijo rápido.

Já sentado no táxi, José decidiu ir a casa de Bartolomeu, achou que precisava de agradecer. Mesmo que não chegasse a dizer obrigado, essa palavra, queria ir a casa de Bartolomeu, pareceu-lhe que a sua presença seria suficiente. Ou porque estava comovido, ou porque havia conversa em falta acerca do namoro com a mãe, ou porque se sentia sozinho após aquela despedida, ou porque estava baralhado, decidiu ir a casa de Bartolomeu. No instante do pagamento, o taxista olhou para a nota de quinhentos escudos, custou a dar-lhe troco, quer troco? E fez um arranque brusco, aceleração a fundo quando José fechou a porta.

Passava da hora de almoço, estava apenas o sossego de um dia de semana naquela rua interior da Encarnação, vivendas de velhos, plantas à espera de serem regadas. José caminhava nos seus pensamentos. Ao atravessar o quintal, olhou para o céu, era enorme. Então, sem que se fizesse anunciar, achou que não valia a pena, o mais certo seria que Bartolomeu não o escutasse, entrou pela porta destrancada, como sempre.

Já debaixo de teto, em casa, José distinguiu o emaranhado de um diálogo, distinguiu uma e outra voz, mas não quis acreditar. Apressou o passo, transformou-se numa vertigem entre divisões da casa, acreditando que os olhos haveriam de contradizer aquele equívoco. Mas não, os olhos apresentaram-lhe uma realidade intransigente. Na sala, sentados em cadeirões, muito espantados com a entrada intempestiva de José, estavam Bartolomeu e Saramago.

19.

Talvez por estar tão concentrado, Fritz exagerou na reação ao fim do capítulo, não segurou o queixo, ficou de boca aberta durante um longo segundo. O pai preparava-se para guardar o livro, voltaria à leitura no dia seguinte. Mas as aves mexeram-se nos ramos da mangueira, também elas embaladas pela narrativa e, depois, também elas incomodadas com a interrupção súbita, justamente quando esperavam mais explicações. Fritz olhava para um e outro lado, à procura de resposta, como se pudesse ver. O pai de Fritz não colocava tanto empenho nessa curiosidade, ora porque lhe faltava relação com aquele velho colonialista, privara com alguns desse nível em Moçambique, nunca lhes perdoou que tratassem os goeses quase como pretos, ora porque desconhecia aquele escritor português que tanto afetava o filho, Saramago parecia-lhe uma palavra excêntrica. Guardava interesse moderado pelo que aconteceria nos capítulos seguintes, mas preferia aquela hora da tarde, estarem lado a lado depois de tantos anos e quilómetros de separação.

O pai não tinha entendido a cegueira com o baque devido

porque, à chegada, esperara um filho apenas imaginado, preparara-se para as diferenças entre a idealização e a inflexibilidade do mundo. Fritz, cego de repente, passava muito tempo zangado com a invalidez, não se conformava com a aleatoriedade desse infortúnio e, talvez por isso, já quebrara certas barreiras sociais e familiares. Assim, não pediu ao pai que continuasse a ler, exigiu-lhe.

No ar do quarto, na penumbra, estendia-se uma malha entrelaçada de respirações, fôlegos soprados com a ponta dos lábios ou a resvalarem no céu da boca. Os corpos das crianças eram manchas espalhadas sobre três colchões, corpos encaixados uns nos outros por competência do acaso, um joelho encostado ao ângulo aberto de uma axila, um cotovelo espetado num pescoço, um pé pousado sobre um ombro. Eram quase sete da manhã, o ponteiro não chegava ainda ao doze, faltavam minutos. A luz estava já bem acesa no céu mas, ali, com a porta fechada, com a janela fechada e coberta por tábuas e caixas de papelão espalmadas, entravam apenas algumas linhas de claridade embaciada, misturavam-se com o cheiro do cimento e das crianças, transpiração e pó negro de terra. Aquela era também uma malha entrelaçada de primos, crianças de várias idades dormiam sobre três colchões sem lençóis, sem almofadas. Lídia não se levantou logo, ficou a escutar a música natural daquelas respirações, vultos a encherem e a esvaziarem. Lídia, Lili, como lhe chamava a população de Porto Novo, mana, como lhe chamavam aquelas crianças, não se levantou logo, ficou a sentir o tempo, pareceu-lhe que podia alargá-lo assim. Entre aqueles corações a bater, estava o do seu filho, encantado com os primos, exausto ao fim de cada dia, zonzo de tanta brincadeira. Habituado às horas na casa da ama, um corredor, uma sala e um quarto, perdia-se na largueza de Cabo Verde, era avassaladora, deixava-o sem saber o que pensar, olhos escancarados. As vizinhas queriam segurar no filho de Lili, as primas queriam brincar com aquele boneco de dois anos, e quando não era passado de colo em colo, tinha o chão inteiro à disposição para se espojar. Às vezes, em certos momentos daquelas semanas, chegou a parecer que o filho crescia quando se esticava.

O corpo de Lídia era enorme entre as crianças, levantou-se devagar. Durante o sono, tinha sido assaltada pela ideia, líquida, escorria pelo interior dos sonhos ou dos pesadelos, manchas de óleo a alastrarem numa superfície de água. Desde a chegada, durante as duas semanas que passou em Porto Novo, duas terças-feiras, dois fins de semana, tinha sido capaz de expulsar a ideia, postergá-la para o além, o futuro a ser uma espécie de impossibilidade, o presente como um precipício a que se agarrava com a ponta dos dedos. Mas deixara de poder evitar a ideia, estava ali, envolvia-a, tocava-lhe a pele acabada de despertar. Chegara, por fim, o último dia, tinham o barco para apanhar às nove da manhã, tinham o avião para apanhar no aeroporto do Mindelo, e o caminho entre o barco e o avião, rente ao mar, o Monte Cara a vigiá-los, navios naufragados a apodrecerem debaixo de ondinhas. Esta era a ideia, Lídia tinha sido capaz de adiá-la. Durante as duas semanas que ali passou, a acordar entre as crianças, a reencontrar amigos de infância que lhe pediam para falar de Portugal, Lídia tinha sido capaz de fingir que aquele último dia não a esperava no futuro, como se a própria avó não tivesse a doença, como se as férias fossem eternas, infinitas conforme as moedas que encontrava no fundo dos bolsos para pagar fresquinhas aos primos, gelados de cuvete, cubos de gelo que as crianças seguravam por um palito, negócio de vizinhas, aquela água de tamarindo a escorrer ao longo dos braços e a pingar no bico do cotovelo.

Os sons breves dos joelhos a estalarem, amplificados pelo silêncio, não chegaram para acordar ninguém. Amolgando o colchão com o seu peso, de pé, Lídia contou as crianças, o filho entre elas, cinco, seis e sete. Dois eram filhos da tia mais nova, um escurinho e outro clarinho, pais diferentes, quatro eram filhos de primos que havia deixado ali mesmo quando partiu para estudar na Cidade da Praia. No decorrer de anos, Lídia tinha tido notícia destes nascimentos através de telefonemas e, com a demora do correio, de fotografias em envelopes, amassadas, cantos dobrados. Também os primos direitos, crianças antigas, adultos de dezassete, dezoito ou vinte e tal anos, já estavam espalhados pelo mundo, nas ilhas de Cabo Verde, na Holanda, Roterdão, e em Portugal mas com pouco contato, na margem sul, Cova da Piedade. Durante aquelas semanas, no entanto, Lídia tinha tido tempo para conhecer bem cada menino e menina, continuações dos primos, continuações das tias, continuações da avó. Todas aquelas crianças, apesar das diferenças de idade, de forma e de cor, pai mais badio ou sampadjudo, pertenciam àquela família em permanente alargamento, a avó a ser a trave mestra, garantia. Por fim, Lídia começou a caminhar pelos interstícios, atravessando colchões. Empurrou a porta de encontro à luz. Nesse choque, sentiu a maquilhagem que lhe caía dos olhos, seca, esborratada, a queimar a pele. Em Portugal não usava maquilhagem, mas ali, emigrante regressada do estrangeiro, esperava-se o melhor, ninguém entenderia outro jeito. Calçou os chinelos, pensou em lavar a cara.

Ao passar, tocou com as pernas nas malas feitas. Tinham sido compradas na Feira do Relógio, em Lisboa, e naquele momento estavam ali, encostadas a uma parede suja da casa da avó, Porto Novo, Cabo Verde, a casa onde foi criança, onde pertenciam os seus pensamentos. Na véspera, ao arrumar as malas, tinha feito múltiplas ofertas de última hora às crianças e às amigas, umas e outras espreitavam ao longe aquela organização de cores. Preparava-se para guardar alguma coisa mas, afinal, preferia deixá-la nas mãos de uma amiga tímida ou de um primo que saía a correr. O espaço deixado vago pelos presentes de cintos, roupas, vernizes de unhas, era ocupado por queijo de terra, sacos de bolachas, frascos com doce de papaia do Paul. E, mesmo ao fazer as malas, triste, Lídia conseguiu obstruir a ideia, tinha ainda uma noite, tinha aquela noite, preferia concentrar-se nisso. Mas ao acordar, ao sair do quarto de crianças inocentes, ao caminhar na direção do quintal, deixou de poder negar a ideia, peso de chumbo no interior do peito, chegara o último dia, falta implacável de apelo.

A avó pousava a tampa sobre a panela, fechava uma enorme nuvem de vapor, o som do alumínio. O gás transformava-se em chama no bico do fogareiro, Lídia pediu a bênção à avó. O cheiro era suficiente para identificar a cachupa de peixe, atum de certeza, grandes peixes que os pescadores tinham apanhado durante a madrugada, que as mulheres tinham transportado à cabeça pelas ruas de Porto Novo, a baixarem-nos para cortar postas generosas com navalhas de lâmina grossa, pesados com imprecisão que beneficiava sempre as freguesas, atum à farta. A avó olhava para Lídia com um cigarro acesso na boca, cinza pendurada, um olho fechado. A prima mais velha, menina de treze anos, passava apressada, cabeça baixa, levava pratos, talheres etc. Lídia prontificou-se para ajudar, mas a avó agarrou-a pelo pulso, pediu que fosse acordar o filho.

A manhã atravessava as cortinas da sala, assentava no extravagante sortido de cores que compunham a decoração, singular bricabraque de objetos acumulados ao longo de anos, trazidos das vastas paragens onde chegavam os braços daquela família dispersa. Nesse museu com galhardetes do Benfica, lagostas de cerâmica vidrada, cinzeiros de coco de Pedra Badejo, Lídia e o filho estavam sentados numa mesa posta apenas para os dois, toalha de mesa estampada com sinos de Natal, copos cheios de laranjada, diante de uma travessa de cachupa de peixe, montanha fumegante. As crianças já tinham acordado, encostavam meio corpo à ombreira da porta e, em jejum, olhavam demoradamente para esse quadro. O filho de Lídia, vestido de lavado, sem fome de peixe cozido, sem chegar com os pés ao chão, via os primos e não entendia por que não podiam brincar. Lídia enfiava garfadas na boca, mesmo sem vontade, o estômago atado num nó sobre si próprio. A prima mais velha entrava para trazer-lhe o frasquinho da malagueta, Lídia agradecia e pousava gotinhas sobre nacos de peixe, antes de engoli-los. E as imagens daqueles dias, dolorosas e súbitas, a avó magra, olhos encovados, mas ainda a deixar escapar sorrisos, a não conseguir contê-los, apesar de tapar a boca com a mão, acanhada. Era feroz a maneira como esse tempo se perdia para sempre, a memória das duas semanas anteriores doía, cada segundo irreversível, cada instante a desfazer-se ao longo da sua própria duração. As crianças a crescerem, a avó a morrer.

O motor do carro parado à porta ouvia-se em todas as divisões da casa, enchia o corredor e os olhos dos primos. A força nas pernas e nos braços da avó era suficiente apenas para os movimentos mais elementares. O taxista tinha a mesma idade de Lídia, andaram juntos na escola, entrou e carregou as malas para o porta-bagagens. Oito e meia, temos ainda muito tempo, dizia esse rapaz. Todos conheciam aquele sol, ninguém reparava demasiado nele. Lídia não sabia como despedir-se dos primos, a agarrarem-lhe as pernas ou subitamente tímidos, não sabia como despedir-se da avó, voltou a pedir-lhe a bênção. Não voltaria a vê-la, não voltaria a tocá-la, não voltaria a ouvir a sua voz, não voltaria a estar em sua presença.

Os pneus avançavam pela rua calcetada com pedras negras do vulcão. No banco de trás, Lídia e o filho viraram-se para olhar, essa imagem era tudo o que ainda possuíam. À frente da casa, aquela pequena multidão, a avó rodeada pelas crianças, os contornos cada vez mais esbatidos e, na primeira curva, a desaparecerem, o mar à direita.

O silêncio era pensamentos e motas que aceleravam na distância, que travavam em curvas. Fritz reparava mais nas motas, imaginava-as, tarde de ruído e temperatura; o pai escolhia pensar, comovia-se ainda. As páginas que acabara de ler conduziram-no à lembrança das suas próprias perdas. Em toda a parte, até ali, debaixo daquela mangueira, distinguia ausências, pessoas apenas visíveis na memória de quem as conseguia lembrar. E África, embora nunca tivesse pisado Cabo Verde, pensava em Moçambique, idade antiga e irrecuperável, país que perdera para sempre. Ao ler aquelas páginas, esforçando-se por pronunciar bem as palavras que não conhecia, o pai de Fritz imaginou Cabo Verde, ilha de Santo Antão, vila de Porto Novo, a partir das suas próprias lembranças de Moçambique, Lourenço Marques nos anos sessenta.

A impaciência de Fritz acabou por quebrar aquele silêncio povoado, Pangim como dizia o pai, Nova Goa como sempre insistia a mãe, também ela transformada em memória, nome de pessoa ainda, mas a não poder envolver-se. Pouco disponível para analisar as subtilezas desses níveis de existência, Fritz esperava pelo desenvolvimento do que lhe interessava. Afinal, por que estava Saramago em casa de Bartolomeu?, o pai que continuasse a ler. Fritz agastava-se com a dúvida e com a dependência, a cegueira testava-o.

O pai tinha menos curiosidade acerca das razões que juntavam dois idosos em Lisboa. Além disso, irritava-se ligeiramente com a revelação mal explicada de que os outros dois eram a mesma pessoa, não antevia uma justificação credível para essa grosseria. No entanto, parecia-lhe ainda menos produtiva aquela insistência em duas personagens laterais, sentadas debaixo de uma mangueira num quintal em Goa, sem interferência direta no desfecho do enredo. Por isso, continuou a ler.

Quando se levantou da cama, José só quis chegar ao sofá. O peso da cabeça desequilibrava-o, tinha a boca preenchida por um sabor a cinzento. Havia duas garrafas vazias sobre o lava-loiças e, já deitado no sofá, avistou outra garrafa abandonada no chão, também vazia. Na véspera, quando destapou aquelas garrafas, aguardente e vodka, sentiu a força do vapor. Ali, no vidro, havia a estranha sobreposição entre o que José parecia recordar, imagens de que a sua cabeça duvidava, e aquele material tangível. O passado era distante, submerso em gelatina suja, o presente era cru, agressivo. Esfregando os olhos, como se ungisse o cérebro, foi capaz de lembrar-se da chegada a casa de Bartolomeu, o choque de encontrar Saramago instalado e natural.

Bartolomeu não ignorou o espanto de José, mas estava com outra cara e com outra voz, transformara-se num homem educado. Suspenso na entrada da sala, sem saída, nem para trás, nem para a frente, José não conseguiu dizer boa-tarde. Foi Saramago que, agilidade máxima, pulou do cadeirão e, pernas finas em calças de fazenda, resolveu a circunstância, não suportava impasses. Retirando todo o escândalo à revelação, Saramago explicou que era amigo de infância de Bartolomeu.

Com a mesma posição de pescoço e a mesma inocência, José e a cadela ouviram que as família de Bartolomeu e Saramago partilhavam uma casa, onde?, na Rua dos Cavaleiros, em Lisboa. Na manhã seguinte, deitado no sofá, óleo a escorrer-lhe pelo interior da boca, ressaca bravia, José lembrou-se de que precisava reescrever o pequeno episódio da infância, as insónias e os pesadelos do jovem Saramago, precisava de incluir esta informação. Mas, logo a seguir, mortificou-se com o atraso e o desleixo do trabalho, o fracasso, e achou preferível voltar às memórias da véspera, dor de cérebro. Bartolomeu concordava com os episódios invocados por Saramago, acompanhava a narração com um sorriso brando que José lhe desconhecia, histórias do início dos anos trinta, detalhes que só aqueles dois poderiam atestar. Assim, apesar de se haver composto uma lógica, José estava perdido naquele momento, o surrealismo de Saramago e Bartolomeu a conversarem, o desgosto de Lídia a levantar voo no aeroporto da Portela. José sentia-se sozinho numa espécie de loucura ou de ciclone.

Bartolomeu levantou-se, sorria daquela maneira nova, manso. Apesar da rapidez com que saltou, apenas dispunha de gestos inofensivos. Era uma lembrança súbita, Saramago quis segui-lo imediatamente, José e a cadela não tiveram outra escolha. Organizando a ordem de passagem pela porta, acertaram-se no caminho até chegarem ao armário trancado do corredor. Talvez porque tivesse preparado a notícia com antecedência, Bartolomeu tirou a chave do bolso. José fingiu surpreender-se com a visão da obra completa, Saramago surpreendeu-se genuinamente, a cadela não entendeu. Os livros pareciam brilhar no interior do armário, os olhos de Bartolomeu refletiam esse clarão, o tom de voz reproduzia-o ao descrever o tempo que tinha passado a colecionar livros, a pesquisar edições raras. Saramago acreditava nessa dificuldade, puxava lombadas com a ponta do indicador, libertava-os da rigorosa ordem cronológica, folheava-os com interesse e dizia que ele próprio não possuía muitas daquelas edições.

Na sala, Bartolomeu e Saramago sentados de novo, José de pé, houve um instante em que os mais velhos suspiraram. Para lá da fotografia que Pilar lhe ofereceu, José conseguiu imaginá-los em crianças, procurou no fundo de cada um deles; mas não se quis conformar com todas as possibilidades que Bartolomeu desperdiçou para falar-lhe da relação com Saramago. Essa omissão propositada era indesculpável.

Vim porque soube da doença, disse Saramago, em paz com a frase, casualmente, a meio de considerações que referia com a mesma naturalidade. José, no entanto, assistiu à paragem do tempo no seu interior e, com educação, solicitou a Saramago que repetisse; depois, usando a mesma cortesia, solicitou esclarecimento. Saramago percebeu que tinha sido indiscreto, o tema não lhe pertencia, mas Bartolomeu acudiu-lhe, iniciou a explicação, e também nesse ponto mostrou novidade, um rosto diferente, cabeça baixa. Ao escutar, as palavras pareciam assentar sobre um conhecimento prévio, um nexo terrível.

Sim, uma espécie de loucura, ciclone que rasgava. Deitado no sofá, antebraço apertado contra os olhos, livros espetados nas costas, José ainda tirava conclusões sobre a véspera. Percebeu de repente o motivo de Bartolomeu para pagar a viagem de Lídia e o filho, para dispensá-la por duas semanas. A mortalidade é a reavaliação mais poderosa.

Depois de Bartolomeu explicar a doença, pâncreas, acabaram as conversas. Nesse silêncio, José desculpou todas as omissões passadas e futuras.

Saramago foi resgatado pelo taxista habitual de Bartolomeu, com quem tinham marcado hora. José permaneceu mais alguns minutos. Continuou um silêncio clamoroso, indiferente às palavras que Bartolomeu continuou a descarregar sobre a tarde, banalidades, comentários à presença de Saramago, à coleção de livros trancada no armário. Mas José teve de sair, era demasiada a exigência do que pensava e sentia, mistura.

Em casa, procurou as garrafas, embora sempre tivesse sabido

onde estavam, claro. Conseguiu chegar à cama, talvez já a meio da noite, depois de perder os sentidos no sofá, para onde regressou ao acordar com um cabeção. Mesmo assim, derrotado, atordoado, sem vontade, sabia que tinha de levantar-se. Na véspera, ao entrar no táxi, Saramago deu-lhe um papel com o endereço de casa e decretou que estivesse lá no dia seguinte, aquele dia, às três horas. Eram duas e um quarto. Talvez ajudasse molhar a cara e, por isso, dirigiu-se ao lavatório da casa de banho. No entanto, antes de abrir a torneira, vomitou o estômago vazio sobre a loiça.

20.

Mas por que tantas explicações no fim do capítulo 19? Fiquei com a impressão de que descarregou um camião de explicações em cima do leitor. Havia um sortido de dúvidas, tinham sido levantadas aqui e ali, com capítulos de distância, com tempo para serem absorvidas, o armário trancado, por exemplo, ou a oferta da viagem para Cabo Verde, ou o encontro inesperado na Encarnação e, de repente, juntou-as num molho e, zás, livrou-se de todas. Não lhe parece que foi demasiado súbito, duas ou três páginas e já está? Tinha pressa de avançar? Olhe que a pressa não dá conselhos de jeito, como diz o povo.

Talvez, mas não vejo as coisas assim.

Não? Foi o que pareceu e, na literatura, tem de se prestar muita atenção às aparências. Estava farto de juntar palavras? Depois de centenas de páginas escritas, gastam-se os olhos e a cabeça, perde-se algum sentido mas, em grande medida, escrever romances é ser capaz de resistir a esse cansaço. As explicações são uma saída fácil, uma desistência, não acha? A sério, não acha?

Talvez, mas prefiro mudar de assunto.

Deixe-se disso. Não crê que ganharia com uma abordagem mais subtil? Não crê que as explicações inferiorizam o leitor?

Se é esse o caso, por que me pede justamente explicações? Prefiro mudar de assunto; por mim, podemos concluir esta conversa já aqui. Como sabe, como leu, quis abandonar a escrita da biografia, do texto ficcional de cariz biográfico, ainda quero. Tentei dizer-lho no Centro Vitória e não consegui, não se proporcionou. As páginas que tenho escritas, insuficientes e mal-amanhadas, carecem de fontes, falta-lhes um sentido estrutural, contribuem de forma significativa para a indisposição que suporto todos os dias.

Tenha calma, aguente um pouco mais, a persistência será recompensada. A minha tarimba de anos, e desta quantidade de romances, diz-me que será sempre assim. Até com este último, *Todos os nomes*, foi assim. Esse que aí traz, *Manual de pintura e caligrafia*, também foi assim. Depois, mais tarde, o esforço desfaz-se no ar, ninguém o lembra, ninguém quer falar dele, nem o próprio escritor evoca com nitidez as horas, os dias, as semanas de desconforto. E é por isso que se lança noutro, e noutro a seguir a esse, e mais um, mais outro, até à conclusão dos seus dias.

E se não chega a apanhar o ritmo?

Atravessei durante décadas esse desânimo que lhe reconheço. Como teria poupado angústias se alguém me tivesse dito que iria chegar aqui, que seria capaz de ultrapassar as aflições.

Mas é isso que está a acontecer, não é?

Como assim?

É isso que está a acontecer, não entende? Alguém está a dizer-lhe que chegará aqui, será capaz de ultrapassar as aflições.

De facto, não estou a entender.

Lembra-se de ter dito que somos a mesma pessoa? O segredo, lembra-se do segredo? Se somos a mesma pessoa, como declarou, está a fazer essas afirmações para si próprio.

Claro que me lembro do segredo, mas não cheguei a contar-lho. Como soube que somos a mesma pessoa?

Fui eu que escrevi o romance, como poderia não saber? Certamente não esqueceu que escrevi o romance. Lembra-se de tê-lo pedido por telefone ao seu editor, de recebê-lo por correio em Lanzarote? Lembra-se do tempo que passou a lê-lo?

Claro que sim. Mas já que parece tão preocupado com a minha memória, aproveito para dizer-lhe que este romance é tanto o que escreveu como o que lembro e, dessa forma, também eu o escrevi, ainda não terminei esse trabalho. Não se julgue proprietário do romance apenas porque o escreveu, esse é um equívoco primário. Neste momento, aquilo que imaginou e aquilo que recordo têm o mesmo valor.

Peço desculpa, não me expliquei bem.

De novo as explicações? Não vale a pena seguirmos esse fio. Mas sempre soube que somos a mesma pessoa? Fiquei com essa desconfiança desde o título, *Autobiografia* é um espelho, como nós somos um espelho.

Somos?

Sim, somos. No entanto, não confie demasiado nos espelhos, os espelhos distorcem. Mas, diga-me, sempre soube?

Mais ou menos. Aquele que escreveu sabia, mas aquele que circulava nas páginas, aflito e atormentado, não sabia.

Ah, muito bem, compreendo perfeitamente. A mesma pessoa sabia e não sabia, tal como está a acontecer aqui. Poucas personagens tentam conhecer o título do romance a que pertencem. Até se forem capazes de intuí-lo, até se passarem longos capítulos a imaginá-lo, parágrafos enormes, nunca são capazes de ter a certeza absoluta. No entanto, quem escreve o romance avaliou o título de vários prismas, quem o lê parte desse enunciado.

Consigo seguir o raciocínio, mas tenho a impressão de que não se aplica aqui.

O que faz sentido. Se somos a mesma pessoa, como poderia compreender o que eu não era capaz de compreender quando tinha a sua idade, quando estava na sua posição?

Mas existem diferenças tão grosseiras entre nós.

Refere-se ao álcool e ao póquer?

Sim, por exemplo. Sei que nunca teve essas fraquezas, como explica que sejamos a mesma pessoa se apresentamos disparidades tão visíveis?

Insiste nas explicações, seria melhor que não o fizesse. Há outras possibilidades, pode viver-se segundo outros princípios. As explicações não explicam tudo. Mas vou deixá-lo responder, quero escutar a resposta da sua boca.

É a literatura que permite essas disparidades?

Exatamente. Continue.

A literatura é feita de espaços vazios a serem preenchidos por quem os interpreta, é isto?

Vê como sabe? Continue, não peça confirmação a cada frase.

O álcool e o póquer são símbolos, ícones, são como as palavras. A palavra copo é incapaz de conter uma gota de água. Do mesmo modo, o álcool e o póquer contêm muitos significados para lá dos mais próximos. Existe o concreto e existe o abstrato, existe o objeto e existe a expressão que tenta nomeá-lo, é isto?

Exatamente. É também assim que existe a autobiografia e a ficção. Veja só este caso, estamos aqui e, em simultâneo, estamos a ser lidos por alguém, talvez em Goa, talvez debaixo de uma enorme mangueira que nunca veremos realmente, e, em simultâneo, estamos a ser escritos no passado, pelos seus dedos nas teclas de um computador que o seu pai lhe encomendou a partir da Alemanha.

Então, somos a mesma pessoa?

Pensei que já estávamos de acordo.

Mas essa noção contraria as leis elementares da física, espaço e tempo.

Se veio para a literatura à procura de ciência, está no lugar errado. Sou diferente de quem era, mas sou a mesma pessoa. A sua situação é igual. José, Saramago, achava que o encadeamento dos nossos nomes era coincidência?

Sim, mas há um problema.

Há muito mais do que apenas um problema. Ou pareceu-lhe que o nó do capítulo 20, este diálogo, chegava para resolver todas as explicações em falta? Liberte-se da obrigação que impôs a si próprio. Olhe para o mundo, está em toda a parte. O mundo não sente obrigação de explicar-se. Quem precisa de explicações que as procure.

Sim, mas há um problema.

Há muito mais do que apenas um problema, já lhe disse.

Sim, mas há um problema que agora me preocupa mais do que qualquer outro.

Qual?

Como posso saber se eu sou eu ou eu?

Não pode saber, nunca saberá.

Pela primeira vez, José e Saramago despediram-se enquanto fixavam os olhos um do outro. A casa estava silenciosa. Saramago levou José à porta, Lisboa entardecia, viu-o afastar-se até desaparecer.

21.

O inverno entrou pela primavera adentro, não respeitou a fronteira delimitada, houve cinzento até à segunda semana de abril. Depois, sobre os Olivais Sul, os intervalos entre as nuvens libertaram períodos de claridade dourada que surpreenderam toda a gente. Parecia um milagre do Antigo Testamento, vindo diretamente do deus católico; ou talvez essa fosse uma impressão causada pelo Moisés de Charlton Heston, o Domingo de Páscoa calhou a 12 de abril e, na matiné, o primeiro canal passou *Os dez mandamentos*. Era uma claridade com banda sonora de igreja ou de Hollywood. Passados alguns dias, já as andorinhas tinham os ninhos montados em beirais onde não as incomodavam, abriu o sol. Debaixo dessa luz, voavam pacotes vazios de batatas fritas. Os instrutores de condução mandavam estacionar de marcha-atrás, mandavam virar à esquerda, à direita, contornavam o centro comercial, Rua Cidade de Bolama, Rua Cidade de Bissau, ou avançavam com prédios de um lado e de outro, Rua Cidade de Moçâmedes, Rua Cidade de Lobito, Rua Cidade de Benguela.

Na Quinta do Mocho, foi um alívio estender a roupa a secar,

deixar a roupa estendida de madrugada, à saída para a limpeza de escritórios, sem hipótese de chuva. Essa era a hora a que os homens fumavam o primeiro cigarro, encostados a uma parede de tijolo, à espera de transporte, marmita debaixo do braço, arroz frio, botas sujas de cimento seco. Depois, o sol lançava-se num arco sobre os prédios, tudo a acontecer dentro dessa iluminação, pedras espalhadas pela terra, pedregulhos à espera de pontapés, e rapazes de mãos nos bolsos, camisolas do Benfica, do Sporting ou do Brasil, faltavam dois meses para o mundial. Esse início de primavera lembrava os fins de tarde de Quinhamel, na Guiné, a comer baldes de ostras assadas na brasa, conforme afirmou uma senhora guineense, melancólica, a distorcer memórias de uma terra que não pisava havia dezanove anos, a confundir o cheiro da autoestrada com o cheiro do mar, o cheiro das folhas de couve nas hortas com as algas secas na areia, o cheiro do fumo do haxixe com o cheiro e a textura de ostras assadas, conchas abertas com a navalha.

Durante todo o mês de abril, nuvens ou sol, houve gente contrariada pelos semáforos da Praça de Espanha. À noite, quando o trânsito amainava, os condutores olhavam para os cartazes do Teatro da Comuna ou do Teatro Aberto, imaginavam peças a que não assistiriam, uma cama esperava-os em Almada, mais propriamente em Corroios, mais propriamente na Cruz de Pau. Ou de manhã, quando as estradas se enchiam de chapa, Renault Clio e Fiat Punto em todas as direções, o estado do trânsito no autorrádio, o semáforo a mudar de vermelho para verde e os carros imperturbáveis, sem darem por isso, sem avançarem um metro. Havia o sol, mas a Praça de Espanha era um mundo fechado composto por mundos fechados, tejadilhos, retrovisores. E também os jardins da Fundação Calouste Gulbenkian, mundo de lagos, patos e plantas exóticas, gente a tossir no Grande Auditório durante a temporada do bailado e da orquestra, gente a tossir no museu. E, no outro canto da praça, o mundo da feira, ciganas a organizarem bancas de chinelos, de sapatos finos, de botas caneleiras, a estridência de cassetes a avançar pelos corredores pré-fabricados, música brejeira. E, por trás, o mundo do IPO, Instituto Português de Oncologia, edifício enorme de cimento onde ninguém queria entrar.

Foi quando já se tinham estabelecido os dias de sol, quando já se imaginava maio, que José chegou ao aeroporto. Estacionou o automóvel de Bartolomeu, ainda as maiúsculas de PULA riscadas na pintura, e caminhou sem pressa sobre os brilhos que o chão refletia. Às vezes, subia aos bicos dos pés e olhava sobre a multidão de cabeças, gente que também esperava. Parecia-lhe ver uma cabo-verdiana a empurrar um carrinho, um menino sentado sobre uma pilha de malas, ilusão de ótica, não conseguia controlar a ansiedade efervescente. O avião já tinha aterrado, a informação era clara nos ecrãs, letras de computador em português e em inglês. Fazia grandes planos para o instante da chegada de Lídia, imaginava uma cena específica. Por fim, ao distingui-la, ao confirmar que era ela, avançou por entre corpos, famílias, homens a segurarem tabuletas com nomes, até ficar diante de Lídia e do filho. Logo aí, abandonou as expectativas, esqueceu a cena que tinha imaginado. Faltou ímpeto, os gestos de Lídia não se expandiram, o rosto não se alterou, não houve antes e depois do momento do encontro.

A essa hora, Bartolomeu estava sentado numa cadeira do IPO, ao lado de pessoas em cadeiras semelhantes, tinha uma agulha espetada nas costas da mão, enterrada numa veia, presa com adesivo. Dias antes, José ofereceu-se para conduzi-lo à primeira sessão de quimioterapia, Bartolomeu recusou, preferiu ir de táxi, desculpou-se com o taxista, velho conhecimento. José voltou depois a oferecer-se para conduzi-lo à segunda sessão, Bartolomeu voltou a recusar, nem chegou realmente a responder, limitou-se a puxar outro assunto, ignorou a proposta. A duração da quimioterapia parecia-lhe demasiado longa, exasperante, humilhava-o. Por isso, dispensava companhia, alguém à espera, o taxista não contava; e, quando terminava, fazia logo por esquecer aquele tempo, todo o IPO, a Avenida Columbano Bordalo Pinheiro, toda a área da Praça de Espanha.

Num dos dois telefonemas rápidos que trocaram durante a ausência de Lídia, a cabine telefónica do Largo das Mamas a beber moedas, a vizinha de Cabo Verde a ir chamá-la, José contou-lhe a situação do pâncreas de Bartolomeu. No carro, apesar de concentrado nas mudanças de velocidade, na ordem com que articulava pernas e braços, José tinha muitas notícias, estava mortinho por contá-las, mas estava preparado para ouvir, não era insensível, imaginava que Lídia também tivesse muito que dizer, dava-lhe primazia. No entanto, ela olhava em frente, como se ainda não tivesse aterrado, como se assistisse à Segunda Circular desde a janela do avião. Sem aguentar mais, José contou-lhe da presença de Saramago na casa de Bartolomeu, da amizade entre os dois, quem poderia ter imaginado? Lídia reagiu, mas faltou o espanto que José achava adequado. Depois dessa narração, José acrescentou o seu silêncio àquele tempo. O filho de Lídia olhava para minúcias da paisagem, mais do que desacostumado, como se estivesse a vê-las pela primeira vez. O caminho alongou-se, fastidioso, a Quinta do Mocho parecia cada vez mais distante do aeroporto. Então, perseguindo um impulso, José mentiu, disse que a biografia estava avançada, que tinha aproveitado aquelas duas semanas para trabalhá-la. Ainda escutava as palavras a saírem da boca, a circulação do ar esculpido, e já se arrependia. Mas nem assim conseguiu reação proporcional, Lídia respondeu de boca fechada, uma sílaba repetida que lhe saiu pelo nariz.

José tinha pedido o automóvel emprestado a Bartolomeu porque ansiava por aquela viagem e, também, porque sabia que os taxistas do aeroporto não aceitavam serviços para a Quinta do Mocho, mas baralhou-se, duvidou da sua decisão.

O bairro sentiu a chegada de Lídia e do filho, as paredes dos prédios tinham dado por essa falta. Enquanto José tirava as malas do porta-bagagens, Domingos aproximou-se. José virou-se a tempo de ver Lídia a abraçá-lo, a atirar-se desesperada para os seus braços, a chorar um par de lágrimas lentas e longas pelas faces e, em seguida, barragem escancarada, a libertar uma torrente de palavras, narrativa em crioulo, ininterrupta, sem pontuação, da qual José só entendia alguns verbos. Aguardou que essa conversa terminasse, perdeu a atenção por um segundo e, quando reparou, já Domingos carregava as três malas, uma em cada mão, outra entalada debaixo do braço. Lídia despediu-se, até amanhã, regressava ao trabalho no dia seguinte, haveriam de ver-se na casa de Bartolomeu. Talvez com a sugestão dessa ideia, como se conduzisse até ao dia seguinte, José dirigiu-se à Encarnação, permaneceu no carro, os braços pousados no volante. Quando Bartolomeu chegou, o táxi pago com dinheiro trocado, José saiu para abrir o portão, fez a manobra à justa e estacionou o carro na garagem. Nas horas seguintes, Bartolomeu fingiu-se animado, José nem por isso.

No dia 25 de abril de 1998, Bartolomeu mandou baixar todos os estores da casa e não permitiu que se ligasse o rádio, avisou de véspera que não se comprasse o jornal. Passou o dia quase todo no quarto, com a ressalva de algumas deambulações higiénicas, sombra silenciosa de roupão e pantufas. Lídia começou por não entender o otimismo que José encontrou nesse estranho comportamento, havia muito que a cabo-verdiana desconhecia acerca do patrão. Com paciência, José explicou-lhe esse costume de Bartolomeu, tradição privada, a casa isolada de todas as celebrações daquela data, o seu calendário a saltar de 24 para 26. A energia que empregava nessa rejeição era animadora. Bartolomeu tinha perdido força no cabelo, olhos amarelados, pele grossa, demorava-se em gestos, envelhecia todos os dias; no entanto, esforçava-se por contrariar esses sintomas, ocultava dores abdominais sob uma expressão artificial, principalmente quando chegava a mãe de José, sempre queixosa de grandes problemas, sapatos novos que lhe ficavam apertados. Bartolomeu não queria contar-lhe da doença, preferia encantar-se com os planos que sussurravam. José não era capaz, tinha a boca cheia de palavras secas, os lábios recusavam articulá-las, havia uma impossibilidade, José não conseguia ter uma conversa tão pessoal com a mãe, sabia que surgiriam emoções se o fizesse. Lídia não concordava com esse silêncio, achava que era uma falta de respeito, indignava-se ao ver a senhora ignorante, a considerar noções destituídas de sentido, lembrava-se talvez da avó, das notícias que lhe chegavam por telefone, ossos cada vez mais doentes.

Passavam as semanas, repetiam-se os sábados. José demorava-se na casa de Bartolomeu, ora porque queria acompanhá-lo, essa era a justificação nobre que difundia, ora porque não queria estar sozinho no seu apartamento desarrumado, rodeado por fantasmas, aguardente e baralhos de cartas, longe do cheiro de Lídia, esfregas clandestinas e repentinas, tesão a qualquer hora. Na segunda metade de maio, José interpretou como péssimo sinal o desinteresse de Bartolomeu acerca da Exposição Mundial, Expo 98. Se tivesse reconhecido aversão, raiva, desprezo, não se teria incomodado, mas apenas encontrou desinteresse, apatia cabal. A partir de 22 de maio, os estampidos do fogo de artifício e o som dos concertos lá embaixo, junto à água, chegavam distorcidos ao Bairro da Encarnação, ecos de ecos, amplificação que fazia ricochete em inúmeras paredes até chegar ali e, no entanto, Bartolomeu baixava a cabeça sem um único comentário, era antinatural. Mesmo assim, José não conseguiu contar à mãe; nem mesmo quando ela lhe segredou, animada, que tinha esperança de convencer Bartolomeu a visitarem juntos a exposição.

Foi no início de junho, primavera eufórica. Lídia pediu a José que, ao levantar o vale de correio, remessa da Alemanha, enviasse a quantia dela para Cabo Verde, e deu-lhe o dinheiro, o impresso preenchido e o bilhete de identidade. Quando José regressou, duplicado carimbado, aliviou-se ao tomar conhecimento de que Lídia tinha contado à mãe. Sem parar de lavar a loiça, Lídia não se desculpou, segura da sua iniciativa. A mãe e Bartolomeu estavam fechados no quarto, sem indecências, ela soluçava, ele tentava consolá-la, inventando especulações médicas. Mas o que havia a fazer?, essa pergunta era forte como a gravidade, tinha sempre a última palavra. O resto de junho passou com copos altos de sumo de aloé vera, bules de chá de aloé vera. Obediente, sob a vigilância da mãe de José, Bartolomeu bebia até à última gota, ou porque não a queria contrariar, ou porque essa era a sua última esperança.

José andava sempre com o livro que Saramago lhe tinha oferecido, *Manual de pintura e caligrafia*. Em casa, de cuecas no sofá, ou na sala de Bartolomeu, enquanto o velho dormia a sesta e Lídia batia com portas de armários na cozinha, ou à espera na estação de correios dos Olivais, ou no autocarro das manhãs em que acordava no colchão da Quinta do Mocho, José começava a ler a página que deixara marcada e, após duas linhas, perdia-se em pensamentos. Mais tarde, quando se lembrava de que estava a segurar um livro, voltava a prestar atenção às palavras, mas já não conseguia entendê-las, como num sonho estranho, noutro país, noutro planeta, como se o mundo não fosse o mundo, como se ele próprio tivesse deixado de ser ele próprio. Então, em dias de ânimo, voltava à primeira linha, início da página marcada e, de novo, após mais ou menos, voltava a perder-se numa nuvem sem letras, sem a voz daquele narrador; ou, noutros dias, fechava logo o livro. Aquele boicote do entendimento era má vontade e negação, José irritava-se ao lembrar certos comentários de Saramago e, ao mesmo tempo, aquela leitura obrigava-o a reconhecer a sua própria incapacidade, a biografia que não escrevia. A memória dos comentários de Saramago chegava-lhe fragmentada, só algumas palavras, só a maneira de dizer algumas palavras, tom de soberba. Quanto à incapacidade, era uma massa informe, viscosa, muitas cabeças acusadoras. Ainda assim, José insistia na ideia de ler o livro, fingia para si próprio que estava a fazê-lo, como fingia que estava a escrever a biografia ou, especificando sempre, repetindo fastidiosamente, o texto ficcional de cariz biográfico.

Deixou de mentir a Lídia sobre o avanço da escrita quando ela deixou de lhe fazer perguntas. Havia o verão, era enorme, junho e julho apresentavam-se translúcidos, a perder de vista e, no entanto, Lídia sentia que carregava nos braços o peso dos telefonemas para Porto Novo, a avó a não poder deslocar-se à casa da vizinha, o peso do que imaginava. Ou seja, padecia de preocupações maiores, dispensava inquéritos. Sabia que José não tinha estado na presença de Saramago, Lídia aprendera a distinguir como essas reuniões o desordenavam. Sem examinar, José apreciava não ter de juntar novas mentiras à grande omissão que mantinha para si mesmo, buraco cavado no peito, poço. Não escrevera uma palavra desde a cena de Saramago em criança, sobressaltado por pesadelos. Imaginou esse episódio a partir da fotografia oferecida por Pilar, do pouco que Saramago lhe narrou sobre os temores de criança, os endereços onde viveu, José decidiu sozinho todos os outros detalhes. Ainda assim, considerando as novas informações, precisava de reescrever essas páginas, incluir Bartolomeu com presença completa, queria referi-lo. Mas sempre que essa ideia lhe surgia, o desânimo submergia-o, a coragem necessária para reescrever era o dobro da que precisava para escrever. Desse modo, antes de executar um gesto mínimo, sentia urgência de voltar ao segundo romance, aceitava esse instinto súbito, essa quimera, acreditava que só assim a sua vida poderia avançar realmente. Em certos momentos, não permitia dúvidas, desejava com fervor o que não podia ter. Esse era o modo de proteger-se dos seus próprios julgamentos, os mais severos. Idealizava o segundo romance, acreditava que estava finalmente capaz de começá-lo e terminá-lo. A única razão pela qual não se dedicava a esse trabalho era a biografia que se obrigara a escrever. No entanto, também não avançava com a biografia porque apenas tinha vontade e capacidade de escrever o romance, o segundo romance.

De repente, era agosto. Lídia não se atrevia a pedir um dia de férias, depois de Cabo Verde, ainda que lhe custasse deixar o filho na ama, quase sem garotos para brincar. Bartolomeu continuava a sua trajetória, com diferenças de rosto, mas sem grandes contrastes de génio, escrevia cartas aos diretores dos jornais, tentava entrar em direto nos programas de rádio; aos poucos, voltava a ter opinião sobre tudo. A mãe de José não se deixava enganar por essas melhoras aparentes, deu-se a grandes trabalhos para conseguir uma estatueta de São Peregrino Laziosi, sempre agraciada por velas acesas. Quando a mãe se descuidava, Lídia nunca se esquecia de substituir a vela, fechava os olhos e pensava na avó. A vida de José em agosto era uma extensão da sua existência em julho, pouco lucro, o caminho a pé entre os Olivais Sul e a Encarnação, tentações periódicas. No mês de agosto, houve dois acontecimentos.

No dia 4 de agosto, ainda José não tinha sequer percebido que estava já em agosto, talvez por não precisar de reparar na data, zero compromissos, talvez por ser terça-feira, Bartolomeu calhou a estar sentado ao lado do telefone e atendeu uma chamada. Após duas ou três interjeições murchas, semblante perplexo, passou o auscultador a José, é para mim?, o encaracolado do fio a esticar-se. Entre som denso de poeira, travessia de continentes separados por desertos, José reconheceu a voz de Fritz. Essa descoberta revelou um entusiasmo que estava interdito havia meses. Exultante por falar alemão, Fritz descreveu a canseira de, a partir de Goa, com a ajuda do pai, conseguir aquele número de telefone. Depois, informou que pretendia ficar mais tempo em Goa. Só isso, não referiu que tinha ficado cego, que se esforçava por não desesperar, que o pai lhe estava a ler o primeiro romance de José, sentados em cadeiras debaixo da mangueira do quintal.

Nos dias seguintes, José multiplicou esses minutos de conversa com Fritz por memórias intrincadas, raciocínios em silêncio ou em voz alta, poucas conclusões. O segundo acontecimento ocorreu no dia 10 de agosto quando José deu finalmente conta do mês em que estava. Também na casa de Bartolomeu, também na sala, essa constatação fê-lo ganhar secura na boca, arregalar os olhos até à máxima amplitude. Sem provocar as suspeitas de Lídia e, sobretudo, de Bartolomeu, levantou-se para procurar a mãe. Depois de entrar em todas as divisões, encontrou-a na rua, passeava a cadela. Enervado pela recente descoberta, agosto, José aproximou-se e, sussurrando com rispidez, perguntou-lhe pelo pai. Era de manhã, o sol preparava-se. Despreocupada, indiferente, a mãe encolheu os ombros, continuou a passada interrompida, movimento da perna direita. José segurou-a pelo braço, mas já chegou da Alemanha?

Uma hora depois, José estava no autocarro para Bucelas, sentado à janela, *Manual de pintura e caligrafia* sobre o colo. Pensava no que haveria de dizer, projetava tentativas. Os ensaios desvaneceram-se quando encontrou o pai sozinho na cozinha, a porta aberta, copo de água sobre a mesa, proprietário da tarde inteira. Há quanto tempo tinha chegado?, José não recebeu resposta, só o pai estava autorizado a fazer perguntas. No entanto, prescindia dessa regalia, optava por sorrir, achava melhor que o filho lhe explicasse de vontade própria. Onde estava a mãe?, porque não aparecia em casa?, o que se passava ali?, não perguntava diretamente, mas deixava claro que exigia saber. Achava que José ainda era o menino assustado com a presença de um desconhecido em agosto, achava que era o adolescente de ossos largos, encurvado pela timidez. Assim, surpreendeu-se com a retórica de José, a habilidade de contornar o que não queria dizer, piruetas discursivas e, no fim das frases, sempre de pé, ginasta. Faltava à-vontade, eram dois homens que preferiam não estar ali. Quando um deles era obrigado a falar, suportava toneladas invisíveis. Talvez por isso, após meia hora dessa conversa, por preguiça ou falta de recursos, o pai colocou um olhar seráfico. Tinha o costume de atravessar as ruas imaginárias de Frankfurt, sabendo exatamente o que possuía em Bucelas, vivia sem dúvidas. Então, meio sorriso, disse a José que tinha tudo tratado, onde está a tua mãe?, não resistiu a perguntar. Desta vez iam com ele para a Alemanha, tinha tudo tratado por fim. Fez uma pausa, ainda o mesmo sorriso e prometeu, iam mesmo com ele para a Alemanha, tinha mesmo tratado de tudo. José, que não vinha a Bucelas desde o Natal, que estava ali de propósito e às pressas, escrúpulos inexplicáveis, perdeu todos os motivos. Leve de repente, em silêncio, não olhou para trás, saiu.

Os dias eram tão longos, tão agosto, que chegou a casa de Bartolomeu ainda com luz. A cadela perguntou-lhe onde tinha ido, Bartolomeu e a mãe não quiseram saber, havia jantar cozinhado por Lídia, cuscuz de frango, mas José teve mais ganas de ir ao encontro da cozinheira. Caminhou até à paragem, apanhou o autocarro para Moscavide, saiu, apanhou o autocarro para Sacavém, caminhou até ao prédio, subiu ao sétimo andar, bateu à porta. Nessa noite, dormiram juntos, transpiraram.

Outras noites, outros dias, José recusava falar de setembro. A temperatura e a cor da luz mudaram nos Olivais, na Quinta do Mocho e na Praça de Espanha; na última semana do mês, a pressão psicológica do outono. A Praça de Espanha era sobretudo uma fantasia, pois Bartolomeu não a frequentava como antes, esgotara os ciclos de quimioterapia, era assim que mencionava o assunto, sorrindo, como se os tivesse vencido. Bartolomeu sorria muito mais do que antes, embora o médico já não mencionasse apenas o pâncreas, esse órgão enigmático, ninguém sabia para que servia, e tivesse começado a falar também do fígado. Mas Bartolomeu continuava divertido, amigo de festa, sorridente, com a exceção das horas que passava no quarto, sem tolerar uma linha de luz, a dobrar-se sobre o colchão, fosse qual fosse a dosagem de morfina. Os momentos bons, apesar de cada vez mais raros, faziam a esquecer a lenta agonia dos outros, tempo de basalto.

No dia 7 de outubro de 1998, Bartolomeu debruçou-se sobre a cadela e coçou-lhe o peito, fiada de maminhas, escutou rádio com muita atenção, indignado com diversos temas, comeu bem, bebeu bem e, segundo fez questão de anunciar, obrou bem. Não houve medicação de emergência, apenas os comprimidos de todos os dias, Lídia abriu as janelas para sair o cheiro da doença, o podre. Ao serão, Bartolomeu agarrou-se à barriga com as duas mãos, riu de piadas que ele próprio contou. Lídia já tinha saído, estava José, a mãe e Bartolomeu. José virava o rosto para o outro lado sempre que a mãe dava um beijo na boca de Bartolomeu.

No dia 8 de outubro de 1998, Lídia passou a manhã a esfregar panelas de cobre com pequenas bolas pretas de algodão, o cheiro a óleo ardia-lhe na ponta dos dedos. A mãe de José insistiu para Bartolomeu quebrar o jejum, mas ele recusou carinhosamente, sem razões para cuidado, apenas ânsias, não chegava à categoria de indisposição. Está tudo bem, repetiu demasiadas vezes, mas chamou a atenção para a idade, era justo que esse detalhe fosse considerado. A mãe de José não chegou a preocupar-se, saiu às onze e meia, chegaria a Bucelas a tempo da missa particular que encomendou ao padre, pedido urgente de graças. Não lhe faltava fé, como não lhe faltava vontade de contribuir para a reparação do telhado da igreja. Um pouco afastada nos últimos meses, não sabia se a reparação do telhado da igreja era real ou metafórica, pouco interessava. Quando ouviu o portão a bater, Bartolomeu voltou para a cama, ligou o rádio de pilhas na mesinha de cabeceira, homens a debaterem assuntos, inflamados ou pedagógicos, teimosos. Lídia saiu ao meio-dia, precisava de apressar-se, chegaria a Sacavém à hora de almoço da educadora. A mudança da ama para a creche correu bem, o filho entusiasmou-se com a novidade, ia para a escola, ia ser grande, Lídia animou-se também, deixou de pensar tanto em Cabo Verde. Por isso, quando a educadora perguntou se podiam falar na quinta-feira, Lídia disse logo que sim, encarregada de educação, aluna bem-comportada. Voltava à lida doméstica logo que terminasse a reunião, os autocarros enfrentavam pouco trânsito àquela hora, recolhiam passageiros apenas em metade das paragens. Tudo bem, José ficava a tratar do que fizesse falta.

Ali, na Encarnação, longe desses autocarros que talvez existissem, apenas havia o silêncio e o som do rádio, rasteiro, emaranhado, havia as cores de um dia de nuvens, luz que atravessava as vidraças e as cortinas de tule. Passaram minutos sem novidades, José estava a olhar para as mãos vazias, a testar as articulações dos dedos quando, de repente, um estrondo. A cadela despertou, levantou a cabeça, olhou para um lado e para outro, com o mesmo espanto de José. Como se tivesse explodido uma pequena bomba, como se alguém tivesse atirado uma pedra. Mas o silêncio regressava, segundo a segundo, e José foi-se convencendo de que não era nada, repetia no espírito essa persuasão. A cadela ia para pousar a cabeça, baixava as pálpebras quando, de

249

repente, novo estrondo. Tinha de ser alguma coisa afinal, José e a cadela alarmados. O silêncio, e novo estrondo, e outro, e outro, primeiro espaçados, depois em crescendo, outro estrondo, outro, outro, outro, e uma descarga violenta, ininterrupta. José correu para a janela e assistiu à queda gigante de livros do céu. Livros em toda a distância dos céus de Lisboa, de Portugal inteiro talvez, não se abriam no ar, caíam em linha reta, sem restolhar de páginas, sem espalhafato, e batiam de chapa no chão, estrondos que punham em sentido, que se sobrepunham a todos os outros ruídos, espécie inédita de cataclismo. José olhou mais de perto, com detalhe, estavam a chover livros de Saramago.

Sim, aquele momento estava a acontecer, José passou as mãos pelo corpo para senti-lo e comprová-lo. Avançou por divisões vertiginosas da casa, pelo corredor desvairado, tinha de contar a Bartolomeu. Ainda a aproximar-se, começou a distinguir o que era dito na rádio, o significado das palavras na euforia do locutor, falava de literatura, José começou por distinguir essa palavra, literatura, todas as sílabas, e prémio Nobel da literatura, pareceu-lhe distinguir, prémio Nobel da literatura. Antes de entrar no quarto, José entendeu uma frase inteira, Saramago tinha ganho o prémio Nobel da literatura.

José abriu a porta do quarto, acendeu a luz, Bartolomeu estava morto.

22.

Demasiado sério, como quando adormecia preocupado; no rosto de Bartolomeu, a palidez da morte não tinha dissolvido completamente o amarelo da doença. A luz da sala também contribuía para esse ligeiro amarelado, mas os reflexos do forro do caixão, folhos brilhantes, determinavam a prevalência do branco. Era pele gelada, a mãe de José tocou-lhe várias vezes com as costas dos dedos, delicadas carícias, era pele rija, seca como borracha. O colarinho da camisa afundava-se no pescoço, talvez a gravata estivesse demasiado justa, ou talvez a própria camisa, abotoada até ao último botão, fosse suficiente para causar o aperto. Ainda assim, Bartolomeu aparentava razoável conforto, cabeça deitada sobre uma almofada, sapatos engraxados, a estrear cuecas e meias.

Foi Lídia que escolheu a roupa, era ela que lavava e passava, que arrumava o armário e as gavetas. Ao início da tarde, quando abriram a casa mortuária da Igreja de Nossa Senhora da Conceição, Lídia correu para o defunto, quis sacudir os ombros do casaco, acertar a lapela, beliscar os vincos das calças.

Alguns passos atrás, com outra velocidade, José amparava a mãe. O senhor da agência funerária perguntou se estava tudo bem e saiu, voltaria para o enterro, no dia seguinte. Os tetos da sala elevavam o volume da solidão, tocavam a passagem do tempo. Que triste, ficaram os três sozinhos, Bartolomeu deitado ao centro. Passou tempo, uma hora talvez, e chegaram quatro pessoas, uma mulher e três homens. Um deles aproximou-se do caixão, estudou-o, chamou os outros com um gesto. Esses ainda estavam a analisar o corpo, mãos atrás das costas, quando o primeiro se aproximou de José e, sussurrando, perguntou se aquele era o velório do senhor Bartolomeu de Gusmão. O homem sorriu, aliviado, confidenciou que tinham acabado de entrar noutro velório por engano, situação constrangedora. Eram a família de Bartolomeu, três primos, filhos de primos direitos, e a esposa de um deles. Tinham estado na casa de Bartolomeu, do primo; o vizinho informou-os da localização do velório. José não sabia de onde tinha vindo aquela família, Bartolomeu falara-lhe vagamente de parentes, mas sem convicção. Ao longo da tarde, os primos saíram por diversas vezes para lanchar. Quando voltavam, ficavam à porta, as suas conversas pairavam entre as paredes nuas do salão.

Aquele era um tempo exterior ao tempo do mundo, longe da pressa ou das horas marcadas. As conversas dos primos de Bartolomeu, repletas de especificidades, nomes de pessoas, referências a lugares, estendiam uma ponte entre aquela verdade, a morte, e a pequenez do quotidiano. A mãe de José não chegava a ser tocada por essas insignificâncias, a dor colocava-a noutro nível; José reparava em certos detalhes desse contraste, sabia que existiam, mas não chegava a envolver-se, não abandonava os seus pensamentos; Lídia distraía-se com essas conversas, sentia pena de Bartolomeu, a pena permanente da avó também cancerígena, mas estava mais próxima da vida, desse tal quotidiano.

À entrada, havia uma máquina, o tampo coberto por apetrechos com a forma de velas, velas elétricas. A troco de vinte escudos, acendia-se uma lâmpada no interior de cada chama de vidro. José deu pela chegada de Raimundo quando ouviu três moedas a caírem no cofre interno dessa máquina, sobre um fundo de moedas, sessenta escudos, três lâmpadas acesas. José levantou-se, acompanhou-o durante duas voltas ao caixão, o que estava ali a fazer?, e levou-o para fora, quis evitar o contacto do editor com Lídia, passou pela família de Bartolomeu, continuou por mais alguns passos, quis evitar o contacto com eles também. O que estava ali a fazer?, José não tentou evitar a rispidez da interpelação. Raimundo Benvindo Silva, nome completo do cartão de visita, acendeu um cigarro longo, puxou o fumo devagar, desfrutou daquele instante em que já sabia o que ia revelar, essa vantagem conferia um agrado subtil, só com apurada sensibilidade às gradações da influência e da autoridade se podia desfrutar plenamente desse sabor. Soprou então o fumo e, logo a seguir, com mais compasso, soprou a grande notícia, tinha sido Bartolomeu a encomendar a biografia de Saramago.

No ano anterior, Bartolomeu entrou-lhe no escritório, apresentou-se, explicou o que queria, um livro de José sobre a vida de Saramago, pelo menos duzentas páginas. Raimundo fez as contas na hora, riscadas num envelope, Bartolomeu sugeriu uma contraproposta e, aperto de mão, não se fala mais nisso, o negócio ficou fechado. José sentiu-se diminuído pelo que ouviu e pelo que imaginou, mas Bartolomeu estava lá dentro, mãos sobre o peito e, claramente, havia ali uma boa intenção, um cuidado; por isso, José continuou em silêncio. O editor comentava o prémio Nobel de Saramago, acendia novos cigarros, indagava pelo avanço da biografia. José melindrou-se por Raimundo não lhe perguntar pelo romance. Pareceu-lhe que Raimundo devia ter adivinhado a sua vontade de, por fim, avançar com o segundo romance, avançar realmente com o segundo romance. E distraiu-se, talvez por defesa, autopreservação, abandonou o tema da escrita, esses pensamentos. Enlutado, José observou a igreja. Bartolomeu teria desaprovado aquela igreja, arquitetura moderna, teria dito que as igrejas não eram assim, onde estava a torre do sino? Raimundo reparava apenas no que dizia, a oportunidade de publicar um livro sobre Saramago naquele momento, o Nobel, a quantidade de leitores que esperavam por um livro assim, quando estará pronto? José ignorou a pergunta, Bartolomeu teria desaprovado fortemente aquela igreja, as paredes de betão por pintar, velho casmurro, embirrento, José lembrou a sensação de Bartolomeu vivo, a possibilidade de chegar a qualquer momento. E voltou para o velório, passou pelos primos faladores, Lídia, a mãe chorosa. Raimundo ao longe, antes de desaparecer, sentiu o telemóvel a tocar, contorceu-se todo até encontrá-lo no bolso interior do casaco, alô?, estou sim?, afastou-se a falar, nada de importante.

Até ao fim da tarde, o defunto recebeu a visita de alguns dos seus inquilinos, quem passaria a assinar o recibo da renda?, deram os pêsames à mãe de José; perguntaram diretamente a José, é a viúva?, mas José não respondeu. Veio também o taxista, boina na mão, muitas histórias, haveria de contá-las a clientes anónimos. Lídia saiu à hora certa, cumpriu o horário de trabalho.

Ao anoitecer, os primos de Bartolomeu tornaram-se mais conspirativos, os sussurros riscaram com mais atrito, palavras comparáveis a palha de aço. Então, um deles aproximou-se de José, tossiu, engasgou-se e, de uma vez, esclareceu que ele e os primos tinham de sair, o corpo não podia ficar sem a presença da família, as normas da casa mortuária não permitiam e, por isso, havia necessidade de fechar as portas. Mas que não se preocupassem, no dia seguinte estaria alguém cedo, meia hora antes da saída para o enterro. Além disso, também no dia seguinte, queriam dar-lhes uma coisa, sabiam da importância da ligação que José e a mãe tinham com o primo Bartolomeu, queriam muito dar-lhes uma coisa.

José não teve de elaborar justificações para a mãe, ela não lhas exigiu. Levantou-a pelo cotovelo, ajudou-a a vestir o casaco e, segurando-lhe no braço, caminhou ao seu ritmo, passinhos. Apesar de ainda ser cedo, hora de jantar, parecia meio da noite, mar alto. O caminho entre a igreja e a casa, algumas centenas de metros, permitiu que vários assuntos surgissem a José, onde estaria Saramago?, imaginou-o naquele momento, mesmo, Saramago concreto no momento concreto. José não tentou contactá-lo, não fazia sentido quebrar a celebração com aquela notícia; apesar da longínqua amizade de infância, achou que não fazia sentido, seria despropositado. E os livros que choveram?, José estranhou que não existissem vestígios de um único exemplar, todos tinham sido recolhidos, acomodados em bibliotecas públicas ou pessoais. Não aprofundou esse pensamento, preferiu deixá-lo assim, mal explicado. Ali, o mais incrível era o mundo sem Bartolomeu, a subtração do seu olhar em tudo, o mundo incompleto.

José puxou os lençóis de um lado e de outro, endireitou a colcha e, logo depois, a mãe deixou-se cair sobre a cama, posição de menina. Após alguns passos no soalho, José chegou ao sofá da sala, onde se deitou vestido e calçado. Não dormiram durante toda a noite, apenas a respiração, os ruídos da noite lá fora e, às vezes, a mãe a uivar baixinho.

> *A literatura é o resultado de um diálogo de alguém consigo mesmo.*
>
> JOSÉ SARAMAGO, 2008

O cheiro da Feira do Livro de Frankfurt tingia a iluminação dos pavilhões, o ruído das vozes a rodearem Saramago era também essa luz demasiado nítida ou demasiado fosca, composta por detalhes crus e abstrações, as cores aleatórias das capas dos livros, os títulos em línguas que misturam vogais e consoantes à sorte, qualquer conjunto de letras a ser traduzido por qualquer conjunto de letras, mais ou menos agás. Ao longo dos corredores, a deslocação de Saramago implicava sempre a movimentação de uma massa de corpos, pessoas coladas umas às outras, inseparáveis, organismo de muitos pés com Saramago no meio. Os rostos a sucederem-se, as vozes a entrelaçarem-se, o nome de Saramago pronunciado com sotaques, acentuando qualquer uma das sílabas, Sarámago, Saramagô, e editores de várias castas, e máquinas de perguntas ou jornalistas, e gente que acompanha escritores na Feira do Livro de Frankfurt, gente que vai buscar copos de água, gente com cartões de identidade pendurados ao pescoço por fitas.

Em Lanzarote, o escritório indiferente à loucura do mundo, os livros na estante, as enciclopédias a guardarem uma memória imensa, os pequenos objetos decorativos. Saramago apreciava a porta fechada. Na tranquilidade daquele tempo, o redemoinho de vozes que lhe preenchia a cabeça perdia força a cada volta. Tinha chegado de Madri, pimientos del piquillo, abraços, o castelhano de periodistas novos e antigos, e o apoio de Pilar, a valentia da mulher, Pilar como um escudo, mas o cheiro da Feira do Livro de Frankfurt não lhe saía das narinas, estava entranhado. Precisava daquele oxigénio, Lanzarote, escritório, precisava dos grãos de pó que flutuavam no ar, revelados pelos raios de luz que as janelas moldavam, semiabertas, fim de tarde. A pele descansava da claridade demasiado branca, demasiado ácida, holofotes da Feira do Livro de Frankfurt, lâmpadas de elétrica estridência em todos os lugares, púlpitos.

Também em Frankfurt, na feira do livro, no transporte para o hotel, no aeroporto, antes ou depois da inspeção dos metais, havia portugueses. Queriam libertar-se de alguma coisa guardada para dizer, queriam tocar no escritor, tinham emoções. Em muitos casos, apresentavam parecenças com alguém que Saramago conhecera em algum ponto da sua vida, ou talvez os traços portugueses se destacassem após aqueles dias. Entre esses rostos, houve um rosto que Saramago olhou com mais tento. O meu filho também é escritor, disse um homem apertado pelos ombros de gente que rodeava Saramago. Era o pai de José, houve tempo para contar a história, emigrante na Alemanha. Saramago analisou-o, mas dissimulou essa análise, sabia quem ele era.

Sentado no escritório de Lanzarote, casa, Saramago encheu o peito, onde estaria José?, imaginou-o naquele momento, mesmo, José concreto no momento concreto. Não tinha notícias de José desde a conversa acerca do romance, metaliteratura no início de abril, mas admitiu que, entre eles, havia uma forma extravagante de simetria, intrincada rede que talvez ninguém se dispusesse a decifrar. Ele próprio estava demasiado cansado para esses cálculos, perguntas seguidas por silêncio, como posso saber se eu sou eu ou sou eu?

Assim que Fritz desligou o telefone, avançou com o rosto à procura do pai. Essa falta de norte foi breve, o pai demorou meio segundo, dois passos, até pousar-lhe a mão no ombro. O pai orientava Fritz por qualquer caminho, não precisavam de agarrar-se demasiado, tinham desenvolvido aquele método, bastava uma mão pousada sobre o ombro, puxando ou empurrando levemente. Mais difícil seria orientar o pai pela língua alemã, apenas recordava algumas palavras que tinha vergonha de pronunciar, *ich*, *dich*, certos sons faziam-no sentir ridículo. Por isso, enquanto Fritz falou ao telefone em alemão com o amigo, o pai imaginou a longínqua cidade de Lisboa, transbordante de exotismo europeu, não se esforçou por decifrar a conversa.

Atravessavam o longo corredor, tábuas rangiam por baixo do tapete, portas alternavam-se à esquerda e à direita, abriam-se para amplas divisões, altas janelas coloniais. Com a mão sobre o ombro do filho cego, o pai lembrou os telefonemas para números de informações em Portugal. Tinha o nome do senhor, Bartolomeu de Gusmão, mencionado logo no capítulo 2, e tinha as referências vagas ao Bairro da Encarnação, as telefonistas de vozes nasaladas entendiam-no com dificuldade. Por fim, ainda a tempo, o número.

Fritz fez um telefonema no interior do romance, longa distância. Ligou de quando Bartolomeu já tinha morrido para quando ainda estava doente; ligou de quando Saramago já tinha ganho o Nobel para quando estava em parte incerta, a fazer coisas de escritor ou de septuagenário. Fritz e José falaram com essas discrepâncias, mas entenderam-se, um a telefonar à tarde e o outro a atender de manhã, um a telefonar de Goa e o outro a atender em Portugal.

No quintal, o ar perdia constrangimento, libertava-se em todas as direções, misturava-se com aromas sem rumo, aquecia nessa estúrdia. Desde a porta, Fritz conhecia o caminho para a mangueira, conseguia cheirar-lhe as folhas, identificava o grau de maturação das mangas, mas aproveitava o conforto da mão do pai sobre o ombro.

Fritz quis sentir o volume de páginas que faltavam para terminar o romance, mediu-as entre o indicador e o polegar, pequena altura, quanto demoraram a ser escritas?, quanto demorariam a ser lidas? Houve um instante, pai e filho, sentados debaixo da mangueira do quintal. Perceberam que aquela era a última vez que iam estar ali, aquela página específica. Juntos, como se saltassem para o futuro, imensa escuridão, prepararam-se para enfrentar o desconhecido. O pai começou a ler.

Ao saírem, depois do portão, encontraram a realidade mudada para sempre. Enquanto José e a mãe estavam no cemitério, entre campas, ciprestes, céu, havia ainda uma réstia de tudo o que acabava. Ao passarem a linha do portão, foram largados num mundo sem apelo, cidade. À distância de alguns metros, as floristas cortavam ramos com tesouras de lâminas arredondadas, o cheiro natural da seiva, o verde que lhes escorria pelos pulsos, que talvez pingasse sobre o alcatrão, rios de seiva. Nas mãos dessas mulheres, havia flores moribundas, estava iniciado o seu triste desfalecimento, flores acomodadas em coroas, palmas, arranjos geométricos. Bartolomeu teve poucas flores, apenas um ramo que os primos, corretos, depositaram sobre o caixão, à saída da casa mortuária. Foi a mulher, esposa de um deles, que cumpriu essa tarefa.

Com toda a cortesia, os familiares cederam os lugares no carro funerário a José e à mãe, podem ir vocês. Decidiram levar viatura própria, seguiram em miniprocissão, sempre visíveis pelo espelho retrovisor. Por um lado, José e a mãe não dispunham de meio de transporte, apenas táxi ou a pé; por outro lado, quando terminasse a cerimónia, os familiares já teriam o carro à porta, era bastante mais conveniente para todos.

A cerimónia começou e acabou. Depois do carrego do caixão, dividido por José e pelos primos de Bartolomeu, o senhor da agência funerária disse algumas palavras, profissional, gravata, acostumado a todas as circunstâncias. A ausência de padre deveu-se às poucas forças da mãe de José, incapaz de tratar desse assunto. Mesmo assim, rezou-se um pai-nosso em coro.

E a terra a ser lançada sobre o caixão, pás de terra a mos-

trarem o definitivo de cada instante. Logo que soube do faleci-
mento de Bartolomeu, Lídia pediu muitas desculpas, mas avisou
que não iria ao enterro. Não conseguia assistir ao lançamento de
terra sobre o caixão, afligia-se, faltava-lhe o ar.

José e a mãe, os dois primos e a esposa de um deles caminharam em silêncio pelos corredores mais diretos à saída do
cemitério. Os sons de Lisboa, entre Olivais e Cabo Ruivo, eram
uma dimensão longínqua; perto estavam as aves e os pensamentos desfeitos, imagens fugidias do passado. E chegaram ao portão,
ao fim de todas as desculpas, até as mais impossíveis.

Um dos primos aproximou-se de José, conforme tinha dito
na véspera, queria fazer-lhe a tal oferta. O rosto de José não se
alterou ao segui-lo no parque de estacionamento. Durante esse
caminho, não recordou promessas de Bartolomeu, chaves das
casas à renda, botões de punho, quimeras de África. Apenas
existiu o som dos passos no chão, grãos de areia sob os sapatos, o
mundo demasiado concreto.

Era um carro polido, refletia a manhã. O primo de Bartolomeu ficou de costas, inclinado sobre a porta aberta. E virou-se de
uma vez, de repente, amplo sorriso, aqui está. Segurava a cadela
nos braços.

260

23.

No autocarro, as frases de *Manual de pintura e caligrafia* descolavam-se do entendimento, escorriam ao longo dele, frases de significado inapreensível, vácuo entre parêntesis. E longos parágrafos, densos, como páginas cobertas por muros. José seguia a pontuação, abrandava nas vírgulas, mas não captava os significados mais simples. Faltava-lhe concentração e, por ser fácil, atribuía essa incapacidade ao livro. O problema eram as frases, quando chegava ao fim de uma frase já tinha esquecido o seu início, eram os parágrafos, eram os substantivos, não era ele. O problema eram os pronomes, não era ele, não sou eu.

Até trocar de autocarro em Moscavide, José levou o livro como um acessório, bijutaria, pedaço de corpo de que não precisava mas que tinha de carregar para toda a parte. Nessa primeira metade da viagem, pensou no que levava para dizer a Lídia, noção que iria alterar tudo, nova verdade. Custou-lhe aguentar a espera pelo segundo autocarro, coração a bater depressa. Acalmou-se com o motor, mesmo perdendo tempo em todas as paragens, as portas automáticas a abrirem-se para idosos, passageiros de transportes públicos a meio de uma manhã de terça-feira, a atravessarem o corredor muito lentamente, o motorista atento a cada passo no espelho e, por fim, já saiu?, por fim, a fechar a porta e a seguir até ao próximo semáforo vermelho. Foi no percurso entre Moscavide e Sacavém que José decidiu abrir o livro. Talvez não tivesse deixado realmente de pensar no que levava para dizer a Lídia, apenas tentou camuflar essa ideia. Segurava o livro, olhava para palavras impressas, mas reparava em quanto faltava para chegar à Quinta do Mocho, fixava-se nas margens do campo de visão. Assim, era fácil culpar o livro, amolgado nas arestas da lombada, companhia de meses. Não era José que recusava lê-lo, era o livro que recusava ser lido.

Abandonou o ar morno do autocarro, o cheiro a horário de trabalho, e subiu a ladeira a pé. Entrou na Quinta do Mocho e encontrou a rua deserta, estranhou esse absoluto despovoamento, ninguém, zero corpos, zero olhares, apenas as paredes riscadas dos prédios, apenas o lixo no chão, apenas os sons de um lugar sem gente, roupas estendidas, janelas desabitadas. No entanto, não se deteve, os problemas do mundo haviam de resolver-se, essas estranhezas haviam de encontrar esclarecimento. Sabia que Lídia o esperava, tinham combinado. Além disso, o tempo mantinha a sua continuação, indiferente a detalhes. Sem relógio, José suspeitava que a manhã tivesse cumprido uma boa parte do seu círculo, a tarde imaginava-se já. Àquela hora, na creche, o filho de Lídia estaria a preparar-se para o almoço, de bata, chapéu redondo, elástico preso sob o queixo, como as outras crianças, meninos e meninas. José sabia que essa era uma das preocupações de Lídia. Sem o trabalho na casa de Bartolomeu, Lídia procurava novo rendimento. As contas que havia assumido não apresentavam empatia, apenas matemática cega, obstinada contabilidade.

José chegou ao prédio de Lídia. Entrou na escuridão, atravessou a pestilência do monte que apodrecia no fosso do elevador. E lançou-se a subir. Nessa longa espiral, os passos de José estalaram sobre o silêncio, nenhum ruído nos vários andares. Esses degraus, ritmo, estruturaram a forma como José imaginou a avó agonizante de Lídia. Conhecia poucas mulheres cabo-verdianas com mais de sessenta anos, nenhuma, mas era capaz de concebê-la, envelhecia o rosto de Lídia na imaginação. Através desse método, acreditou compreender o sofrimento de Lídia, o fardo da responsabilidade. E, logo a seguir, opaco negrume, mãos encostadas às paredes, orientação na subida até ao sétimo andar, José pensou na biografia de Saramago, voltou a convencer-se de que poderia terminá-la. Reuniria os episódios que já tinha e, somando-os ao que havia de escrever, chegaria ao tal texto ficcional de cariz blá, blá, blá. O produto de um ano de trabalho era exíguo, apenas algumas migalhas, estilhaços, peças de um puzzle que não permitiam identificar o todo, mas estava convicto de que havia de terminar o livro e, assim, saldar a creche, os envios para Cabo Verde e outras contas. Os vales de correio alemães, remetidos de Frankfurt, ajudariam a equilibrar o orçamento, mas o livro, com todos os recentes valores acrescidos havia de resolver a situação. E não pensou no segundo romance; e chegou ao sétimo andar, ainda o silêncio.

Lídia não discutiu o atraso ou a urgência daquele encontro, mas demonstrou alguma irritação subliminar, precisava de responder a anúncios de jornal, apresentar-se em entrevistas de emprego no Areeiro. Era aquele o momento de falar, José teria apreciado uma gota de aguardente, acreditou que lhe bastaria uma gota, a língua esticada e uma gota, única, sobre a língua. Nessa falta, chegou mesmo a acreditar que lhe bastaria o vapor quente do álcool, os olhos embaciados, as narinas cheias, a pele abrasada. Mas Lídia olhava-o. Então, num mergulho, José não escolheu palavras, faltou-lhe literatura, pediu a Lídia para viverem juntos, perguntou-lhe se queria.

Ficou o tempo, incompleto, imperfeito, ficou a ausência de resposta, embora Lídia apenas começasse

Duas batidas rápidas na porta do escritório. Sem esperar, a maçaneta a rodar sozinha, a superfície da porta a deslizar, vamos?, o rosto de Pilar pendurado. Saramago despertou do que estava a escrever, sorriu, não tinha reparado que já eram horas. E o corpo de Pilar apresentou-se completo, um passo no interior do escritório, sem querer forçar, mas demonstrando veemência. Ágil de pernas e cabeça, sempre bem-humorada perante o sorriso de Saramago, e prática, capaz de apontar com o indicador todos os compromissos na agenda. Sabia que ele não se queria atrasar, também ela não se queria atrasar, queriam o mesmo. Saramago estava ciente que a luz da tarde na janela representava fraco critério para medir o tempo. De mais confiança eram os números certos num canto do ecrã do computador, pouco acima da página de luz branca onde escrevia, estava absorvido por dilemas alheios e/ou próprios, distraiu-se. *Es verdad* que não queria atrasar-se, mas pediu um par de minutos à paciência de Pilar, não podia sair, não podia deixar aquela pergunta sem resposta. Numa balança invisível, esse entusiasmo venceu. Pilar decidiu conceder-lhe mais alguns minutos, saiu.

a entender a pergunta que lhe tinha sido colocada. José, que tivera intervalo suficiente para avaliar a perplexidade do problema, sentia cada átomo de segundo como uma hesitação. Para ele, o ideal teria sido receber o sim colado à última sílaba do pedido, queres?sim. Quando Lídia ficou mais à vontade, quando se equilibrou no pensamento, não quis esperar e respondeu que não, recusou. Então, foi José que demorou a entender. Não?, repetiu a resposta de Lídia vezes e vezes, voltas e voltas na cabeça, parecia-lhe incrível, duvidava dessa memória recente e, logo a seguir, via-se obrigado a aceitá-la, mas não conseguia, custava-lhe. Perguntou a Lídia se havia outro homem, seria por causa disso?, pensou no segurança da Rua de Macau, mas não referiu o nome. Outro homem?, Lídia amarrotou a cara, ofendeu-se, achou que estava a diminuí-la. Não queria porque não queria.

José?, quase sem bater na porta do escritório, sobreposição de todos os gestos, bater, abrir, chamar o marido e enfiar a cabeça, Pilar regressou. Vamos, José. Animado, Saramago comandou a pequena seta pelo ecrã, levou-a a um e outro lado, fez o que foi preciso para gravar o texto. Retirou a disquete, plástico negro, uma etiqueta com o título escrito a caneta, *Autobiografia*. Segurando essa curiosidade, leve quadrado, Saramago admirou-se com a disparidade entre o tamanho do objeto e o tamanho daquilo que o objeto guardava. Concordando sem comentários, apenas a vê-lo levantar-se, Pilar perguntou quanto faltava para terminar. Confiante, perspetivando o ponto final, Saramago respondeu que apenas faltava um capítulo.

24.

José chegou à Biblioteca Nacional quando ainda havia mulheres de bata, esfregavam enormes superfícies de vidro, empurravam o barulho de máquinas a polir o chão. O segurança que controlava as entradas, bigode, também limpava o seu balcão de madeira, raspava uma manchinha com a ponta da unha. Lá fora, nos relvados, os pombos acordavam, as árvores dispensavam uma ou outra folha, delicado estalido, lento planar, quinta-feira de outono. Naquela enorme receção de pedra, preparava-se a chegada de Saramago, inauguração de uma exposição sobre a sua obra. As pessoas referiam o prémio Nobel com assombro, as bocas estranhavam essas palavras, passara uma semana exata desde o anúncio do prémio. José sentou-se numa cadeira e iniciou a espera. As paredes obrigavam a levantar o rosto, a arquitetura colocava os indivíduos no lugar, oferecia-lhes proporção. José sentiu-se transparente, apenas teve de levantar os pés em duas ocasiões para que varressem por baixo.

Tinha de dizer a Saramago que precisava de abandonar a escrita da biografia, precisava de viver. Depois de tantos meses sem comunicação, não percebia completamente aquela necessidade de falar com Saramago, receber a aprovação de Saramago antes de abandonar a escrita da biografia, antes de esquecê-la, rasgar o pouco que tinha terminado, algumas páginas de caderno com rasuras e anotações, dois ou três ficheiros por apagar no computador. Se eram a mesma pessoa, como Saramago o tentou convencer, devia aquela explicação a si próprio.

Distinguiam-se pelo traje, os responsáveis da cerimónia atravessavam a receção da Biblioteca Nacional em todas as direções, levavam um tipo específico de pressa, falavam no interior da cabeça, repetiam as palavras que iriam dizer, memorizavam discursos. No seu canto suspenso, sentado, muito direito, algum frio a entrar-lhe pelas mangas, lembrança súbita de Santa Apolónia, algum medo, também José imaginava o que iria dizer. Acreditava que não lhe faltaria gravidade para explicar aquela decisão, não era uma desistência. Tinha de dizer a Saramago que precisava de viver, dedicar-se ao segundo romance. Ali, naquele momento, parecia-lhe que sempre soubera que viver seria escrever o segundo romance. Tentara esconder-se numa mentira, texto ficcional de cariz biográfico.

Saramago havia de entendê-lo. Analisando a linha cronológica, desde 1922 até ali, José concluíra que o segundo romance de Saramago tinha sido central na sua vida. O trauma desse livro, *Claraboia*, deixou Saramago num limbo durante décadas, purgatório. Essa acumulação de literatura acabou por explodir, tinha de explodir, mas, até lá, Saramago conheceu o sofrimento de querer escrever, precisar de escrever e não escrever. Querer desesperadamente, precisar desesperadamente e, mesmo assim, continuar sem escrever, até acreditar que não conseguia escrever, que não era capaz. O escritor-operário foi nomeado muito mais tarde, quando Saramago quis esquecer esse medo. Sentado naquela cadeira, na entrada da Biblioteca Nacional,

José achava essa desmistificação tão primária que, no fundo, era uma óbvia mistificação. Só depois de muita mágoa, memória de muita fragilidade, alguém se podia empenhar tanto em recusar a fragilidade. Sim, Saramago havia de entendê-lo.

Na epígrafe do seu primeiro romance, José citou Saramago, tudo é autobiografia. Ainda bem que Saramago fez essa afirmação tão absoluta. José sabia bem que é assim, tudo é autobiografia. A verdade dessa constatação era ainda maior tratando-se da mesma pessoa, se é que José e Saramago eram realmente a mesma pessoa. Nesse caso, no entanto, quem tinha citado quem? José foi salvo de cair no buraco desta pergunta sem fim pelo segurança, veio perguntar-lhe o que estava ali a fazer. Quando respondeu que esperava por Saramago, foi convidado a sair.

Faltava muito pouco para a chegada do prémio Nobel da literatura de 1998, os polícias estavam nas suas posições. Havia uma pequena multidão com curiosidade de vê-lo, o rumor chegara ao Jardim do Campo Grande, à beira do lago. José tentava manter-se na linha da frente. E irromperam os carros, três ou quatro, rápidos, motoristas a abrirem as portas, ministro, presidente da Câmara, jornalistas e, no centro de tudo, rodeados por satélites, Saramago e Pilar. O público aplaudiu, gente que não tinha de estar em lugar nenhum àquela hora.

José tentou encontrar os instantes de menos ruído para chamar Saramago, mas estava posicionado num mau lugar, nas costas do escritor, na parte de trás da careca, a vários metros de distância. O edifício da Biblioteca Nacional, o peso de betão e de milhares de livros pousou sobre os ombros de José quando desistiu, era o mundo inteiro que o rejeitava. Mas, ao levantar o rosto, viu Saramago a caminhar na sua direção. Talvez por magnetismo, Saramago localizou-o. E, livre, começou a aproximar-se, passos rápidos, o movimento longo das pernas. Após segundos, estava diante de José e, indiferente ao ruído, como se abrisse um túnel através do ruído, fixou-o nos olhos. José aguentou o peso desse instante, toda aquela atenção, mas faltou-lhe a capacidade de falar. Sim. Saramago quebrou o tempo, e disse apenas que sim. Não foram necessárias outras palavras, José entendeu.

E regressou o mundo.

José, José. Destacada entre as pessoas, Pilar chamava Saramago.

Horas da tarde, silêncio, aquele sofá, aquelas paredes. José tinha o computador ligado à frente. Qualquer palavra que escrevesse faria parte de um mundo. A sua presença era absoluta, material e imaterial, estava preenchida pela estranha sensação de algo que terminava e que, ao mesmo tempo, começava. Solene, diante de um precipício, José olhou para trás, quis despedir-se, cada nome a ser imenso, Lídia, Bartolomeu, Fritz, a mãe. E o tempo passou a ser composto por momentos assinalados, qualquer coisa podia acontecer em cada um deles. Encheu os pulmões de ar novo.

José escreveu a primeira frase do romance.

ESTA OBRA FOI COMPOSTA PELA SPRESS EM ELECTRA E IMPRESSA EM OFSETE
PELA GRÁFICA PAYM SOBRE PAPEL PÓLEN SOFT DA SUZANO S.A.
PARA A EDITORA SCHWARCZ EM DEZEMBRO DE 2021

A marca FSC® é a garantia de que a madeira utilizada na fabricação do papel deste livro provém de florestas que foram gerenciadas de maneira ambientalmente correta, socialmente justa e economicamente viável, além de outras fontes de origem controlada.